Ursula Pickener

Utopia war gestern

Ursula Pickener

Utopia war gestern

Kriminalroman

Erste Auflage

Fehnland-Verlag
26817 Rhauderfehn
Dr.-Leewog-Str. 27
www.fehnland-verlag.de

ISBN 9783947220465

Lektorat Bianca Weirauch

Coverdesign Veronika Aretz

Hergestellt bei BookPress.eu in Polen

Vorbemerkung

Wer sich in diesem Roman erkennt, irrt sich.

Wer nichts davon kennt, sollte genauer hinschauen.

Alle Personen dieses Romans sind fiktiv, alle Probleme, Motive und Konflikte sind leider real.

1.
Gorilla gorilla: Silberrücken

Aufrichten, Arme leicht vom Körper abheben, Ellbogen nach außen, Kinn runter, Blick nach vorn. Imponiergehabe wie im Gorillagehege …

Maria ging den wartenden Schülern ihres Bio-Leistungskurses entgegen. Auch heute beschlich sie ein ungutes Gefühl dabei. Sie streckte den Rücken noch einen weiteren Zentimeter und obwohl sie gut im Training war, hatte sie weiche Knie, Atemnot und schweißige Hände. Als Silberrücken wäre sie verloren.

»Seltsame Klasse, die gucken weg oder durch mich durch, juveniles Vermeidungs- oder Beschwichtigungsverhalten, könnte man meinen«, dachte Maria, und begrüßte die Schüler mit einem betont munteren »Guten Morgen, Damen und Herren!« Keine Reaktion. Handys wurden gestreichelt, sorgsam lackierte Nägel inspiziert, Sekundenschlaf zelebriert. War das Überdruss und Langeweile oder Ignoranz und Dominanzgebaren? In jedem Fall eine massive Mauer, an der dezente Pädagogik abprallte.

Maria stellte sich mit dem Rücken zur Tür und hob die Stimme:

»Also, noch einmal: SCHÖNEN. GUTEN. MORGEN!, Schülerinnen und Schüler des Biologieleistungskurses am Mies Rohland Schulzentrum!«

Murmeln, einige halblaute, halbherzige »Morgen«, »Moin«, sogar vereinzelt »Hallo Frau Brehm« …

»Schon besser, kommt rein«, sagte sie. Hatte sie überreagiert? Es war früh, die Schüler waren müde, der Novemberblues, Dienstag und die Woche nahm kein Ende und wer weiß, was bei denen zu Hause … Andererseits war der Welpenschutz langsam vorbei. Wenigstens rudimentäre Höflichkeit sollten sie lernen, um auch außerhalb des Schulbiotops und Streichelzoos überlebensfähig zu sein.

»Fahrkartenkontrolle!« In bester Hans-Albers-Manier begann sie das Ritual der Anwesenheitsfeststellung.

»Och nöö! Nicht das schon wieder – hallo, wir sind's. Die kennt uns doch langsam«, murrte Talitha, die Klassensprecherin, und verdrehte die Augen, während die anderen geräuschvoll in ihren Taschen kramten, mal eben noch etwas posteten, dem Nachbarn Fotos zeigten oder die Matheaufgaben verglichen.

»Jetzt mal Ruhe, Leute, wir fangen an«, sagte Maria und ignorierte den Einwurf. Sie schlug den Klassenordner auf und klopfte aufs Pult. Es wurde leiser.

»Ben« -«Ja« – »Ömer« -«Hier« – »Büsra« -«Ja« – »Lara« -«Ja« – »Talitha« – »Hmm« – »Maren« -«Ja« – »Jana – Wer weiß etwas von Jana?« Verspätungen, Erkrankungen und leider auch jedes andere Ereignis, egal wie peinlich oder dämlich, wurde gepostet, gesimst oder sonst wie in die digitale Welt geblasen.

Von Jana aber wollte keiner etwas wissen.

»Wer sagt ihr, dass sie sich melden soll?« Ihr suchender Blick in die Runde blieb ohne Erwiderung. Die Mauer war wieder geschlossen.

***

JANA, 17. August 2015

Seit 3 Wochen bin ich nun in der Oberstufe und es gefällt mir super. Ich habe eine Freundin! Sie ist etwas ganz Besonderes! Sie heißt Talitha, so ein toller Name. Was ist dagegen schon Jana?! Langweilig! Heute hat Talitha mich zu Hause besucht, sie findet alles bei uns spießig, ich hab mich richtig geschämt. Und wir haben uns kaputtgelacht. Die Spitzengardinen in der Küche, die blauen Keramikkugeln, einfach alles! Sie ist dann ganz lange geblieben und hat sich 2 CDs und meinen I-Pod geliehen. Und wir haben über Julian gelästert, der hat die ganze Zeit Basketball gespielt und auf Dirk Nowitzky gemacht.

Ich freue mich auf die Schule morgen!

So. Noch schnell das Tagebuch abschließen und unter die Matratze. Das Schlüsselchen hab ich jetzt immer an meiner Halskette bei mir. Ist ja ein bisschen kindisch, aber es ist schön, etwas ganz für mich zu haben. Ich traue mich noch nicht mal, da alles aufzuschreiben. Zum Beispiel, dass Talitha neulich meinte, meine Haare seien zwar so mausblond langweilig, aber sonst gar nicht so schlecht. Da könnte man was draus machen. Wenn ich mich so im Spiegel angucke, kann ich's nicht glauben.

Wenn ich an morgen denke, kribbelt es in meinem Bauch.

2.
Anas platyrhynchos: Stockente

»Komm, Pawlow, mir reicht's, raus aus der Anstalt«, sagte Maria und ihr Huskyrüde, der im Büro auf sie gewartet hatte, war sofort hellwach.

Mit Schwung radelte sie an der Sporthalle vorbei und über den Schulparkplatz. Schnell waren sie am Lesumdeich. Pawlow gab Gas, nach über 5 Stunden Wartezeit gierte jede Faser seiner Muskeln nach Bewegung. Er raste voraus. Nutzte den Vorsprung, warf sich oben auf den Rücken, um sich genüsslich durch Gras und Maulwurfshügel hinunter zu winden. Maria trat mit Kraft in die Pedale, die Wiesen rechts von ihr flogen nur so vorüber. Sie war froh über ihren Rückweg, ihre »Adrenalinfresserstrecke«.

Ardea cinerea! Zwei – nein, drei Graureiher staksten über Lamkens Wiese und sahen ihnen nach. Die Kühe käuten gelassen wieder. Pawlow war zur Lesum hinuntergelaufen, über die Ufersteine ins Wasser. Er schwamm und soff dabei – Abkühlung hoch zwei. Dann sprintete er hinter Maria her. Im Laufen schüttelte er sich, die Beine wurden ihm fast unter dem Körper weggerissen und als er sie einholte, war er wieder trocken. Das Huskyfell ist ein Wasserabweisungswunder, dozierte Maria für sich selbst: Das Deckhaar ist hydrophob und legt sich bei Nässe über die Unterwolle, dadurch dringt das Wasser nicht auf die Haut. Kräftig schütteln und fertig … Ein Husky kann zwischen Eisschollen schwimmen, ohne nennenswert auszukühlen, genau wie die Stockenten, die gerade gemächlich auf der Lesum paddelten. Er kann sich eng eingerollt einschneien lassen und sogar unter einer Schneedecke schlafen. Das »Hotel Freiluft« ist für Pawlow immer die 1. Wahl.

»Los, du Ente, nach Hause!«, rief sie.

Hinter dem kleinen Segelhafen, jetzt ohne Stege, bog sie in den Park ein. Hier hatten die reichen Bremer Kaufleute im vorletzten Jahrhundert ihre Sommerhäuser an der Lesum. Einen öffentlichen Weg gab es damals noch nicht. Jetzt schlängelte sich der Admiral-Brommy-Weg malerisch zwischen Villen, Park und Fluss dahin. Er war in den 1960er-Jahren gegen den Widerstand der Besitzer geschaffen worden und trennte nun die Villen mit ihren professionell gepflegten Gärten von den größtenteils verwilderten Flächen am Fluss. Nach einigen solchen Grundstücken öffnete sich die Szenerie. Die Zäune verschwanden und der Blick auf die Lesum wurde wieder frei. An dieser Stelle war Maria immer wieder überrascht: Der weite Blick, der Wind, der den Fluss lebendig macht und wechselnde Stimmungen erzeugt. Manchmal, selten, auch der in völliger Windstille ölig-schweigende Fluss, wie ein blaugraues Metallband, das geheimnisvolles Leben unter sich beschützte. Rechts erhob sich Knoops Park, das Sahnestück der ehemaligen Sommerresidenzen, mit seinen alten Bäumen, seinen Sichtachsen über die Lesum und seinen Aussichtspunkten: der schönste Park in Bremen.

Immer schwärmte Maria Freunden aus der Stadt davon vor. An sonnigen Wochenenden fand sie allerdings, dass er doch ein Geheimtipp bleiben sollte, und zur Kohl- und Pinkel-Zeit verfluchte sie seine Beliebtheit.

Nach sensationellen 22 Minuten stellte Maria ihr Rad hinter die ehemalige Feuerwache.

Charles Darwin kam maunzend angelaufen. Pawlow, noch immer unausgelastet, hechtete auf den Kater zu, der nahm die Herausforderung an und flitzte in Riesensätzen zu seiner Lieblingsbuche. Knapp vor Pawlows Nase krallte er den Stamm hinauf und schaute, gerade außerhalb der Sprungreichweite des Hundes, scheinbar gelangweilt in die Luft. Pawlow sprang jaulend immer wieder am Stamm hoch, schaffte sogar, ein Stückchen senkrecht hochzulaufen, und er schnappte haarscharf am zuckenden Schwanz des Katers vorbei.

Maria hatte dieses Schauspiel schon ungezählte Male beobachtet. Sie hatte einen Riesenspaß an der Lebensfreude und dem schwarzen Humor der Viecher. Immer wieder waren Besucher oder besorgte Beobachter schreiend auf den Hund, manchmal auch auf sie losgegangen, um »die arme Katze« zu retten.

Sie schloss die Tür auf, das war das Signal: Die beiden Clowns brachen das Spiel ab und stürmten gemeinsam zu den Fressnäpfen, die Maria schnell füllte. Sie fraßen abwechselnd aus den beiden Schüsseln, in einer so fein abgestimmten Choreografie, dass letztlich jedes Tier an seinem eigenen Napf endete und die Mahlzeit in Ruhe zu Ende brachte.

Inzwischen war Maria schon auf dem Sofa gelandet, essen konnte sie spääää…

Das Klingeln des Telefons riss sie aus ihrem »Powernap«, der längst die magischen 20 Minuten überschritten hatte. Charles Darwin, der es sich auf ihrem Bauch bequem gemacht hatte, sprang murrend herunter. Pawlow schnarchte einfach weiter. Telefonieren war nicht sein Ding.

»Brehm.«

»Hallo Maria«, ihre Kollegin Sigrun, Janas Tutorin, war dran.

Sie tauschten sich aus, auf diese nervtötend bemühte Art, die auch auf Konferenzen Marias Geduld strapazierte. Sie sah aus dem Fenster und konzentrierte sich auf die Beobachtung eines Eichhörnchens, das letzte Wintervorsorge betrieb. Sie musste sich ablenken, um nicht Sigruns Tonfall nachzuäffen, der zwischen Trauerrednerernst und Drei-Fragezeichen-Eifer schillerte. Ergebnis: Sie hatten niemanden erreicht und wussten beide so gut wie nichts. Auch das war den meisten Konferenzen nicht unähnlich.

Das Eichhörnchen buddelte ein Loch in den Moosteppich, den Maria stur weiter »Rasen« nannte, und steckte eine Eichel oder eine Marone hinein. Wenigstens was. Auch wenn es sein Versteck vermutlich nie wieder finden würde, konnte doch ein Baum draus werden.

Sigrun schwieg. Sie will, dass ich das hier beende, dachte Maria. »Hat Jana nicht auch einen etwas älteren Bruder, der auch bei uns war? Vielleicht steht seine Handynummer noch in der Akte. »Zu viele Fehlzeiten in der ersten Zeit«, sagte Sigrun. »Ich dachte, das wäre jetzt überstanden. Damals wollte sie wohl nicht gern zu uns in die Schule, Eingewöhnungsschwierigkeiten, hatte ich vermutet.«

»Also, wir gucken beide weiter, okay?«, steckte Maria gedanklich eine kleine Nuss in den kargen Boden.

Mist! Das war's mit dem Feierabendmodus! Maria stellte das Telefon in die Station und ging in die Küche. Brot, Käse, Butter und getrocknete Tomaten … Was wusste sie über Jana? Seit etwas über einem Jahr an der Schule. Vorher? Keine Ahnung. Leistungskurse Bio und Deutsch, mittelmäßige Schülerin, Tendenz in Bio nach unten, hauptsächlich wegen zu wenig mündlicher Mitarbeit. Anfangs war das einen Hauch besser gewesen. »Schwach angefangen und stark nachgelassen«, fiel ihr der neue Lehrerzimmerschnack ein. Warum hatte Jana nachgelassen? Keine Ahnung. Im Sport häufig krank, hatte gern mal ihre Regel, ansonsten still. Bei Spielen zurückhaltend, wurde sie vielleicht nicht angespielt? Keine Ahnung! Jana war eine von den Schülerinnen, die lange nicht auffielen, weil sie nicht auffallend waren, nicht störten, aber auch nicht viel zum Unterricht beitrugen. Eine Stille eben, die so mitlief. Hatte Maria gedacht – aber jetzt kam ihr der Verdacht, dass Jana in

Wirklichkeit nicht mitlief, sondern nebenherlief oder sogar überhaupt nicht mehr lief, sondern abgehängt, fast schon vergessen war.

Das Brot rutschte nur schwer durch ihren Hals. Tee musste her! Viel und heiß. Grüner Tee hilft auch gegen nutzlose Selbstanklagen und spätes Gewissen. Hatte sie da etwas völlig übersehen?! »Hallo, Frau Vertrauenslehrerin, ausgerechnet du?«, meldete sich schon wieder der blöde Zensor.

Unzählige Gespräche hatte sie mit ihrem Kollegen Karl geführt. Immer wieder wollte sie diesen verdammten Vertrauenslehrer-Posten abgeben, dieses Pöstchen, diese Unverschämtheit einer Bürokratie, die sich nur an Formalitäten aufgeilte, die es ernsthafte wagte und damit durchkam, dass für 2000 Schüler exakt zwei Schulstunden zur Verfügung standen, um haufenweise Riesenpakete zu entdecken, auf- und wieder zuzuschnüren, wegzuschieben, ein kleines Stück zu tragen und den Schülern wieder vor die Füße zu knallen, weil, weil, weil … Irgendein »weil« gab es fast immer. Irgendeinen Grund, weshalb die Schule, die Behörde, Karl und auch sie das Paket nicht so leicht machen konnten, dass es tragbar wurde. Wenigstens erträglich.

Sie hatten immer weitergemacht, es gab immer noch ein »weil« mehr auf der anderen Seite, mal kam es von Karl, mal von ihr und viel zu oft von einer der Stimmen ihres inneren Teams.

Und Janas Paket?

Aber vielleicht war da gar nichts, vielleicht war Jana nur krank und die Eltern ließen sich Zeit mit der Entschuldigung, vielleicht sah sie wieder zu schwarz? Maria nahm sich vor, mehr auf Jana zu achten, wenn sie wieder da sein würde und auch den Rest der Klasse genauer anzuschauen. Sie war so genervt gewesen vom BIO-LK, dass sie »Aus-den-Augen-aus-dem-Sinn« gespielt und wie Struthio camelus, der legendäre Vogel Strauß, den Kopf in den Sand gesteckt hatte.

3.
Eschatologischer Waschzettel

»We don't need no education …« Ein Stein nach dem anderen wird aufgeschichtet, Hände greifen die Steine von unten und stapeln sie, schnell, sehr schnell. Keine Gesichter, keine Stimmen, es ist dunkel und still. Nur die Hände bewegen sich, wie körperlose weiße Handschuhe bauen sie die Mauer. Die Musik hallt in ihrem Kopf: »We don't need no force controll … Another brick in the wall!« Pink Floyd. Das war immer ihre Musik gewesen, aber jetzt dröhnt sie höhnisch und schrill durch ihren Schädel. Sie will die Augen schließen und sich die Ohren zuhalten, nichts sehen, nichts hören und erst recht nichts wissen, aber sie kann ihre Lider nicht senken und die Arme nicht heben. Sie ist starr und muss mitansehen, wie die Wand wächst, die weißen Hände höher und höher hinaufreichen und schließlich hinter der endlosen und unüberwindlich hohen Mauer verschwinden. Totale und dabei ohrenzerreißende Stille folgt. Dann ein Schluchzen, ein leises Wimmern, das sie aus ihrer Erstarrung reißt. Sie wirft sich gegen die Mauer, hinter der es weint …

Mit einem Aufschrei schreckte Maria hoch. Sofort wusste sie, dass sie selbst geschluchzt hatte. Sie fühlte sich bleischwer, ihr Herz klopfte, als ob sie schnell, viel zu schnell gelaufen wäre. Viertel vor fünf. Sie versuchte gar nicht erst, wieder einzuschlafen. Das würde nicht gelingen.

Im Flur öffnete Pawlow nur ein Auge, er war ein Freund des Schlafes im Morgengrauen und Maria sah nicht nach einem Spaziergang aus in ihrem übergroßen T-Shirt mit dem Küken drauf und der Sprechblase: Kann Karate.

Charles Darwin hingegen war unterwegs, er liebte die frühen Morgenstunden, sein Motto war: Der frühe Kater fängt den Vogel …

Also saß Maria allein am Küchentisch, mit einer lauwarmen Tasse Tee aus der Thermoskanne vom Abend. Sie suchte Hilfe an der Kühlschranktür:

Meiers geheime Lebensliste:

1. Trink Alkohol! (Kein Alkohol ist auch keine Lösung!)
2. Sei unfreundlich!
3. Tu das Unerwartete!
4. Lach mit anderen über dich!
5. Halt! Dich! Raus!

Diesmal fand sie weder Trost noch Hilfe darauf. Alkohol? Sie schüttelte sich, obwohl sie zugeben musste, dass er schon funktioniert hatte. Maria dachte an die Begegnungen mit der Frau eines ermordeten Kollegen im Frühjahr zurück, bei der das gemeinsame Whiskytrinken schließlich die Lösung zutage gebracht hatte. Whisky! SIE! Sie hatte Whisky getrunken und es hatte sie vorangebracht …

Aber: Allein, am eigenen Küchentisch im Morgengrauen vor einem langen Schultag? Sowieso hatte sie weder Whisky noch Ähnliches im Haus. Die Flasche Rotwein war schon ein Riesen-Fortschritt.

Weiter mit 2. Unfreundlich konnte sie zu Pawlow und Charles Darwin sein, das brachte aber weniger als nichts. Unfreundlich zu sich selbst ging immer – aber mit dem gleichen Ergebnis.

Also 3. Was war jetzt unerwartet? Sie erwartete, dass sie sich um Jana kümmerte, dass sie herausfand, was los war, und dass sie erst lockerlassen würde, wenn Jana gerettet war. Ha! »Gerettet« – da war es wieder, das Reizwort! Sie wollte nicht mehr, dass sie jemanden retten wollte! Sie wollte sich aus Rettungsaktionen (siehe Nr. 5) heraushalten! Andererseits war sie Lehrerin, sogar im Superlativ: Vertrauenslehrerin, was vielleicht ein Fehler war, aber damit musste sie erst mal leben. Sie wurde nicht nur für die Vermittlung von Wissen bezahlt. Auch nicht fürs Raushalten. Also Einmischen und Raushalten – irgendwie musste beides gehen. Sie teilte die Tage konsequent in Schulzeit und Freizeit ein und hielt ihr Helfersyndrom so in Schach.

Also: Dranbleiben, aber nicht retten. Nachforschen, aber nicht allein.

Sie holte das Telefon zu sich an den Küchentisch und wählte, es klingelte ein paarmal – Mist, nur der AB: Piiiiieeeep – der Anrufbeantworter der Familie de Boer wartete auf Nachrichten.

»Hier ist Maria, es ist fünf Uhr, ich kann nicht schlafen und brauche dich. Los geh ran …«

Schade, dachte Maria, manchmal war Greta auch schon sehr früh wach und mit ihr konnte sie selbst in den schwärzesten Momenten lachen.

Sie drehte die Lebensliste am Kühlschrank um und sah auf das dahinter hängende »Register der 927 (oder waren es 928?) ewigen Wahrheiten« von Sheldon B. Kopp. Dieser eschatologische Waschzettel hatte den Anstoß zu ihrer geheimen Liste gegeben, und sie las:

Lerne, dir selbst zu vergeben, und wieder … und wieder … und wieder … und wieder …

4.
Felis silvestris catus: Kastenteufel im Wiesenweg

»Frau Behrends, haben wir von Jana Hübner aus meinem BIO-LK nur die Festnetznummer?«, fragte Maria im Sekretariat.

»Hier ist nur bekannt, dass am Anfang des Schuljahres der Vater da war. Er hat gesagt, dass Entschuldigungen für eine Weile von seinem Sohn ausgestellt werden. Das ist vermerkt. Ist aber irrelevant, weil die Schülerin Attestpflicht hat. Das hatte der Vater wohl vergessen«, sagte Frau Behrends.

»Aa, hier ist es: Bruder der Schülerin für die nächste Zeit mit der Aufsicht beauftragt – Entschuldigungen ggf. durch ihn.« Maria stellte den Ordner zurück. »Wissen Sie, warum das so ist?«, fragte sie.

»Die Eltern sind im Ausland, ein Projekt seiner Firma.« Die Sekretärin sah Maria nicht an, sondern auf den Bildschirm, sie scrollte suchend herum. »Shanghai oder so. Es musste schnell gehen, er hatte keine Zeit.«

»Er hat also keine andere Telefonnummer von sich oder seiner Frau dagelassen?« So schnell wollte Maria nicht lockerlassen.

»Jaha. Für so was ist das Sekretariat nicht zuständig, schon gar nicht am Schuljahresbeginn. Ich sag nur Umstrukturierung«, sagte Frau Behrends, sie klickte mit der Maus.

»Aber holla«, mischte sich jetzt Frau Dünnbier ein, die für die Berufsschule zuständig war. »Das neue Computerprogramm, der neue Stundenplaner und die neue Abteilungsleitung!«, rief sie.

»...und nichts ging mehr. Eltern, Betriebe, Innungen – alle riefen an und meckerten über die Stundenpläne der Schüler. Hier war der Teufel los. Ich hätte am liebsten alles hingeschmissen«, ergänzte Frau Behrends.

»Wenn die sich sonst auch so interessieren würden ... Aber sobald die Pläne dann äußerlich okay schienen, waren sie wieder von der Bildfläche verschwunden«, schloss Frau Dünnbier mit resigniertem Schulterzucken.

Maria nickte, die Schule hatte einem Ameisenhaufen geglichen, den irgendein idiotischer Waldschrat mit einem Spazierstock umgerührt hatte. Die knappe Information von Janas Vater ging in dem Chaos unter. Aber das war Wochen her. Hieß das also, dass Jana und ihr Bruder seitdem ohne ihre Eltern waren? Zwar fingen die schnellsten der Turbos schon mit Ende 16, Anfang 17 an zu studieren, da sind Mama und Papa möglicherweise auch weit weg. Aber Schule ist etwas anderes – oder? Maria merkte sich die Adresse. Wiesenweg 17 in Platjenwerbe. Nicht ihr üblicher Radweg, aber sie könnte nach Schulschluss einen für Pawlow erfreulichen Umweg machen.

Wiesenweg. Spießbürgertum hoch 3: jeder Vorgarten eine Steigerung des vorherigen: Noch ordentlicher, noch gerader, gepflegter, gediegener als der des Nachbarn. Eine Nagelscheren-Rasenhölle. Ein auf Artenminimierung ausgelegter Großversuch könnte nicht erfolgreicher sein. Der erste Platz im Wettbewerb »Unser Dorf soll blöder werden«: Mit original griechischen Göttinnen und Springbrunnen, japanischem Ahorn nebst geschwungener Brücke über 3 Quadratmeter Teich, obligatorischem Wagenrad und herbstlich bunt bepflanzter Holzschiebkarre war alles vertreten. Ein Panoptikum des bildungsbürgerlichen Bemühens um Deutschtum ohne Gartenzwerge: »Seht her, ich bin ein Weltbürger, beweise humanistische Grundbildung und spiele nach einem historisch gewachsenen Regelwerk, das für den Uneingeweihten undurchschaubar bleibt.«

Die Vorstellung, Pawlow würde in einen dieser Gärten scheißen oder ein Loch im Rasen buddeln, um etwas Leckeres zu vergraben, ließ ihre Härchen an den Armen strammstehen. Vermutlich würde sie diese Siedlung dann nicht lebend wieder verlassen, sondern in gutnachbarschaftlicher Übereinkunft in einem Schnellkomposter zu gutem Mutterboden verrotten.

Die Gefahr war aber gering, denn wo sollte hier auch nur die kleinste Feld-, Haus-, Spitz- oder Rötelmaus (tot oder lebendig) oder ein verwesender Vogel zum Verbuddeln zu finden sein? Es war nichts Lebendes zu sehen, dennoch fühlte Maria sich beobachtet. An Nummer 20 war ein Spiegel-Spion am Küchenfenster befestigt und gegenüber lauerte eine Überwachungskamera, sicher nicht die einzige.

Hübners Haus, Nummer 17, war Mittelmaß, weder besonders scheußlich geschmückt noch positiv auffallend. Der Rasen sollte allerdings vor der Winterruhe noch einmal gemäht werden, Dahlienbeete mit exakt umstochenen Rändern, Waschbetonplatten zur Haustür, zwei Autostellplätze vor der Doppelgarage, Trittsteine im Rasen zur Terrassentür …

Maria ließ Pawlow vor der Haustür sitzen. Sie klingelte. Im Haus regte sich nichts – doch: ein leises Maunzen, ein Kratzen an der Haustür. Dann war es wieder still. Einen Moment später kam eine kleine schwarze Katze um die Hausecke geflitzt. Sie rannte auf Maria zu und entdeckte Pawlow erst im letzten Augenblick. Aus dem schwarzglänzenden Pfeil wurde eine fauchende Flaschenbürste, die in grotesken Sprüngen Größe und Angriffslust demonstrieren und gleichzeitig flüchten wollte. Daraus wurde eine Mischung aus Totenkopfäffchen im Revierkampf und Knallfrosch rückwärts.

»Hey, kleiner Kastenteufel, bleib doch hier …«, lachte Maria, aber das Kätzchen war schon zurück hinterm Haus. Maria folgte ihr über die Trittsteine auf die Rückseite und blieb überrascht stehen: ein durch Hecken geschützter Innenhof, ein Kaninchenfreigehege unter einer Esche. Mehrere Kaninchen waren hier so untergebracht, dass Maria fast einverstanden war. Sie konnten buddeln und hatten das auch ausgiebig getan. Offensichtlich war das ganze Gehege mit Draht zu den Seiten und nach unten in der Erde gesichert, sonst wären die Tiere längst abgehauen.

Maria sah leere Trinkgefäße und es lag auch kein Futter herum. Drei Kaninchen »Oryctolagus cuniculus forma domestica, vielleicht Zwergschecken«, dachte Maria, die sich aber nicht gut mit den Rassen auskannte. »Stallhasen« waren ihr schon immer suspekt. Die Tiere kamen zum Gitter und schnupperten. Sie hatten keine Angst und umso mehr Hunger.

An einem Außenwasserhahn füllte Maria die Trinkflaschen auf und Futter stand in einer Tonne bereit. Offensichtlich wurden sie normalerweise sehr gut versorgt.

»Seltsam«, dachte Maria, »warum vernachlässigen Jana und ihr Bruder sie jetzt?«

»Maunz!« Die kleine Schwarze blickte vorsichtig aus einer Katzenklappe in der Hintertür, die direkt in die Küche führte. Sie traute sich nicht wieder raus, wollte aber doch gestreichelt werden. Maria kraulte ihr den Kopf und sprach leise zu ihr.

»Maaaauuuunz!!«, war die Antwort und die Katze lief durch die Küche zu ihrem Napf, der ebenfalls leer war, wie Maria durch die Glastür sehen konnte.

»Ach Mensch, für dich hab ich nix, tut mir leid«, sagte sie mehr zu sich als zu der Schwarzen, die jetzt auf den Küchentisch gesprungen war und eine schon völlig blanke Butterdose ausleckte.

5.
Sackgassen und Shanghai

»Nein, Sigrun, da stimmt was nicht. Ich hab die Nachbarn gefragt, sie haben nur Janas Bruder, Julian heißt er übrigens, gesehen. Er war gestern da, hat die Post mit reingenommen und war 10 Minuten später wieder verschwunden. Jana war nach ihren Beobachtungen seit 2 bis 3 Tagen nicht mehr da. Und sie hätten das gemerkt, glaub mir.«

»Aber zwei Tage sind doch für 17- bis 18-Jährige nicht viel. Die nutzen es aus, wenn ihre Eltern nicht da sind.«

Maria nannte Sigrun für sich immer »die Glucke«, weil sie so besorgt um ihre Kinder war. Für Hühnermütter beginnt die Nachwuchspflege bereits im Nest. Sie drehen ihre Eier bis zu fünf Mal pro Stunde und gackern ihren ungeborenen Babys etwas vor – diese zwitschern aus dem Ei heraus zurück. Nach dem Schlüpfen schützen die Mütter ihre Jungen mit ihren Flügeln vor Raubtieren. Es gibt Erzählungen zufolge Hühner, die sich weigern, ihr Nest mit frisch geschlüpften Jungen während eines Brandes zu verlassen. Das hatte Maria mit ihren Hühnern zwar zum Glück noch nicht erproben müssen, aber sie konnte es sich vorstellen. Sigrun jedenfalls, mit ihren drei Kindern in allen Phasen der Pubertät, wusste, wovon sie redete. In den Ferien hatten ihre zwei Ältesten eine Facebook-Party gefeiert, während sie mit ihrem Mann die Schwiegereltern in

Hessen besucht hatte. Über den abgängigen Teppichboden, mit Brandlöchern und verkrustetem Erbrochenen, die verschwundenen I-Pods und die Kratzer im Zweitwagen würden sie wohl vergeblich mit der Versicherung streiten. Und sie hatten ja noch Glück, wegen der Ferien waren viele der »Freunde aus dem Netz« verreist.

»Ja, aber hier geht es nicht um eine sturmfreie Bude, sondern um ein Mädchen, das nicht da ist, wo es sein sollte, und das seine Tiere vernachlässigt. Das ist doch was anderes! Und jetzt ist es schon eine Woche, die Jana nicht in der Schule ist!« Maria fragte sich, ob Sigrun alles kleinreden wollte? War sie selbst wirklich überbesorgt oder war Sigrun die fremde Brut schlicht egal?

»Aber der Bruder …?«

»Was weiß denn ich, vielleicht nimmt er Drogen, vielleicht hat er Jana umgebracht, ich weiß es doch nicht! Ich weiß nur, dass ich die ganze Nacht kein Auge zugetan habe, nachdem ich gestern noch mal da war und der Katze zu fressen gebracht habe. Was ist, wenn Jana oben im Haus liegt und verletzt oder krank ist und der Bruder einfach nix merkt? Er ist ja auch erst 20, da gibt es noch so einige Baustellen im Hirn.«

»Jetzt übertreibst du hoffentlich – aber na gut, was schlägst du vor?«, lenkte Sigrun ein.

»Wir brauchen die Telefonnummer der Eltern oder irgendwelcher Verwandten, die was wissen könnten. Hübner ist kein ungewöhnlicher, aber auch kein allzu häufiger Name. Notfalls gehen wir zur Polizei. Noch so eine Nacht stehe ich nicht durch.«

Nach 4 Anrufen bei Telefonbuch-Hübners, die alle nicht mit den Hübners im Wiesenweg verwandt waren, und einer hinterlassenen Nachricht auf einem Anrufbeantworter stand für Maria fest, dass sie sich etwas anderes einfallen lassen mussten.

Sigrun wollte den Schulleiter informieren, sie bewegte sich gern auf dem Dienstweg fort und wollte daran glauben, dass Schulleiter von Zeit zu Zeit Schulen leiten (so wie Zitronenfalter ja bekanntlich Zitronen falten) und dann hilfreich sein konnten. Maria fragte die Kollegen, wer Julian Hübner vor 2 oder 3 Jahren im Unterricht hatte bzw. wer sein Tutor war, vielleicht gab es da noch Freunde oder Telefonnummern?

Sie landete in Sackgassen. Zwar hatten Greta de Boer und Matthias Glaan Julian im Unterricht gehabt, sie wussten aber nicht, mit wem er befreundet war, und Tutor war Christian Scholz gewesen, der im letzten Jahr, zwei Monate nach seiner Pensionierung, gestorben war.

Sigrun schloss die Tür des Schulleiters unsanft: »Mehrbold hält sich raus. Wir sollen keinen unnötigen Staub aufwirbeln, sodass womöglich die Eltern ohne zwingenden Grund aus Shanghai zurückkommen. Ich glaube, er hat Angst, dass er dann den Flug aus eigener Tasche bezahlen muss. Andererseits hat er von ›pädagogischer Verantwortung‹ geschwafelt und von ›Fingerspitzengespür und so‹. Mit anderen Worten: Wir sollen was machen, aber das Richtige, und wenn es schief geht, sind wir schuld.« Aufgeregt ruckte ihr Kopf vor und zurück, auf und ab …

»Alles wie immer also«, fasste Maria zusammen, die von Mehrbolds Passivität weniger überrascht war als von Sigruns Enttäuschung. Das Wappentier des Schulleiters war aus zwingend naheliegender Übereinstimmung das Faultier. Manche Kollegen nannten es auch Gelassenheit. »Ich hab da eine Idee, versuch du weiter bei Jana anzurufen, ich weiß vielleicht jemanden, der uns helfen kann, ohne dass wir eine offizielle Vermisstenanzeige aufgeben müssen.«

Gerade als Maria aus dem Lehrerzimmer ging, kam ihr Büsra entgegen. Inzwischen war ihre Freistunde vergangen, die eigentlich Pawlow gehörte, und es war gerade 5-Minuten-Pause.

»Frau Brehm, kann ich Sie kurz sprechen bitte?« Büsra sah sich um und zupfte an ihrem Kopftuch. Tuch, Schuhe, Lidschatten, Stöckelschuhe – Knochenbrecherschuhe –, alles himmelblau heute. Spektakulär. Sie wich Marias Blick aus. Als Muslimin die Evolutionstheorie verwerfen und dennoch 12 Punkte in Bio. Ein rätselhaftes Chamäleon.

»Hier oder in meinem Büro?«

»Lieber im Büro.«

Aus der Mensa kamen Talitha und Louis. Büsra sah sie, zog die Schultern hoch und ihr Himmel verdunkelte sich.

»Ach, hm, wir können auch ein anderes Mal … Ist auch nicht so wichtig.« Sie drehte sich ab und ging zu Talitha und Louis. Beide zischten ihr etwas zu; Louis stieß ihr einen Ellbogen in die Seite. Die drei gingen zur Treppe und nach unten. Maria schnappte noch »Spinnst wohl …« und »Ey, wenn du …« und zweimal »Jana« auf. Eindeutig war Talitha die Wortführerin. Sie war schön, scheinbar träge, aber dann unvermittelt blitzschnell und sehr gefährlich. »Haimädchen«.

Vor der 6. Stunde traf Maria Talitha auf dem Gang. »Kommst du nach der nächsten Stunde bitte mal zu mir ins Büro? Ich habe ein paar Fragen.«

»Wieso das denn, ey«, Talitha sah knapp an Maria vorbei, »ich hab gleich Schichtende und muss schnell nach Hause.«

»Es ist wirklich wichtig.«

»Nee, mein Vater wartet.« Talitha warf ihre Umhängetasche über die Schulter und wollte sich wegdrehen.

»Na«, Maria stellte sich ihr in den Weg, »dann werden wir uns ganz kurzfassen und du beeilst dich danach.«

Talitha sah zu Boden, zuckte mit den Schultern und bewegte vage den Kopf zur Seite.

»Gut, dann sehen wir uns um 14.20 Uhr in meinem Büro«, sagte Maria. Sie drehte sich um und ließ Talitha stehen.

6.
Utopia war gestern

Als Maria aus der Sporthalle kam, stand Talitha schon vor ihrem Büro.

»Komm rein, setz dich – Tee?«

»Nee.«

»Talitha, kannst du dir denken, weshalb ich dich sprechen möchte?«

»Nee, keinen Schimmer, was Büsra hat, die labert doch nur.«

»Büsra hat mir gar nichts erzählt, als sie euch gesehen hat, war es nicht mehr so wichtig. Was hätte sie denn ›labern‹ können?«

»Weiß ich doch nicht, aber es ist doch immer so, irgendjemand macht irgendwas und Sie haben mich auf dem Kieker.«

»Du fühlst dich von mir ungerecht behandelt«, schaltete Maria auf Mediatorin um »und nicht richtig gesehen?«

Achselzucken bei Talitha, sie war noch im Trägheitsmodus.

»Du wünschst dir, dass ich mehr darauf achte, was du sagst, und dich wohlwollender beurteile?«, leierte Maria absichtlich herunter.

»Oh no, nicht das Sozigewäsch! Was wünschst du dir? Wohlwollen?! Das geht mir doch voll am Arm vorbei! Soll ich Ihnen mal was sagen, ich kenn dieses ganze Gelaber von rauf nach runter, dieses Harmoniegewinsel, dieser ganze Bullerbü-Kitsch.« Talitha sah Maria an, sie hatte die Hände zu Fäusten geballt und presste sie auf ihre Oberschenkel. Maria griff die Thermoskanne und schenkte zwei Becher Tee ein. Einen schob sie Talitha hin. Die nahm den Becher, pustete hinein und sagte leiser: »Das Leben ist nun mal nicht heile Welt. Utopia war gestern, heute ist WoM und Sie können mich nicht leiden -okay-, so wie ich Sie nicht leiden kann, weil ich die Schule nicht vertrage, und das ist Sache jetzt!«

»WoM?«, fragte Maria.

»WoM: Welt ohne Mitleid. Jeder gegen jeden eben, normal.« Sie stellte die Tasse hart auf den Tisch. »Oder für Sie als Biolehrerin: Der Stärkere überlebt.« Talitha sah Maria herausfordernd an. Es war klar, dass sie sich sicher war, wer von ihnen beiden die Stärkere war.

Da war er: Der schnelle Wechsel vom scheinbar trägen Dahindümpeln in aggressives Zuschnappen – oder war es ein Angriff aus Angst? Jedenfalls war Maria heute ein zu großer Fisch für sie.

»Okay, also ohne Harmonie und Verständnis: Was ist mit Jana?! Du weißt etwas über ihr Verschwinden, du kontrollierst die halbe Klasse und ihr wart doch sogar mal befreundet.«

»Die Lusche und ich? Ne, anfangs hab ich einfach nicht gecheckt, wie die tickt, aber dann war klar, dass sie spinnt. Hat Scheiß erzählt über mich. So hintenrum. Da hat es Zoff gegeben und seitdem ist Ruhe.«

»War das im letzten Schuljahr?«, fragte Maria.

»Nach ungefähr vier Wochen wusste ich Bescheid.«

»Warum bist du denn nicht mal zu mir oder zu Herrn Haller gekommen? Wir hätten da vielleicht …«

»Hallo?! Hab ich das nötig? Ich krieg meine Dinge selbst clear, sehen Sie doch, wir gehen uns aus dem Weg und gut.

»Hm«, Maria trank langsam einen Schluck Tee.

Schweigen.

Talitha lehnte sich zurück und sah sich im Raum um.

Sie betrachtete das große Foto von Pawlow über dem Schreibtisch. Die meisten Schüler kannten Marias Husky gar nicht, weil sein Warteplatz unter einer Treppe versteckt lag. Auch der Schulleiter hatte ihn dort noch nicht gesehen. Dazu müsste er ja auch sein Büro verlassen. Aber das war ja ein anderes Thema. Maria konnte sehen, wie es in Talitha arbeitete. Sie griff wieder nach dem Teebecher und trank einen kleinen Schluck.

»Beschwichtigungsverhalten«, dachte Maria. »Was jetzt wohl kommt? Lenkt sie ein?«

»Ihr Hund?«, fragte Talitha.

»Pawlow, ja.«

»Cool.«

Beide sahen das Foto des Huskys an, der gerade von einem Steg ins Wasser sprang. Die Ohren steil aufgerichtet, die Schnauze zu einem verzückten Grinsen geöffnet, der Blick zwischen Irrsinn und Orgasmus.

»Talitha, wenn du etwas über Jana weißt, sag es mir bitte, ich mache mir wirklich Sorgen.«

Schlechtes Timing. Talitha stand abrupt auf, sie stieß gegen den Tisch. Der Tee schwappte aus dem Becher. Maria ärgerte sich, dass sie zu schnell auf eine Stimmungsveränderung gehofft hatte.

»Ich hab doch gesagt, dass ich keine Ahnung hab, wo, mit wem und wieso-weshalb-warum sie weg ist.«

»Warte. Mit wem? Wie kommst du darauf? Hat sie einen Freund?«, fragte Maria.

»Welche wollen Jana 'n paarmal mit so'm Typen gesehen haben, so 'nem Greis, mindestens 40 oder so, sagen die anderen. Und jetzt, wo ihre Eltern sich verackert haben, nutzt sie vielleicht die Gelegenheit …«

»Hm, kannst du dich vielleicht mal umhören? Ich frage die anderen auch noch, aber vielleicht sind sie dir gegenüber offener?«

»Ich soll spitzeln für Sie? Negativ! Bringt auch sowieso nix. Die interessiert null. Ich muss jetzt echt los.«

Maria blieb noch sitzen, als Talitha gegangen war, sie ahnte die Härte, mit der Talitha sich und andere beherrschte. Und sie fragte sich, welche Angst dahinter versteckt war und was passierte, wenn diese Angst zu groß wurde, um sie zu bändigen.

***

TALITHA

Bloß weg hier! Bestimmt guckt die Brehm aus dem Fenster, also dreh dich nicht um, nicht gucken, ob Ö oder Lu da sind. Büsra ja sowieso nich, die sitzt längst zu Hause und strebert.

Die Brehm nervt echt, ob sie was weiß? Hoffentlich halten die anderen die Klappe. Nur noch zwei, drei Tage, dann ist Jana so weich, dass sie nur noch davon träumt, dass es vorbei ist. Die Fotos, die wir von ihr haben, die will sie wirklich nicht im Netz sehen. Die sagt nichts. Wem denn auch? Juli, den Alpha-Kevin, hast du doch voll im Griff. Für ein bisschen Gefummel vertickt der seine Eltern, und seine kleine Schwester ist ihm schon sowieso egal.

Und die Alten haben nur Job und Kies in Hirn.

Dir darf nur die Brehm nicht reinstressen …

Sonst kommt dir keiner in die Quere, Freunde hat Jana nich, da bist ja nur du …

Diese Loserin, ist doch allen rille, wo die ist, sind doch froh, dass sie mit ihrem Opfergetue nicht länger nervt.

Lässt wirklich alles mit sich machen, Klopskind. Dämlich, echt. Hast doch immer wieder gedacht: Jetzt! Jetzt geht die ab, jetzt knallt die durch und wir sind dran. Hält doch keiner aus. Aber die macht allerhöchstens einen auf Zornröschen. Und dann will sie dir auch noch was einreden von verstehen und so … Wenn du der einflüstern würdest, dass sie dich retten kann vor dem Schwarzen in dir, wenn sie dir die Fußnägel abknabbert, dann macht die das.

Dich retten! Dieses verwöhnte Villa-mit-Garten-Weichei. Was hat die fürn Smoothie im Hirn?

So, du bist außer Sicht der Schule, bleib cremig und app die anderen an. Läuft schon …

7.
Miss Marple schon wieder

»Seh ich recht? Miss Marple? Was verschafft uns die Ehre? Ist Ihnen doch noch was zum Fall Kaiser eingefallen? * Ein bisschen spät, was?!«, höhnte er.

Oh nein, ausgerechnet. Manche Menschen sind für Sympathie einfach nicht gemacht. Dieser war so einer. Scholz, Kriminalkommissar von der Mordkommission. Er war aber auch neben seiner Vorgesetzten, Kriminalhauptkommissarin Grothus, der Einzige, den Maria kannte.

»Ist Ihre Chefin da?« Mit Betonung auf »Chefin«.

»Ja, stellen Sie sich vor, zufällig arbeiten wir gerade mal, obwohl es doch schon Donnerstag ist und Sie uns sicher schon im Wochenende vermuten.«

Warum hatte er sie nur so gefressen? Was hatte sie ihm angetan, außer, dass er sie zu Unrecht verdächtigt hatte, einen Kollegen ermordet und dann Spuren beseitigt zu haben (wobei zugegebenerweise Letzteres eine berechtigte Anschuldigung gewesen war). Jedenfalls hatte er sich ihre Einmischung in die Ermittlungen aufs Schärfste verbeten, während Frau Grothus da eher gelassen war. Maria wusste, dass sie auf der Hut sein musste, sie hatte am Ende das Wichtigste für sich behalten und wollte auf keinen Fall über diese Geschichte reden. Was hoffentlich auf Gegenseitigkeit beruhte. Scholz jedenfalls war das personifizierte Misstrauen, wie die Gänse auf Lisas Hof. Vielleicht war er noch immer von ihrer Mitschuld überzeugt?

»Warten Sie hier«, sagte er. Widerwillig watschelte er los.

Die Türen waren zu dick, Maria konnte nicht hören, was drinnen gesprochen wurde. Nach kurzer Zeit kam Scholz heraus und hielt ihr schweigend die Tür auf.

Wie ein Déjà-vu, kam es Maria in den Sinn, aber bevor sie Zeit hatte, an den Fall Kaiser zu denken, kam schon Frau Grothus auf sie zu und begrüßte sie. Maria war wie im letzten Jahr beeindruckt von diesen kaltblauen Augen mit dem abwartend-gelassenen Blick der Kommissarin, die Maria um fast einen ganzen Kopf überragte.

»Setzen Sie sich doch, Frau Brehm, was kann ich für Sie tun?«, fragte sie.

»Es geht nicht um Herrn Kaiser, wie Ihr Kollege vermutet.«

»Sondern?«

»Ich komme, weil eine unserer Schülerinnen verschwunden ist – na ja, jedenfalls ist sie nicht in der Schule, keiner weiß was und wir machen uns Sorgen«, sagte Maria.

»Was ist mit den Eltern?«

Maria registrierte, dass Frau Grothus sie nicht darüber belehrte, dass es Eltern gibt – sie nahm einfach an, dass Maria Gründe für ihre Sorge hatte.

»Die Eltern sind in Shanghai, irgendwie beruflich, Genaueres weiß ich nicht. Es gibt noch einen Bruder, aber wir erreichen im Haus niemanden und wir wissen auch nicht, wo wir ihn oder seine Schwester suchen sollen. Es kann ja eine ganz einfache Erklärung geben, aber …« Maria stockte.

»Sie sind besorgt – wollen aber die Eltern nicht unnötig beunruhigen?«, beendete die Polizistin den Satz.

»Ja und nein, wir haben keine Telefonnummer oder Adresse der Eltern in China; der Bruder ist vom Vater als Erziehungsberechtigter benannt worden«, sagte Maria.

»Und was erwarten Sie nun von mir? Wollen Sie eine Vermisstenanzeige aufgeben?«

»Ich dachte erst mal, dass ich Sie frage, was wir tun können. Außer Ihnen kenne ich niemanden bei der Polizei und ich möchte nicht, dass ein Apparat in Gang kommt, der vielleicht unnötig ist.« Maria fühlte sich unwohl. Sollte sie nicht selbst wissen, was in so einem Fall zu tun ist? Warum eierte sie so herum – so unprofessionell?

»Wann ist die Schülerin denn zuletzt in der Schule gewesen?«, fragte Grothus.

»Am letzten Mittwoch, also vor genau einer Woche. Den Bruder haben die Nachbarn noch gestern gesehen, kurz, Post rausholen, aber sonst ist er wohl auch nie zu Hause.«

»Sie könnte also mit dem Bruder gemeinsam irgendwo sein oder in Absprache mit ihm eine Woche blaumachen? Oder krank bei einem Verwandten …«

»Oder, oder … Ja, es gibt viele Möglichkeiten. Andererseits hat seit Tagen keiner die Kaninchen und die Katze gefüttert«, fiel Maria ihr ins Wort.

»Woher wissen Sie das?«

»Ich war da, habe die Tiere gesehen und die Nachbarn gefragt. Was ist, wenn sie verletzt im Haus liegt und der Bruder einfach ein unzuverlässiger Schlunz ist?!« Sie musste ihre Sorge einfach mal aussprechen.

Maria brachte auch die Attestpflicht und die Mitschüler ohne jeden Schimmer vor.

»Okay, Frau Brehm, da ich ja weiß, dass Sie weder Ruhe haben noch geben werden, bevor Sie nicht Ihre Schäfchen im sicheren Stall wissen, biete ich Ihnen folgendes an: Ich finde den Aufenthalt der Eltern heraus, Sie fragen dort an und wenn dann noch Grund zur Sorge bleibt, untersuchen wir das Haus und leiten alle weiteren Maßnahmen ein. Sollte sich aber alles als blinder Alarm herausstellen, laden Sie mich auf einen Wein ein.«

Überrascht sah Maria die Kommissarin an, mit einer solchen Wende ins Private hatte sie nicht gerechnet.

Nachdem Maria Namen und Adresse angegeben hatte, reichte Frau Grothus ihr die Hand. »Ich muss jetzt an meine Arbeit – Sie wissen ja: ›Das Verbrechen schläft nicht‹. Sie hören von mir.«

War das jetzt wieder eine Miss-Marple-Anspielung? Egal, Maria ging so erleichtert aus dem Polizeihaus, dass sie versehentlich sogar Scholz ein freundliches »Tschüss« daließ.

Mit Pawlow radelte Maria eine Extrarunde bis zum Schönebecker Sand, der Halbinsel zwischen Weser und Lesum. Sie setzte sich auf eine Bank mit Blick auf die Weser und die neueste Megayacht von Abeking & Rasmussen gegenüber.

An dieser Stelle war vor 30 Jahren noch Strand gewesen und Maria hatte genau hier in der Weser schwimmen gelernt. Die Sommer waren endlos, es war immer warm, der Sand immer heiß, er kroch unter den Badeanzug und es war eine Wohltat, sich in den Fluss zu schmeißen und mit langen Sprüngen durchs Wasser zu gleiten. Der Schwimmunterricht war dagegen eine öde Sache. Trockenübungen mit kratzigem Sand in der Poritze und warten, bis man mit einem Metallring an einem langen Stab gehalten ins Wasser durfte. Dann galt es diszipliniert genau die Bewegungen zu machen, die vorher geübt worden waren. Keine anderen, keine Faxen, keine Sprünge. Da war Herr Rostalski sehr streng und alle Kinder kuschten vor ihm. Spaß ging anders, aber umso schöner war es, wenn man dann schwimmen konnte und ein Stück weg von den Kleinen fast unbeaufsichtigt ins Wasser durfte. Das war es wert, durchzuhalten. Und sie lernte schnell.

Gerade noch rechtzeitig vor der großen Weservertiefung, danach war der Sog der Schiffe so stark, dass das Baden in der Weser zu gefährlich wurde, und der Strand wurde ebenso wie der an der Weserpromenade in Vegesack durch Spundwände und Steinverhaue abgelöst.

Erst seit Kurzem wurde das Baden in der Weser wieder als »normale« Beschäftigung betrachtet, jedenfalls in der Stadt. Hier unten waren Steine und Stahl noch immer allgegenwärtig.

»Aber Hunde können hier baden – na los Pawel, rein mit dir!« Mit aller Kraft schleuderte Maria einen Ast in die Weser und Pawlow ließ von seiner Schnüffeltour rings um das verwahrloste Vereinshaus ab und stürzte sich ins Wasser. Maria beobachtete zwischen den Würfen die tauchenden Kormorane.

»Phalacrocorax carbo, einzige Art aus der Gattung Phalacrocoracidae aus der Ordnung der Ruderfüßer Pelecaniformes«, murmelte sie übungshalber vor sich hin. Dann kam ein Haubentaucher (Podiceps cristatus), eine Vogelart aus der Familie der Lappentaucher (Podicipedidae), aus der Lesummündung die Weser aufwärts geschwommen. Jetzt natürlich schon im Schlichtkeid, aber dennoch ein eleganter Anblick. Immer wieder blieb er minutenlang unter Wasser und jetzt tauchte er mit einem Fisch auf, der sich heftig wand und zu entkommen versuchte. Der Vogel hatte ihn ungünstig an einer Flosse erwischt und musste ihn wenden, um ihn schlucken zu können. Er versuchte es mit einem kreisförmigen Schwung des Schnabels, aber es misslang und der Fisch entkam mit einem silbrig aufglitzernden Sprung zurück in die Lesum. Sofort machte sich der Haubentaucher wieder auf die Jagd. Maria drückte dem Fisch, einem Rotauge vermutlich, die Daumen, dass er Schutz zwischen den Ufersteinen gefunden hatte. Das Rotauge (Rutilus rutilus), alias Plötze oder Unechte Rotfeder, aus der Familie der Karpfen (Cyprinidae) gehört zu den häufigsten Fischen hier. Er war nicht gefährdet, aber was hieß das schon angesichts der Erwärmung der Gewässer.

Der unermüdlich ins Wasser springende Hund störte die Vögel nicht. Vielleicht trug er sogar zu ihrem Fangerfolg bei, indem er die kleinen Fische aus der Ufervegetation scheuchte.

Es war schon fast dunkel, als Hund und Frau erschöpft, aber zufrieden zu Hause ankamen.

Maria schmierte sich noch ein Brot und schenkte sich übungshalber eine Rotweinschorle (siehe Nr. 1!) ein. Nachdem sie das Brot verschlungen hatte, setzte sie sich ans Fenster und wählte die Nummer von Lisa. Sie hatte Lust, mit Felix zu sprechen, den sie seit Lisas Umzug nach Oldenburg sehr vermisste. Und vielleicht auch kurz mit seiner Mutter?

»Hier ist Felix, wer ist da?«, meldete er sich.

»Hallo Felix, hier ist Maria.«

»Meier! Ich bin heute auf Bonny geritten! Mama, Meier Bremen ist dran! Bonny war ganz lieb und ich bin bis zum Wäldchen geritten und zurück!«

»Ganz allein? Oder war Mama mit?«

»Nein, Alex ist mit dem Rad nebenhergefahren. Mama hatte keine Zeit, die war bei Frau Reuter, meiner Lehrerin.«

»Wie gefällt es dir denn in der Schule?«

»Geht so, vielleicht geh ich bald nicht mehr hin.«

»Wie, nicht mehr hin? Warum denn nicht?«

»Einfach so, hier kann ich doch viel mehr machen und lernen kann ich von Mama und Alex und Bruni und Leo auch alles und noch viel mehr.«

»Als du im Sommer bei mir warst, hast dich aber ganz doll auf die Schule gefreut.«

»Hab ich auch, aber da war ich ja noch klein und wusste nicht, wie es da ist. Mama, Meier ist hier, – Mamaa!«

Maria hörte den Hörer auf den Boden fallen, Schritte auf Fliesen, Stimmen, Schritte …

»Hallo Maria.«

»Hallo Lisa, ich wollte einfach mal mit euch telefonieren. Ich sitze hier mit einer Rotweinschorle und schaue in den Garten …«

»Oh, brave Meier! Das klingt doch gut! Und jetzt willst du mich noch beschimpfen und mir einen Antrag machen?!«

»Genau, danach weiß ich von nix und lach mich kaputt«, ging Maria auf Lisas Ton ein.

»Hey, das gilt nicht, du musst schon mit mir gemeinsam lachen, und zwar über dich«, konterte Lisa.

»Pingelig wie immer …«

Zum ersten Mal konnten beide über sich und ihre Beziehungs-Bauchlandung lachen. Nach 2 Jahren Distanz fühlte Maria sich Lisa wieder näher.

»Es wäre schön, wenn …«, begann sie.

»Stopp, kein ›hätte, hätte Fahrradkette‹, wie Felix immer sagt!«, bremste Lisa sie sofort aus. »Erzähl lieber mal, wie es dir geht. Ich habe Felix versprochen ihm vorzulesen, da hab ich nur noch kurz Zeit.«

»Alles gut soweit. Aber was war das denn eben mit Felix und seiner Schule?«

»Das ist eine lange Geschichte und er ist nebenan. Das passt jetzt nicht gut. Vielleicht ein anderes Mal. Trink noch einen Schluck für Felix und einen für mich.«

»Mach ich. Sag Felix gute Nacht von mir und wenn er das nächste Mal kommt, soll er mir was vorlesen, das kann er dann bestimmt schon.«

»Tschüss Meier.«

»Tschüss Lise.«

***

JANA, 2. Dezember 2015

»Was ist nur mit mir los? Warum bin ich immer das Opfer?« Der Bildschirm flimmert vor meinen Augen. Nun habe ich dieses Forum für Mobbing-Opfer gefunden und immer und immer wieder lese ich meine eigene Frage. Die Ratschläge, die von anderen kommen, helfen mir auch nicht weiter: »Gut, dass du dich traust, darüber zu reden; hol dir Hilfe von deinen Eltern, dem Vertrauenslehrer …« Alles Quatsch … Als ob das so einfach wäre …

… und was würde dann mit mir und Talitha?

Immer wieder habe ich ihr geglaubt, wollte ihr glauben. Talitha ist doch nicht böse oder wirklich so gemein, sie kann nur manchmal nicht anders, sie will vor den anderen stark scheinen, will die Lacher und die Bewunderer auf ihrer Seite haben. Und das manchmal auch, wenn ich das Opfer bin.

OPFER steht auch auf meinen Schulheften, in den Büchern, auf meiner Schultasche, sogar meinem kleinen süßen Talisman-Schwein hat wer OPFER auf den Rücken geschrieben. Wenn ich neue Hefte mitbringe, die Bücher in Umschläge packe, die Schultasche wechsle, es dauert nie lange und es steht wieder da. In verschiedenen Handschriften. Wenn ich nur mal kurz rausgehe oder auch nur weggucke. Ein paarmal habe ich gesehen, wie wer an meinen Sachen war. »Spaaaß!« ist die Standardantwort und »stell dich nich so an, ist doch nur Spaß.« Als ich mal im Geschichtsunterricht laut protestiert habe, hat der Glaan so getan, als ob er es nicht hört, und hat einfach weitergemacht mit seinem Monolog über »Herrschaft und ihre Legitimation im demokratischen Athen«.

Talithas Schrift war noch nie dabei, aber gestern habe ich gesehen, wie sie Ömer anerkennend zugenickt hat, als der mit einem Permanentstift auf meine Sportschuhe »OPFER« gekritzelt hat, in Rot, mit verlaufenden Strichen, die wie Blut aussahen …

Aber ich weiß genau, dass Talitha auch ganz anders sein kann. In der ersten Zeit war Talitha so, wie sie in echt ist.

8.
Fuchsalarm und Hühnerklappe

Maria hatte damit gerechnet, aber als Jana tatsächlich auch am Freitag nicht zum Sport kam, merkte sie, dass sie ihre Unruhe kaum noch in den Griff bekam. Sie konnte sich nicht auf das Hockeyspiel konzentrieren und teilte zwei Schülerinnen, die auf der Bank saßen: »Ich hab Bauchweh« und »Ich hab Kreislauf«, als Schiedsrichterinnen ein. Natürlich gab es dann großes Hallo wegen jeder Entscheidung – aber Teamfähigkeit, Konfliktkultur und Frustrationstoleranz waren ja schließlich Schlüsselkompetenzen.

Hühnerstall ausmisten und auf Milben kontrollieren, 200 Krokuszwiebeln in die Erde bringen … In Gedanken an das Wochenende und ihre Pläne für ihren »kleinen Bauernhof« versunken, fuhr Maria die Straße An Raschens Werft den Lesumhang hoch. Seit Kaisers Tod hatte sie diesen Weg zu ihrem alten Feuerwehrhaus gemieden. Pawlow lief voraus, der Futternapf lockte ihn nach Hause.

»Pawlow?! Ja, hmmmmm, Pawlow, Alter …«, hörte Maria hinter der Biegung. Schnaufend folgte sie dem Hund bergauf.

»Robert?!«, rutschte ihr heraus, »Herr Voss, was machen Sie denn hier?«

Auf dem schmalen Weg stand Robert Voss, Pawlow schmiegte sich an sein Bein. Dieser Verräterköter, der sonst so zurückhaltend war.

»Frau Brehm«, Voss deutete eine Verbeugung an.

»Hallo, ach, dumme Frage von mir, sie besuchen natürlich Frau Kaiser.«

Der Mord an Marias Kollegen Kaiser war, soweit sie wusste, offiziell noch immer nicht aufgeklärt. Maria war sich sicher, dass zwischen Robert Voss, dem Hafenmeister von Norderney, und Simone Kaiser, der Witwe, mehr war als eine Jugendfreundschaft. Und sie wollte nicht wahrhaben, dass es ihr etwas ausmachte.

»Sie wissen also noch nicht, dass sie sich selbst angezeigt hat? Ihr Mann hatte bei ihr an Bord einen Segelunfall und sie hat dann panisch reagiert – sie war in Sorge wegen ihrer ärztlichen Zulassung, wegen unterlassener Hilfeleistung.«

Maria sah Voss nur an. Sie wollte nichts dazu sagen – sie konnte nichts sagen, ohne ihre Rolle dabei zu verraten.

Voss sprach schnell weiter, auch er hatte dazu beigetragen, dass die Polizei den Fall damals nicht aufklären konnte. »Sie war fünf Monate im Ausland, vor einer Woche ist sie zurückgekommen, weil sie die Wahrheit zu sehr belastet hat. Sie hat mich gebeten, die Yacht zu verkaufen, und ich hole gerade die Unterlagen aus dem Haus.«

»Wo ist sie denn jetzt?«

»Sie ist noch in Untersuchungshaft, aber vermutlich wird sie bald entlassen, es besteht ja keine Fluchtgefahr. Sie hofft, dass die Verhandlung bald ist«, Robert zögerte, bevor er leiser hinzufügte »Sie ist schwanger.«

»Schwanger?!« Heiße Wut schoss in Maria hoch. »Schwanger?! Na herzlichen Glückwunsch! Vermutlich von Ihnen?« Sie hatte im Frühjahr zwischen dem Verdacht, dass die beiden Kaiser gemeinsam ermordet hatten, und der Hoffnung, dass es tatsächlich ein Unfall mit anschließender Panikreaktion von Simone Kaiser war, geschwankt. Ebenso wie zwischen der Anziehung, die Voss auf sie hatte, und der Vermutung, dass er ein Schuft war.

Und nun schien es sich zu zeigen, dass er die ganze Zeit nur auf seine Gelegenheit gewartet hatte, um Simone – oder ihr Geld? – Wahrscheinlich beides – zu bekommen.

Voss sah Maria kühl an: »Sie ist schwanger von ihrer Reise zurückgekommen.«

»Was für eine bescheuerte Idee, sich schwängern zu lassen und dann in den Knast zu gehen!«

»Da sind wir ausnahmsweise einmal einer Meinung – aber es geht ja eher um eine Bewährungsstrafe. Es war ja schließlich kein Mord.« Voss war einen Schritt zurückgetreten, er sah zu Boden. Eindeutig Beschwichtigungsverhalten.

»Glauben Sie das? Oder hoffen Sie's? Wissen können Sie es ja wohl nicht.« Maria war entschlossen, ihren Vorteil zu nutzen.

»Ich finde, das überlassen wir jetzt mal der Polizei. Ich kenne Simone, sie ist keine Mörderin, auch wenn ihr Mann ihr bestimmt Gründe genug geliefert hat.« Jetzt sah Voss sie an und stand mit leicht erhobenen Armen vor ihr. Selbstbewusste Unterwerfung.

»Vielleicht wäre es gut gewesen, wenn Sie es von Anfang an der Polizei überlassen hätten?«, legte sie dennoch nach.

»Wir stehen erst seit zwei Minuten hier und streiten schon wieder. Ich schlage vor, Sie zeigen mir heute Abend, wo man hier in Vegesack gut essen kann, und dann streiten wir in einem angenehmeren Rahmen weiter oder unterhalten uns vielleicht sogar wie kultivierte Menschen.«

Das könnte einen Versuch wert sein, dachte Maria. »Haben Sie ein Fahrrad?«, platzte sie heraus, bevor der Zensor ihr dazwischenkommen konnte.

»Von Kaiser steht so eine Rennmaschine in Simones Garage.«

»Gut, dann hole ich Sie um 19.00 Uhr hier ab.«

Maria fand sich vor dem Spiegel wieder. Dafür, dass sie sich eingeredet hatte, dass sie kein wirkliches Interesse an Ro Voss hatte, nur aus Neugier mit ihm essen gehen wollte, hatte sie viel Zeit im Bad und vor ihrem Kleiderschrank verbracht. Die Auswahl zwischen der »normalen« Jeans und der »etwas besseren« fiel ihr nicht schwer – es verstand sich von selbst, dass es die normale sein sollte. Auf keinen Fall würde sie sich aufbrezeln für den noch immer als zwielichtig eingestuften Voss. Aber anstelle des üblichen Sweatshirts griff sie denn doch nach dem T-Shirt aus grauer Spitze, das sie in einem schwachen Moment gekauft und bisher nur zweimal zur schwarzen Hose auf Abibällen getragen hatte. Zusammen mit ihrer flauschigen ebenfalls grauen Mohairjacke ergab sich eine schöne Mischung aus edel und lässig, redete sie sich selbst in Modezeitschriftprosa zu.

Am Treffpunkt wartete Ro schon und wieder sah Maria erstaunt, dass Pawlow wedelnd auf ihn zulief und seinen Kopf fest gegen dessen Oberschenkel drückte. Das war seine maximal-zärtliche Aufforderung zum Streicheln, in deren Genuss selbst sie nur selten kam.

Auch jetzt nahm Ro diese Begrüßung wie selbstverständlich und mit eher beiläufigem »Hmmm, hallo Dicker« und Ohrenkraulen entgegen.

»Können wir?«, kürzte Maria die Szene ab. Begeistert spurtete Pawlow los, runter zum Admiral-Brommy-Weg, der sich an der Lesum bis zur Mündung in die Weser und bis zum alten Vegesacker Hafen hinzog.

In der Dämmerung war der Blick über das Wasser und in das Werderland hinein wie ein Gemälde von Turner, die untergehende Sonne tauchte die Landschaft in Farben von hellem Blau über Türkis und Petrol bis hin zu Lila und Orange. Schon fast kitschig, aber eben doch nur fast und gerade deshalb faszinierend. Nichts, was Maria zerreden mochte. Robert schien das genauso zu sehen. Noch ein Punkt für ihn.

Der Vegesacker »Utkiek« war nicht gerade ein Feinschmeckerrestaurant, aber, wie der Chef zu sagen pflegte, »ein Speiselokal der gehobenen Klasse«. Maria hatte während ihres Studiums dort gearbeitet und immer darüber gewitzelt, musste aber zugeben, dass man im Utkiek tatsächlich ganz ordentlich und zu angemessenen Preisen essen konnte. Jedenfalls im Vergleich zu den meisten anderen Lokalen. Dennoch war und blieb der Utkiek für sie eine »Kneipe« und das war auch gut so. Kein Schickimicki-Laden, in dem Halbfertig-Produkte auf zu großen Tellern mit schwungvollen Balsamico-Spritzern und Physalis dekoriert überteuert serviert wurden.

Das Thema Simone Kaiser schloss der Waffenstillstandsvertrag aus.

Ro erzählte von Norderney und wie zum Saisonende auch seine Arbeit als Hafenmeister und Surfschulinhaber weniger wurde. Er werde jetzt noch einiges in Bremen organisieren, dann auf Norderney noch die letzten Arbeiten zur Überwinterung des Materials erledigen und danach für etwa sechs Wochen eine Segelyacht in die Karibik überführen. Das habe er früher mehrmals gemacht, sich in den letzten Jahren aber nie die Zeit genommen.

»Und wie geht es bei Ihnen in der Schule?«, wechselte er das Thema.

Die Stimmung war so entspannt, dass Maria, ohne lange zu überlegen, von Jana erzählte.

»Kannst du dir vorstellen, wie mich das beunruhigt?« Das »Du« war ihr wieder so rausgerutscht, es fühlte sich passend an – sollte ihr inneres Team längst entschieden haben, dass Ro vertrauenswürdig war? Gegen Pawlow plus Intuition konnte scheinbar selbst ihr tiefes Misstrauen gegen alle und jeden nicht an.

»Ja, das kann ich mir vorstellen, du willst wieder mal eins deiner Schäfchen retten, scheint mir.« Auch Robert zögerte keinen Moment beim »Du«. Das war also beschlossen. Aber schon wieder »Schäfchen retten«, das hatte doch gerade Frau Grothus auch so gesagt? Maria fragte sich, ob der Weg aus dem Helferwahn noch länger war als gedacht.

»Hast du schon mal über Facebook Kontakt aufgenommen?«, holte Ro sie aus ihren Gedanken zurück und Maria stellte sich vor, jemanden zu haben, mit dem sie in ihre dunklen Ecken gucken könnte, vielleicht ein Fenster in eine der dicken Wände einbauen, ein kleines, ein vergittertes …

»Nein, ich bin da völlig unbedarft«, sagte sie, »machst du da etwa mit?«

»Ich mache Werbung und informiere meine Stammkunden und auch für die Hafenmeisterei ist Facebook hilfreich. Außerdem habe ich Freunde, die nicht auf der Insel leben, so bleiben wir im Kontakt«, sagte Robert.

»Was könnte das denn bringen? Meinst du, Jana geht nicht ans Telefon und verschwindet so von der Bildfläche, aber sie ist noch bei Facebook aktiv?«

»Selbst wenn nicht, kannst du vielleicht herausfinden, ob es einen Grund für ihre Abwesenheit gibt. Vielleicht hat sie sich verliebt – in einen Italiener zum Beispiel und nun ist sie in Neapel und genießt das Leben.«

»Meine Fantasie sieht eher so aus, dass sie verletzt irgendwo liegt und seit Tagen darauf hofft, dass sie mal jemand vermisst«, sagte Maria.

»Ich bin noch bis Sonntag hier, wie wär's, wenn ich mal gucken würde, was ich finde und ob es einen Anhaltspunkt gibt? Wäre doch schön, wenn wir an einem Strang zögen, anstatt gegeneinander zu arbeiten?«

Nun spielte er doch wieder auf den Fall Kaiser an. Maria war unschlüssig, dann sah sie unter dem Tisch ihren Hund ganz entspannt neben Ros Füßen liegen.

»Warst du es, der auf Norderney versucht hat, Pawlow zu vergiften?« Diese Frage musste gestellt werden, bevor sie Voss noch weiter in ihr Leben ließ, obwohl sie beim Anblick von Pawlow unterm Tisch hoffte, die Antwort schon zu kennen, und sie wünschte sich, sie auch glauben zu können.

»Nein, natürlich nicht! Es war auch keine Vergiftung, der Tierarzt hat mir gesagt, dass er einen Angelhaken verschluckt hatte. Ich finde, wir sollten diese Geschichte erst mal beiseitelassen. Später können wir gern mal in Ruhe darüber reden, aber noch ist das alles zu unverdaut. Jetzt trinken wir erst mal auf unsere Zusammenarbeit!«

Das war die Antwort, die sie erwartet hatte, aber die Worte kamen Maria dürr und leblos vor. Das Fenster schrumpfte zu einer schmalen Schießscharte zusammen.

»Ich empfehle einen Villa Roma Chianti Classico. Der 2009er ist sehr gut geraten. Vielschichtige Frucht, süße rote Beeren, Flieder und Lakritz prägen das Bouquet, am Gaumen zeigt er sich essentiell toskanisch und von klarer Eleganz. Feinst polierte Tannine formen eine seidenweiche Struktur, der Alkohol ist perfekt integriert, hier wirkt nichts schwer oder ›over-the-top‹. Ein wunderschöner Wein, den man einfach genießen kann, der aber auch einem Weinkenner viel zu bieten hat.«

So viel zum Thema »Kneipe«, dachte Maria. Der junge Mann aus dem Service kam ganz offensichtlich frisch von einem Weinseminar und hatte es kaum erwarten können, diesen Text anzubringen.

»Hört sich gut an«, sagte Ro schmunzelnd, »wollen wir eine Flasche nehmen?«

»Für mich bitte eine Rotweinschorle, trocken, mit ganz wenig Wein und viel Wasser.«

Beide Männer sahen sie an. Ro grinste, aber dem jungen Mann entglitten die Gesichtszüge und zeigten offene Missbilligung. Er fing sich schnell wieder, als Ro eine Flasche des angepriesenen Chianti bestellte. Er deutete eine Verbeugung an und eilte zur Theke.

»Lass uns schnell das Essen aussuchen, bevor wir ihn da wieder so schockieren. Sicher kann er die ganze Karte aufsagen und es wimmelt nur so von Süppchen und Schäumchen und Böhnchen!« sagte Ro, griff nach der Karte und gab sie Maria. »Du kannst doch sicher was empfehlen?«

»Nein, ich war seit Ewigkeiten nicht mehr hier und eben habe ich gemerkt, dass sich einiges verändert hat. Aber ich habe einen Mordshunger! Teilen wir uns einen Vorspeisenteller? Und danach würde ich die Nudeln mit Gorgonzola nehmen, da weiß ich sicher, dass ich satt werde, und man kann ja nicht viel falsch machen.«

»Wer hätte das gedacht, dass du mir mal die Hälfte deiner Vorspeisen anbieten würdest?! Natürlich kann ich da nicht Nein sagen! Und ich probiere die Spagetti Aglio e Olio, wenn du so wenig Vertrauen in die Küche hast.«

Der Plan entwickelte sich beim Essen ganz von selbst, ein Wort gab das nächste, die Gedanken ergänzten sich. Ro war geübt bei Internetfragen, Maria fügte die Innensicht der Schule hinzu. Der Wein trug dazu bei, dass ihre Bedenken weggespült wurden, aber auch die lockere Stimmung zwischen Ro und ihr sorgte dafür, dass sie die Schmähungen ihres inneren Zensors und auch die Warnungen der Ängstlichen nicht hören wollte.

Ro würde auf Facebook Kontakt zu Schülern des Kurses aufnehmen. Er würde sich als neuer Schüler des Mies-Rohland-Schulzentrums ausgeben. Schnell entwarfen sie ein Profil des »Neuen«. Er sollte in einem anderen Bildungsgang sein, am besten Berufsschüler, natürlich durfte kein Foto dabei sein, der Name erkennbar ein Alias, vielleicht Ork? Oder Gollum? Der Herr der Ringe war gerade wieder sehr beliebt bei den Schülern.

»...ihr könnt ja mal raten, sucht mich doch ... Kleiner Tipp: Ich bin einer von den über tausend Berufsschülern ... so ungefähr stelle ich mir das vor«, schlug Ro vor. Und er könnte sich darüber lustig machen, dass das SZ langweilig sei und provinziell im Hinblick auf Mobbing, Bashing etc. In Berlin, woher er komme, sei viel mehr los ...

Er würde ankündigen, dass er demnächst einen Film ins Netz stellen werde, auf dem zu sehen ist, wie er den Hund von Frau Brehm vergifte.

Hier spätestens hätte Maria klar sein müssen, dass in der Weinschorle mehr Wein war, als ihr guttat. Aber sie bremste nicht, sondern sie planten weiter und spornten sich gegenseitig an:

Er suche Gleichgesinnte, die wie er das wirkliche Leben raffen. Mies zu Mies! Mies der Rohe... Schluss mit Lönneberga... her mit clockwork orange... und WoM, konnte Maria ihre neuen Kenntnisse einbringen.

Sehr spät kamen Ro und Maria mit Pawlow wieder in St. Magnus an, sie stoppten an der Kreuzung zu Raschens Werft. Maria wurde mulmig. Jetzt bloß keine verdruckste Teenager-Abschiedsszene, dachte sie und blieb in einigem Abstand stehen.

»Also, dann rufst du mich morgen an, wenn du was im Internet gefunden hast. Ich muss los, die Hühnerklappe ist noch auf.« »Das ist ja wohl die blödeste Abschiedsvermeidungsausrede aller Zeiten«, krittelte der inzwischen durch die frische Luft wieder munter gewordene Zensor, zum Glück konnte nur Maria ihn hören – oder?

»Gute Nacht, Pawlow, schlaf du schön und grüß mir dein Frauchen, wenn es wieder da ist«, sagte Ro, während er dem Hund den Hals kraulte, der sich mit mehr Anstand verabschiedete als Maria.

***

JANA, 17. Dezember 2015

Sie hat mir mal erzählt, wie das so war mit ihr und ihren Eltern. Das war so schön, wir haben in meinem Zimmer auf dem Bett gelegen und sie hat einfach so erzählt, Freundin eben.

Sie war gerade erst nach Bremen gezogen, zu ihrem Vater, den sie fast nicht kannte. Die Mutter war drogenabhängig und Talitha sollte in Niedersachsen in ein Heim, aber sie hatte den Vater so lange bedrängt, bis er sie zu sich nahm. Er hatte hier mit seiner zweiten Frau zwei kleine Söhne und es ging nur eine kurze Zeit gut. In dieser Zeit hatte Talitha sich so viel Mühe gegeben, sie war pünktlich aufgestanden und in die Schule gegangen, sie hatte die kleinen Brüder gehütet.

Das war, als wir uns dann kennengelernt haben. Und sie ist wirklich, wirklich mit mir befreundet, auch wenn sie vieles, was mich interessiert, nicht cool findet. Den Chor (was für alte Muttchen), die Kaninchen (für kleine Kinder), die Bücher (lesen! Voll spießig), schwimmen (die Haare!).

Sie hat mir gezeigt, wie man sich schminkt, welche Musik gerade in ist, sie schwärmte von den Jungs aus den höheren Klassen und hat ihre ständig wechselnden Handys, MP3-Player, Spielekonsolen und immer wieder neue Klamotten mitgebracht. Manchmal hat sie mir auch einfach was davon geschenkt. Alles von ihrem Vater, weil der damit sein schlechtes Gewissen beruhigen wollte, weil er so wenig Zeit für sie hatte.

Talitha war bald mehr bei mir als bei sich zu Hause.

Dann wurde alles anders. Talitha bekam immer mehr Stress mit ihrem Vater, sie stritt mit ihren kleinen Brüdern. Es kam heraus, dass sie Klamotten und viele der Elektrogeräte geklaut hatte. Sie tat mir so leid, sie hat das doch nur gemacht, weil sie so unglücklich war.

Aber Mama und Papa wurden die ständigen Besuche zu viel, sie sagten, ich soll Talitha nicht mehr so oft treffen. Dann fehlte Geld in der Haushaltskasse. Unsere

Eltern fragten mich und Julian. Ich wusste wirklich nichts und Julian, na ja, er hat jedenfalls behauptet, dass er es nicht war. Sie stellten Talitha zur Rede. Sie stritt es ab. Eine Woche später fehlten 200 Euro aus Mamas Portemonnaie. Sie beschuldigte sofort Talitha, die ihr einen Becher an den Kopf warf. Schluss – Hausverbot für Talitha.

Vom nächsten Tag an war ich für Talitha gestorben. Was hätte ich denn tun sollen? Ich wollte ihr von meinem Ersparten die 200 Euro geben, aber da wurde sie noch wütender. Nach und nach zog sie fast alle aus der Klasse auf ihre Seite. Ein paar Schülerinnen hielten sich raus, aber keiner setzte sich für mich ein. Ich hab nichts gesagt, meinen Eltern nicht, Julian nicht, nicht den Lehrern und nicht der Chorleiterin, die wirklich nett ist. Talitha hatte ja irgendwie recht. Ich hatte es ihr auch zugetraut, dass sie das Geld … Dabei ist es doch der Beweis, dass sie es nicht war, dass sie mein Geld nicht genommen hat.

Vielleicht ist es mit Talitha wie mit Tigger? Der hatte, gleich nachdem ich ihn bekommen habe, eine schwere Nierenerkrankung und keiner hat geglaubt, dass er es überlebt, nur ich. Ich habe ihm mit einer Pipette jede Stunde Wasser und Medikamente eingeflößt, tagelang, Tag und Nacht. Meine Eltern wollten ihn längst aufgeben und wollten, dass er eingeschläfert, »erlöst« wird, aber ich habe darauf bestanden, dass Tigger es schaffen wird – und ich habe Recht behalten.

Und Talitha hat auch noch eine Chance verdient!

9.
ICD-10, Version 2012 / F10.0-10.8

»BrrrrKrrrr, BrrrrrKrrrrr, BrrrrrrKrrrr …«

»Was?! Mensch C.D.! Hast du mich erschreckt!!« Maria schob den Kater weg, der vor ihr auf der Bettdecke stand und rhythmisch mit beiden Pfoten ihren Bauch bearbeitete. Es musste schon sehr spät sein, wenn Charles Darwin so energisch sein Futter forderte.

»Schon nach zehn!« Wann hatte sie zuletzt so lange geschlafen? Keine Erinnerung an Träume, kein Wachliegen und Lauschen, ob alles in Ordnung ist, ob sich eine Katastrophe nähert, jemand stürzt, fällt, aufschlägt, stöhnt – oder schlimmer: nicht mal mehr stöhnt. Jahrelang hatte sie Nacht für Nacht gelauscht, ob ihre Mutter schläft oder mehr oder weniger betrunken durch das Haus wankt. Meistens mehr. Immer wieder das Stolpern, Straucheln, das Geräusch von Knochen auf Kacheln, auf Holz, gegen Keramik im Bad. Im zu engen Bad mit der Tür, die nach innen geht …

Maria sprang aus dem Bett, versuchte die Bilder von gequetschter Haut unter einer mit Gewalt aufgedrückten Tür, von Blut und Kotze auf dem grau marmorierten Boden zu verdrängen. Ihr Badezimmer hier in der alten Feuerwehr hatte sie knallweiß gefliest, weiße Wände, weißer Boden, weiße Fenster, weiße Wanne. Nichts Rotes durfte hier hinein, kein rotes Handtuch, keine rote Wäsche, gar keine Wäsche, nur klinisches Weiß.

Sie warf sich Hände voll kalten Wassers ins Gesicht, zwang sich dazu tief zu atmen, setzte sich auf den Rand der Wanne und sah durch das Veluxfenster in den spätherbstlich klaren Himmel.

Langsam verschwanden die Erinnerungsfetzen, sie stand auf, stellte sich vor den Spiegel und wagte einen Blick … Nur ganz kurz sah sie die Ähnlichkeit mit ihrer Mutter, sie schnitt Fratzen und grimassierte sich an, bis sie sich sicher war, dass es nur wenig Ähnlichkeit gab – sehr, sehr wenig …

»Maaaauuuuuuh?« Darwin strich um ihre Beine und holte sie noch das letzte Stück des Weges zurück in die Gegenwart.

Frühstück gab es nur für den Kater. Maria kochte sich eine Kanne Tee, füllte sie in die größte Thermoskanne und machte sich sofort mit dem Fahrrad auf eine Radtour ohne Ziel. Hauptsache weg, Hauptsache grün, Hauptsache strampeln. Automatisch vermied sie den Admiral-Brommy-Weg und die Lesum. Sonnabend und erst recht Sonntag waren keine guten Tage für sie, die jeden Tag die Lesum für sich hatte. Sogar jetzt, Anfang November, waren an Wochenenden mehr Menschen unterwegs, als ihr lieb war. Zwar hatte das Kohl- und Pinkel-Grauen noch nicht begonnen, aber sie wich doch lieber in Richtung Nordwesten aus. Die Wälder rund um Bremen waren zu dieser Jahreszeit still und menschleer. Sie waren immer schon ein gutes Team gewesen, die Natur und sie. Allein im Wald, besser noch: Mit

Hund im Wald, das war wie eine Umarmung für sie. Das zärtliche Streicheln der Äste, das Summen und Singen der Blätter, der süße Geruch der Fruchtkörper, das Erdig-gemütliche des Pilzduftes. Wald war Sicherheit und Geborgenheit. So brauchte sie es jetzt und Pawlow war begeistert über diese Gelegenheit, den Wolfstrab einzulegen und Kilometer für Kilometer ohne erkennbare Anstrengung neben ihr herzulaufen. Nur rasche Mäusesprünge oder kurze Abstecher zum Trinken in einem Graben unterbrachen seinen Rhythmus. Von Platjenwerbe über Eggestedt bis nach Ohlenstedt, und durch Schwanewede wieder zurück, fuhr sie ohne Halt. Den Tee trank sie sowieso am liebsten während der Fahrt. Nur schade, dass sie sich weder Apfel noch Banane mitgenommen hatte. Jetzt wäre ihr Magen so weit, dass er Obst vertragen könnte.

Nach 4 Stunden und fast 60 Kilometer kam sie ausgehungert zu Hause an.

Vor ihrer Haustür lag unter einem Stein ein Zettel: »Hätte gern die Hühnerklappe mit dir zusammen aufgemacht. Bin jetzt in Sachen Bootsverkauf unterwegs. Facebook erschreckend ergiebig! Ro«

Sie schob den Zettel in die Jackentasche. Duschen und Essen waren dran. Vorher natürlich noch Hühnerfutter in den Auslauf und für Pawlow ein gammeliges Stück grünen Pansen aus dem eingegrabenen Eimer fischen. Der Gestank und die durch das plötzliche Licht aktivierten Maden lösten bei ihrem Husky einen Pawlowschen Reflex wie im Lehrbuch aus.

Unter der heißen Dusche genoss sie die Wärme, die bis in ihre Knochen rieselte, und die Entspannung von Muskeln und Hirn. Während des Frühstück-Mittag-Abendessens versank sie in dem neuen Krimi von Fred Vargas. Adamsberg und die drei Evangelisten schafften es, sie aus ihrem Alltag zu entführen und das Unmögliche für möglich, ja sogar wahrscheinlich zu halten. Das Paralleluniversum des anderen, des So-könnte-es-auch-Sein, empfing sie freundlich und sie war sich sicher, dass es ihre Bestimmung war, Licht in dunkle Häuser zu bringen, Blumen und Gräser zu besingen und von den Schweinen das Fliegen zu lernen … und allein zu sein.

Erst spät am Abend fiel ihr die Nachricht von Ro wieder ein.

Aber Schulprobleme und fragwürdige Hafenmeister passten nicht in die Anderwelt, in der es keine Aufsichtspflicht, keine inneren Kritiker und keine Angst vor Einsamkeit gab.

Außerdem hatte sie auch gar keine Telefonnummer von Robert, und bei Kaisers zu Hause anzurufen, um ihn zu erreichen, kam ihr komisch vor.

Maria raffte sich stattdessen noch einmal auf, um mit Pawlow eine kleine Runde zu gehen, der pfadfindermäßig allzeit bereit war. Im Gegensatz zu ihr schien er die 60 Kilometer nicht zu spüren. Sie ließ Raschens

Werft links liegen und folgte dem kleinen Melkerpad hinunter zur Lesum. Es war Neumond und absolut finster.

Ihr fiel ein, wie erschreckt sie am Morgen gewesen war, gerade weil sie gut und erholsam geschlafen hatte. Eine der seltenen Nächte ohne Schweißausbrüche, Herzrasen und Panikattacken.

Maria dachte an ihre Mutter, die im Pflegeheim lebte. Sie hatte nach dem Tod von Marias Vater angefangen zu trinken. In nur sieben Jahren, sieben fast unerträglich langen Jahren, war aus ihrer Mutter ein Wrack geworden, deren Tage nur noch aus Lügen, Vertuschen, Verstecken, Rechtfertigen, Scham und Selbstvorwürfen bestand. Jeden Tag volle Flaschen suchen und leere Flaschen finden. Maria hatte viel zu lange gebraucht, um das System des »schönen Scheins« zu durchschauen. Hatte die Mutter nicht Grund genug, jeden Trost zu suchen, auch den im Alkohol? Zuerst mit den Freunden, Bekannten und Nachbarn gemeinsam, die den Vater kannten, und dann mehr und mehr allein, heimlich, vor und nach dem Dienst als Krankenschwester. Maria war mitten im Abitur, als ihr Vater plötzlich gestorben war. Sie wollte in Kürze ausziehen, eine Reise durch Europa mit einem alten Bully war geplant, danach wollte sie irgendwo studieren, sich ausprobieren, aber konnte sie denn die Mutter nun so schnell allein lassen? Sie blieb und sie blieb immer weiter. Wie hätte sie auch dann, als die Mutter immer öfter stürzte, verwirrt war, das Essen vernachlässigte, gehen können? Als sie merkte, dass sie mit einer Alkoholikerin zusammenlebte, war es schon zu spät, sie war gefangen im Sumpf von Saufen und Stürzen und Streiten.

Dann nach sieben Jahren war es auch zu spät für ihre Mutter, die alle Symptome eines Korsakov-Syndroms nach der ICD 10 zeigte, der »International Statistical Classification of Diseases and Related Health Problems«, das von der WHO herausgegeben wurde. Sie hatte sich im wahrsten Sinne um den Verstand gesoffen, und würde nie mehr allein zurechtkommen.

Zu spät auch für Marias Studium. Sie war zwei Jahre lang kaum in der Hochschule gewesen und hatte längst keine Ahnung mehr, warum sie überhaupt mit der Architektur angefangen hatte. Es musste irgendetwas mit der Hoffnung auf Sicherheit, Ordnung und ein festes Fundament zu tun gehabt haben. Und Ingenieurin klang so gar nicht nach Sozialromantik und Helfersyndrom.

Sie begann neu. Ohne sich Gedanken über eine Berufsperspektive zu machen, studierte sie Sport und Biologie. Einfach nur aus Interesse.

Daraus war dann Maria Brehm, die Lehrerin, geworden und irgendwie passte es ja auch, nur hatte sich die Sozialromantik doch wieder eingeschlichen.

Mit bleiernen Beinen und quälenden Erinnerungen schlief sie schließlich ein.

Talitha flößte Jana mit einem Trichter Korn ein, drei leere Flaschen lagen schon auf dem Boden des Klassenzimmers. Jana schwebte durch den Raum und Talitha drückte sie mit dem Trichter herunter. Maria wollte ihr den Trichter und die Flasche wegnehmen, sie griff aber immer wieder daneben. Sie wollte schreien, es kam aber kein Ton aus ihrem Mund. Sie konnte sich nur in Zeitlupe bewegen, immer dicker und zäher wurde die unsichtbare Masse, die sie bremste, bis sie schließlich nur hilflos zusehen konnte, wie auch noch die vierte Flasche bis zur Neige geleert wurde. Jana schwebte auf Maria zu und sah sie an, sie lächelte und direkt vor ihr floss ihr Gesicht in pastellfarbigen Schlieren auseinander. Schließlich war da nur noch Leere …

Das zähe Gefühl hing noch an Maria, als sie aufwachte: 3.30 Uhr.

10.
Kiwi, Kea, Kaka: Kia Ora auf den Kopf gestellt

»Ich bin mir ziemlich sicher, dass der Eintrag in dem Mobbing-Blog von Jana stammt, sie nennt sich ›Alice im Horrorland‹ und beschreibt sehr genau, wie sie gemobbt wird. Das ist ein echt harter Tobak. Außerdem spricht sie davon, dass eine Katze und ein paar Kaninchen ihre einzigen Freunde sind. Und ihre Eltern sind im Ausland.«

Dieser Seebär ist hartnäckig, dachte Maria, als sie Ro an ihrem Küchentisch gegenübersaß. Quatsch, der hat hier in Bremen einfach am Wochenende Langeweile. Er kann die Formalitäten für Simone Kaiser jetzt nicht voranbringen. Und er kennt ja niemanden sonst hier, flüsterte die Zweiflerin, die Spielverderberin, die Miesmacherin …

Jedenfalls hatte er früh mit Brötchen vor der Tür gestanden und sich dann ganz selbstverständlich und wie lang vertraut in ihrer Küche bewegt, während Maria noch mit den Nachwirkungen der kurzen und wirren Nacht kämpfte.

Dann standen Tee und Kaffee, Brötchen, Butter, Käse, Marmelade und sogar Eier auf dem Tisch. Es hätte die reinste Idylle sein können, wenn Maria nicht sofort nach den Facebook-Nachforschungen gefragt hätte.

Ro fasste zusammen:

Zuerst veröffentlicht Talitha nur so ganz allgemeine Posts: Bilder von sich in der Stadt, auf Partys, in der Schule. Jana ist manchmal mit auf den Bildern und sie macht auch Einträge.

Es tauchen immer wieder auch andere Namen auf, wie Büsra oder Louis. Etwa zwei Monate lang scheint alles ganz normal zu laufen, mit kleinen Sticheleien und vielen Banalitäten, dann beginnt Talitha gegen Jana zu hetzen. Jana wird aus der Gruppe geworfen. Ein Grund dafür ist nicht auszumachen, aber die Beschimpfungen werden drastischer und dann tauchen auch unschöne Bilder von Jana auf. Beim Sport, als sie nach einem Langstreckenlauf sehr erschöpft auf der Bank sitzt, mit dem Untertext: Jana, mal wieder völlig fertig vom Einschleimen. Ein anderes Foto zeigt Jana von hinten mit einem Zettel auf dem Pullover: »Nicht stören, versuche zu sterben.«

»Das war dann ungefähr die Zeit, als Jana häufig fehlte. Sie hatte aber fast immer Entschuldigungen von der Mutter. Kopf-, Bauch-, Halsschmerzen … Das Übliche«, warf Maria ein.

In den Weihnachtsferien wird es ruhiger im Chat, Talitha jobbt und postet nur ab und zu kurze Infos. Von Louis sind viele Urlaubsbilder aus Thailand zu sehen: Surfen, tauchen, Discos, viele aufgedonnerte Mädchen um ihn herum. Und dann kommen Silvesterwünsche und Fotos von Partys, Jason hat eins von sich eingestellt, auf dem er inmitten von leeren Flaschen und Erbrochenem schläft. Ob er das wirklich lustig fand?

»Und drei Jahre später wundert er sich, wenn er keine Lehrstelle findet. Die Kinder glauben noch immer, dass sie ein Exklusivrecht auf Facebook haben.« Maria schüttelte mit dem Kopf, aber Ro grinste sie an: »Was dich angeht, bist du ja auch tatsächlich keine Koryphäe …«

»Stimmt, aber was du mir da erzählst, klingt auch ganz und gar nicht verlockend. Wie ging es dann weiter?«

Richtig Fahrt kommt dann nach dem Halbjahreswechsel in die Gruppe. Plötzlich ist ein neues Mädchen, das sie Paul nennen, die Zielscheibe.

»Paulina, ja die kam zum zweiten Halbjahr aus Neuseeland zurück. Sie hatte es nicht leicht, in die Klasse reinzukommen. Sie war in einigen Fächern viel weiter und andere hatte sie gar nicht gehabt. Außerdem schwärmte sie sehr von der Natur und den netten Menschen in Neuseeland. Sie trug ausnahmslos T-Shirts mit Aufdrucken wie ›Aotearoa‹, ›Kia ora‹, mit Kiwis und Kauris, Kakapo, Kea, Kakas … Das hat die anderen wohl genervt. Ich hab sie gebeten, in Bio ein Referat über die Fauna Neuseelands zu halten. War wohl keine so gute Idee, sie so vor den anderen herauszustellen. Obwohl – ich hatte die Hoffnung, dass da ein kleiner Funke überspringen könnte. Sie hat zuerst zugesagt, dann aber einen Rückzieher gemacht und dann ist sie vier Wochen vor den Sommerferien abgegangen, die

Eltern sagten, sie hätten sich nun doch dafür entschieden, dass Paulina das Jahr auf einer Privatschule wiederholen soll. Dabei waren ihre Noten gar nicht so schlecht, sie hätte es schaffen können, sie war nur sehr still.«

»Aber auf Facebook wurde sie als dumm und zurückgeblieben dargestellt«, berichtete Ro weiter. »Es gibt zum Beispiel eine Fotomontage von einer Schafherde und alle Schafe haben das Gesicht von ›Paul‹, die da aber schon ›Maul‹, ›Faul‹, ›Maulfaul‹ oder ›PMF‹ genannt wurde.«

»Oh Mann, und an uns Lehrern geht das so vorbei! Ich hab Paulina ein paarmal gefragt, wie es ihr geht. Sie hat zwar gesagt, dass sie sich nach Neuseeland zurücksehnt, aber weiter nichts. Die Eltern haben sich auch nicht gerührt, bis sie dann Paulina abgemeldet haben.«

»Jedenfalls war da eine Weile Jana wieder mit im Spiel, sie hat mächtig gegen ›Paul‹ gestänkert, da kamen Sprüche, die schon sehr hart waren. Da ist sie offensichtlich einen Platz nach oben gerückt und hat heftig ausgeteilt, was sie vorher einstecken musste. Von Mitgefühl keine Spur. Und die anderen haben sie auch für ihre Gemeinheiten benutzt, sie wurde einmal ›gelobt‹ dafür, dass sie Paulina eine tote Taube in die Tasche gelegt hat, mit einem Zettel dran: Kiwi 3.0. Davon ist auch ein Bild im Netz, genauso wie von Paulina, als sie in ihre Tasche griff.«

»Warte mal, das war dann nach Ostern – oder? Da habe ich mich gefreut, dass Jana wieder regelmäßig in die Schule kommt, und dachte, dass sie sich nun wirklich eingelebt hat.«

»Ich hab dir einiges mit den Daten ausgedruckt, falls du den Ablauf noch mal mit deinen Anwesenheitslisten gegenchecken willst. Erst mal wollte ich dir nur so den groben Überblick geben.«

»Ja, und schon dabei wird mir ganz schwummrig vor Wut über mich selbst und die Gören! Genauer will ich es gar nicht wissen, wenn's nicht sein muss, um herauszufinden, wo Jana stecken könnte. Hast du da einen Hinweis gefunden??«

»Vielleicht, aber es wird dir nicht gefallen.« Ro sah Maria zweifelnd und mitleidig – oder womöglich mitfühlend? – an. Maria spürte, wie sie sich versteifte, Mitleid: Nein danke! Das wollte sie nicht. Und Mitgefühl war viel zu gefährlich, wer weiß, welche Hoffnungen da geweckt würden – bloß kein Rückfall.

»Nun sag schon«, forderte sie schroff. »Ich muss auch gleich mit Pawlow los und dann wartet noch viel Arbeit auf mich. Ich kann ja nicht den ganzen Sonntag hier verdaddeln.«

Die kalte Dusche zeigte Wirkung.

***

JANA, 5. Juli 2016

Au, Mann, was habe ich da bloß mit Paulina gemacht? P. fing die Oberstufe erst ein halbes Jahr später an als wir anderen. Sie war 6 Monate in Neuseeland gewesen. Ich war total froh, als sie kam. Mit Tali und mir war ja alles schon so schrecklich und ich dachte, dass ich vielleicht mit P. befreundet sein könnte. Ich hab ihr also gleich den Platz neben mir angeboten – da wollte ja sowieso nie wer sitzen – und habe ihr ganz viel über die Lehrer und die Kurse und wie das alles so läuft erzählt.

Tali hat uns beobachtet, das hab ich gemerkt und ich dachte Hurra! Sie merkt vielleicht jetzt, dass ich eine andere Freundin haben könnte und überlegt es sich!? Deshalb habe ich immer ein bisschen lauter mit P. gesprochen und meistens so, dass die anderen es mitbekamen.

Ein paar Tage ging das so, dann kam T. in einer Pause zu uns beiden und stellte sich einfach nur dazu. Einfach nur »hi« und nichts weiter. Ich war total aufgedreht und happy. Das ist jetzt der Anfang, dachte ich. War es auch, aber ganz anders. Nächsten Tag stand T. wieder in der Nähe auf dem Hof, P. erzählte gerade von den Schafen in Neuseeland und wie toll es war, dass sie sogar bei der Geburt dabei sein konnte. Sie hat das so superspannend erzählt, dass ich gar nicht auf T. geachtet habe. Erst als P. plötzlich still war, sah ich, dass T. ganz dicht an sie herangekommen war und an ihr herumschnüffelte. »Ach, deshalb riecht es in deiner Nähe immer so eklig, das ist der Schafsgestank!« Ich war völlig platt, erst recht, als T. noch nachschob: »Jana und ich haben uns schon oft gefragt, was das bloß für ein grottiger Geruch ist, nicht wahr, Jana?« Und sie hakte mich unter und ging mit mir weg. Ich hab nix gesagt, ich war sprachlos und gleichzeitig klopfte mir mein Herz bis zum Hals, weil T. mit mir zu den anderen ging und lachte: »Der Neuseeland-Tusse haben Jana und ich es aber gegeben, die trägt bestimmt nicht mehr die Nase so hoch!«

Ich habe mich so geschämt und war gleichzeitig total glücklich, ich stand neben T. mit den anderen auf dem Schulhof!

Das war der Anfang. Dann haben wir P. nach und nach ganz an den Rand gedrängt. Erst in den Kursen, dann im Jahrgang und schließlich war sie das schwarze Schaf der ganzen Schule. Ömer hatte eine Schablone gemacht: Ein sehr mageres Schaf – P. war ziemlich dünn – , über dem Schwaden von Gestank schwebten. Er legte es überall an, ein Druck auf die Sprühdose und schon war das Bild auf den Klos, in den Gängen, in den Klassenzimmern, sogar im Sekretariat unten an der Wand.

Immer wieder hat Talitha mich vorgeschickt: Sag dem Schaf, dass wir sie nicht in unserer Arbeitsgruppe wollen, bring mir mal ihren Kuli, meiner ist alle, hast du gesehen, sie hat ihren Schirm vergessen, zerschneide ihn schnell und leg ihn wieder da hin …

Und ich habe es gemacht, ich habe mir gedacht, dass P. es nicht so schadet, schließlich war sie sehr gut in fast allen Fächern und sie war ja auch noch gar nicht so richtig mit mir befreundet gewesen. Irgendwie war sie auch komisch, eine richtige Streberin eigentlich und Neuseeland – da sind jetzt ja sowieso schon alle …

Ich war wirklich ehrlich überrascht, als sie die Schule wechselte. Wie konnte ich nur so gemein sein? Und nun bin ich wieder das OPFER …

***

»Also Short-Version«, Ro strich mit dem Daumen das Blatt mit den Daten glatt, »Paulina wurde weiter drangsaliert, es kamen mehr und mehr Posts von Jana, die sich mit Gemeinheiten brüstete, aber auch von anderen: Büsra, Louis, Claas und Jule kommen häufig vor, Talitha fast nur, wenn sie den Daumen hoch oder runter macht, und etliche weitere, die nur manchmal einen Kommentar abgeben.« Er trank einen Schluck seines mittlerweile kalten Kaffees und verzog das Gesicht. »Wenn du möchtest, mach ich dir ›ne Liste, wer wann dabei war.«

»Wäre vielleicht gut, aber erst mal müssen wir schnell herausfinden, wo Jana sein könnte.«

»Wir« hatte sie gesagt, Maria wartete auf eine Reaktion, aber Ro ging darüber hinweg.

»Okay, der letzte Eintrag von Louis war eine Einladung zu einer Grillparty auf dem Schönebecker Sand beim alten Vereinshaus. Kennst du das?«

»Ja, klar«, jetzt griff sie nach dem kalten Kaffee, »das ist auf der Landzunge zwischen Weser und Lesum, warum?«

»Da muss etwas ziemlich aus dem Ruder gelaufen sein. Es gibt noch ein Bild vom Grill, sieht aus wie ein Hähnchen, aber mit vier Beinen.«

»Was?! Hast du das auch ausgedruckt?«

»Wie gesagt, es wird dir nicht …«

»Nun zeig schon!«

Ro zog ein Foto unter den anderen Blättern hervor und schob es Maria mit einer fast zaghaften Bewegung über den Tisch. Sie warf nur einen kurzen Blick darauf.

»Das ist eindeutig ein Kaninchen!«, sie holte tief Luft und atmete langsam aus. »Hab ich dir erzählt, dass Jana einen sehr schönen und fast artgerechten Kaninchenstall in ihrem Garten hat?«

»Und du meinst, dies ist eins von denen?«

Maria antwortete nicht, sie sah nur traurig auf das Foto.

»Das würde auch das andere Bild erklären, eins, das mal wieder von Talitha eingestellt wurde.« Er hielt ein Blatt, sodass Maria die Vorderseite nicht sehen konnte. »Auch nicht schön.«

Falls das als Warnung gemeint war, hatte sie ihre Wirkung verfehlt. Maria riss es ihm aus der Hand. Jana war darauf zu erkennen, wie sie sich neben einem Busch krümmte und übergab. Das Foto hatte genau den Moment getroffen, in dem ein Schwall rötlich-brauner

Flüssigkeit aus Janas Mund schoss. Ihr Gesicht war zu einer Grimasse aus Wut und Schmerz verzerrt, die zugleich größte Trauer und gewaltige Kraft ausdrückte.

»Danach nichts mehr, außer ein paar albernen, leeren Kommentaren von Leuten, die eher am Rande mitgemischt hatten. Die Hauptakteure haben sich danach nicht mehr zu Wort gemeldet. Ein paar Tage später kamen dann die ersten Fragen, was denn los sei und ob jemand wisse, wo Jana ist.«

»Au verdammt! Das ist ja noch so viel mieser, als ich befürchtet habe!« Maria kämpfte gegen Tränen an. »Die haben ihr entweder tatsächlich ihr eigenes Kuschelkaninchen gegrillt vorgesetzt oder haben es zumindest behauptet, darauf gehe ich jede Wette ein.«

Sie sah auf das letzte Bild und auf ihre Finger, die sich um Ros Hand schlossen und sie zusammenquetschten. Schnell griff sie das Papier und sprang auf.

»Ich – äh – ich muss jetzt wirklich … Ich meine Pawlow muss … Es ist schon spät.«

»Was hältst du davon, wenn wir uns auf die Räder schwingen und du zeigst mir den Schönebecker Sand? Dann hat Pawlow seinen Auslauf und wir können uns da mal ein bisschen umsehen.«

11.
Oryctolagus cuniculus f. domestica, vulgo: Stallhase

Den Hinweg über das Lesumsperrwerk und auf dem Deich bis zur Weser fuhren sie schweigend mal neben-, mal hintereinander. Immer wieder sah Maria – unauffällig, fand sie – zu Ro Voss hinüber. »Bella figura«, würde Greta sagen, »vertraue auf die Kraft der Schönheit und der Verhältnismäßigkeit«. Ja, er machte einen mehr als ansprechenden Eindruck auf sie. Ein Ruck ging durch sie hindurch, ein Flattern in den Eingeweiden. Ein Bild blitzte auf: Maria und Ro Händchen haltend vorm Hühnerstall … Trautes Heim, Glück allein. So ein Kitsch!, dachte sie. Der Zensor kicherte nur. Da gab es nichts hinzuzufügen.

Die Sonntagsrudel, Familien zu dritt nebeneinander, Skater im Schlingerkurs, Rennradler im Rekordfieber nervten Maria nun doch. Voss schien das nicht zu stören, er fuhr zügig und Pawlow lief vergnügt voraus.

Auf dem letzten Stück, direkt an der Weser, waren dann nur noch wenige Menschen unterwegs, Hundeleute zumeist. Pawlow machte ein paar kurze neue Bekanntschaften, war aber mehr an den Hinterlassenschaften der Schafe interessiert, die im Sommer hier gegrast hatten.

Am alten Haus des Schwimmvereins setzten sie sich auf die Stufen und sahen über den Fluss hinüber zur

Lürssen-Werft, auf der gerade zwei Fregatten fertig an der Kaje lagen. Weiter Weser abwärts bei A&R sah man eine der Superluxusjachten, für die diese Werft bekannt war.

»Und – wäre das auch was für dich?« Maria rechnete fest mit einem »Nein, auf gar keinen Fall«, aber sie täuschte sich.

»Ich habe mal ein halbes Jahr als Skipper auf so einer Yacht gearbeitet. Das war gar nicht so schlecht.«

»Das kann ich mir gar nicht vorstellen. Keine Segel und an Bord nur stinkreiche Snobs und ihre Adlaten.«

»Ach, Snobs, Dummköpfe und Arschkriecher gibt es überall, habe ich festgestellt.«

»Aber wie passt du dann da rein?«

»Das hört sich ja fast wie ein Kompliment an, Frau Brehm, oder willst du nur wissen, was von den dreien ich bin?« Ros Augen blitzten in die tiefstehende Novembersonne, er streckte seine Beine ins Gras und lehnte sich entspannt zurück. Maria schwieg, sie lehnte sich ebenfalls an die von der Sonne erwärmte Wand und schloss die Augen.

Es fühlte sich so einfach an, so richtig, hier in der Sonne zu sitzen, entspannt neben einem Mann, der unerwartet selbstverständlich an ihrem Leben teilhatte. Und vorhin, ihre Hand auf seiner … »Oh je, Meier, jetzt bloß nicht doch so ne Rosamunde-Pilcher-Nummer!« »Halt einfach die Schnauze«, fuhr sie den Kritiker an.

Andererseits – Maria konnte das schmale Grinsen auf seinem unsichtbaren Mund sehen, hatte er doch erreicht, was er wollte, – wusste sie kaum mehr von Voss als im Frühjahr und da hatte sie ihm zugetraut, einen Mord begangen zu haben. Später dann, als sie Simone Kaisers Schilderung des Unfalls gehört hatte, war sie dennoch überzeugt davon gewesen, dass Voss absichtlich Spuren beseitigt und Simone geschützt hatte.

»Sei vorsichtig, Meier!«, riefen die Zweiflerin, die Ängstliche und das gebrannte Kind gleichzeitig.

Sie öffnete die Augen, richtete sich auf und rückte ein Stück von Ro weg. Gemeinsam schaffte es ihr inneres Team immer wieder, sie auf den Boden der Tatsachen zurückzuholen. Denn eins ist klar: Liebe ist immer nur ein Trick, um Menschen zu verbiegen, so lange, bis sie nicht mehr wissen, wer sie sind und was sie wollen. Bis sie nur noch Marionetten sind.

»Was hat Pawel denn da?« Froh über die Ausrede ging sie zu Pawlow hinüber, der an etwas herumkaute.

»Zeig mal her!« Maria nahm ihm seinen Fund aus der Schnauze. »Oh, nein, das sieht aus wie ein Kaninchenkopf – das ist ein Kaninchenkopf!«

Maria sah sich suchend um und Robert Voss kam zu ihr herüber.

»Kann das nicht auch eine Ratte oder so sein?«

»Nein, ich bin mir sicher, ich habe im Studium mal alle möglichen Nagerskelette gesammelt und bestimmt. Dies ist ein Kaninchen.«

»Hase?«

»Nein, schau mal, Hase wäre erstens größer und außerdem hat er einen flacheren Vorderkopf und noch längere Kiefer.«

»Sicher gibt es hier viele Kaninchen«, Ro sah über die Flächen links vom Weg, die mit Gräsern, Schilf und einigem Strauchwerk bewachsen waren.

»Dies ist Überschwemmungsgebiet. Nur sehr blöde Kaninchen versuchen hier, einen Bau anzulegen, das Grundwasser ist auch zu hoch. Aber sicher kommt mal eins über den Deich hierher.«

»Vielleicht finden wir eine Feuerstelle?«

»Pablo, wo ist der Knochen her? Such ...« Maria hielt dem Hund den Kopf vor die Nase und spornte ihn weiter an: »Such, Pablo, such ...«

Mit der Nase am Boden schnoberte Pawlow durch das Gras neben dem Gebäude auf die Rückseite und dort weiter bis zu einem Weißdorngestrüpp. Etwa einen halben Meter unter den ersten stachelbesetzten Zweigen hatte er ein Loch gebuddelt und sie konnten weitere kleine Knöchelchen und Teile einer Wirbelsäule mit einigen Rippen sehen.

»Gerade so weit unter dem Busch, wie ein Spaten reicht«, stellte Ro fest.

Pawlow buddelte schon wieder begeistert tiefer. Sand, Erde und Knochenteile flogen ihnen entgegen.

»Stopp, Pablo, das reicht jetzt!« Maria zog den aufgedrehten Rüden unter dem Busch hervor, sie glaubte, dabei seine Enttäuschung zu spüren: Gerade noch hatte er gedacht, dass sein manchmal langweiliges Frauchen endlich eine der schönen Seiten des Hundelebens zu schätzen begann, da war der Spaß auch schon wieder vorbei. Schade …

Voss hatte inzwischen das Gelände weiter untersucht. An der Giebelseite hatte er eine Feuerstelle entdeckt. Vom Weg aus kaum zu sehen, in hellen Sommernächten wahrscheinlich noch nicht einmal dann, wenn ein kleines Feuer brannte. Rings herum lagen große Steine und ein Baumstamm, sodass Platz für ca. 8 bis 10 Leute war.

»Ganz idyllisch hier«, stellte er fest, »so einen Treffpunkt hätte ich als Jugendlicher auch gern gehabt.«

»Und geraucht, was das Zeug hält, und gesoffen …«, ergänzte Maria, die sich über die Kippen und leeren Flaschen ringsherum ärgerte.

»… und gekifft und Mädchen klargemacht …«, führte Ro weiter aus. »Lieber hier als hinterm Supermarkt oder auf dem Kinderspielplatz.«

»Lass uns zurückfahren, ich muss noch meine Vorbereitungen für morgen machen.« Maria hatte keine Lust, mit Ro über jugendliche Abenteuer oder gar Liebschaften zu sprechen, sie wollte weg, zurück in ihre häusliche Höhle, die ihr Sicherheit bot, wenn auch zum Preis von misstrauischer Distanz. Sie nannte ihre Haltung »pragmatischen Realismus« …

Auf dem Rückweg schwiegen sie auch wieder, aber es war kein einvernehmliches und entspanntes Schweigen.

Maria war froh, als Ro schon am Sperrwerk sagte, dass er noch etwas erledigen müsse und in die andere Richtung fahre.

»Gut, vielen Dank noch mal für die Hilfe.« Immerhin brachte sie das heraus.

Ro ging jedoch nicht gewohnt spielerisch darauf ein.

»Ich bin morgen bis Mitte der Woche auf Norderney, vielleicht meldest du dich mal, wenn's was Neues gibt? Meine Telefonnummer dort hast du ja.« Ohne eine Antwort abzuwarten, schwang er sich auf sein Rad und fuhr nach links. Pawlow sah ihm unschlüssig hinterher, blickte von Maria zu Ro zu Maria … Einen winzigen Moment lang sah es so aus, als wollte er hinter Ro herflitzen, aber da hatte sie sich hoffentlich getäuscht?

12.
Fandango am Montag

Nur noch schnell die Hühner füttern, die natürlich noch immer in einem verdreckten Stall hocken, dann geht's los, dachte Maria, bevor das Telefon klingelte. Nicht rangehen, war der erste Impuls, aber es könnte ja Ro …?

»Brehm.«

»Grothus.«

»Oh – gibt's was Neues?«

»Ja, ich rufe so früh an, damit Sie etwas ruhiger sind heute.«

»Ah, das klingt nach guten Nachrichten.«

»Na ja, zumindest habe ich die Eltern erreicht, ich habe doch lieber selbst angerufen, sie sind noch in Shanghai, Frau Brehm. Irgendwelche Auftragsverhandlungen verzögern sich und sie bleiben noch 2 Wochen dort.«

»Und haben sie Kontakt mit Jana? Wo steckt sie denn? Sie können es doch nicht erlauben, dass sie nicht zur Schule kommt?!« Maria schnauzte Frau Grothus an, obwohl sie wusste, dass die nichts dafürkonnte.

»Eins nach dem anderen. Sie bekommen regelmäßige SMSen von Julian, der sagt, es sei alles okay.«

»Aber Jana? Was sagt er über Jana? Oder hat sie sich selbst bei ihnen gemeldet?«

»Nun lassen Sie mich doch erst mal ausreden.« Die Kommissarin hob nur leicht die Stimme, aber es war deutlich zu hören, dass sie genervt war. »Also, sie haben von Julian erfahren, dass Jana ihr Handy verloren und jetzt nicht genug Geld für ein neues hat. Sie sei ein paar Tage krank gewesen und deshalb bei einer Tante in Oldenburg. Die Adresse und Telefonnummer hatten sie nicht parat, sie wollen sich noch melden. Das mit der Krankmeldung in der Schule hat Julian wohl vergessen, weil er einen neuen Nebenjob neben dem Studium hat. Sie sind jedenfalls gänzlich unbesorgt.«

»Hm, und haben Sie die Telefonnummer von Julian?«

»Ja, und ich habe mit den Eltern abgesprochen, dass ich sie an Sie und wenn nötig auch an die Tutorin weitergeben darf. Sie waren übrigens eher verwundert oder sogar verärgert, dass ich angerufen habe.«

»Verärgert? Verärgert darüber, dass sich hier jemand für ihre Tochter interessiert?! Mannomann, was sind denn das für Eltern?! Finden Sie das normal, Frau Grothus?« Sie riss die losen Fäden an ihrem T-Shirt ab, die Naht lappte haltlos herum.

»Ehrlich gesagt, es kam mir auch sehr distanziert vor, aber vielleicht haben sie ihre Kinder so selbstständig erzogen, dass sie sich keine Sorgen machen müssen?«

»Sorgen muss man sich in dieser Welt doch immer machen. Man muss sich doch nur umsehen.«

Die Kommissarin gab Maria die Handynummer von Julian. Sie hatte noch nicht dort angerufen, weil sie offiziell nicht zuständig war und sich schon mit der Ermittlung des Aufenthaltes der Eltern angreifbar gemacht hatte.

»Halten Sie mich auf dem Laufenden, ja?«, fragte sie.

»Mach ich, und vielen Dank.«

Natürlich hatte Maria überlegt, Grothus vom Cybermobbing gegen Jana zu erzählen, aber erstens war es höchste Zeit für sie zum Aufbruch und zweitens wollte sie nicht ohne Absprache mit Jana weitere Menschen oder schlimmer noch die Polizei einschalten, wieder wäre Jana zum Objekt, zum Opfer gemacht worden, das wollte sie verhindern.

Erst auf dem Deich hinter dem Segelverein fiel ihr ein, dass Frau Grothus nicht noch einmal nach einem privaten Treffen gefragt hatte. War vielleicht gar nicht so gemeint gewesen, ein Scherz? Maria war erleichtert, sie hätte nicht gewusst, wie sie reagieren sollte. Bei so einem »Mädelsabend« hätte sie zu viele Themen aussparen müssen: Jetzt Jana und die Gemeinheiten, die Ro herausgefunden hatte, und auch die alte Kaiser-Geschichte war nach wie vor tabu. Das wäre ein Eiertanz gewesen.

Ein Eiertanz war auch die Unterrichtsstunde.

Die Bauzeichner hatten in diesem Block ausnahmsweise Sport, sonst war er schon weggespart worden und die Ausbildungsbetriebe hatten dazu applaudiert. Wenn ihre Leute dann mit 35 wegen »Rücken und so« ausfielen, würden sie wieder nach den Krankenkassen und

Präventiv-Kursen schreien, aber bitte nur auf Kosten der Beitragszahler der Kassen. Sie selbst waren natürlich »privat« und koppelten sich aus dem Solidarpakt aus … Schon lange regte Maria sich über diesen Unsinn auf, spätestens, seit sie verbeamtet worden und plötzlich selbst ungewollt auf der »anderen Seite« gelandet war.

Aber nicht diese Gedanken lenkten sie immer wieder ab, sondern die Frage, wie sie Julian dazu bringen wollte, ihr Kontakt zu Jana zu verschaffen. Es war ja inzwischen klar, dass Jana Abstand suchte, und das konnte sie auch gut verstehen. Die Bilder und Beleidigungen und Verleumdungen – und das war sicher nur die Spitze des Eisberges –, die Ro gefunden hatte, waren so kränkend und die Vorstellung, dass sie unausrottbar im Netz kursierten, so beängstigend, dass Maria Janas »Kopf in den Sand stecken« nur zu gut verstand.

»Zong!« Krachend flog ein Badmintonschläger gegen die Netzstange und holte Maria in die Sporthallengegenwart zurück.

»So ein Scheiß! Wieso müssen wir hier dies schwule Federball?! Wenn schon Sport, dann wenigstens Fußball, dazu haben alle Lust!!«

Marco, ein hagerer Lulatsch mit säuberlich bis zu den Handgelenken tätowierten Armen, machte seinem Frust über den verlorenen Satz Luft.

»Stimmt, was soll das hier, wir haben alle keine Lust dazu«, mischten sich weitere Schüler ein.

»Marco, heben Sie bitte den Schläger auf und sehen Sie nach, ob er noch heil ist. Mutwillig zerstörtes Material müssen Sie bezahlen.«

»Heil?!«, höhnte es zurück, »habt ihr das gehört? Sie hat ›heil‹ gerufen.«

»Heil, Frau Lehrerin!« Zwei andere Schüler standen vor ihr und hielten die Badmintonschläger schräg in die Höhe.

»Ha ha, sprachlich lustig, aber sonst überflüssig«, versuchte Maria die Situation zu entschärfen. Der Rest der Klasse sah interessiert, besorgt bis schadenfroh zu ihr herüber. Jetzt weder einknicken noch anheizen.

»Also, bitte sehen Sie nach, ob das von Ihnen unsachgemäß behandelte Sportgerät noch im ordnungsgemäßen, spielbereiten Zustand ist, Herr Schwartz. Und die anderen kommen bitte mal eben in der Mitte zusammen, damit wir besprechen können, ob wir weiter Badminton spielen oder vielleicht etwas anderes.

Teile und herrsche … könnte klappen.

Während die Klasse murmelnd und Vorschläge rufend um sie herumstand, flüsterten die drei noch am Netz. Da kommt noch was nach, spürte Maria.

»Also, wer würde gern weiter Badminton spielen?«

Schnell gingen die Finger der meisten Mädchen und zögerlich die einiger Jungen in die Höhe.

»7,8,9 … prima. Ihr könnt dann in einem Hallendrittel weiterspielen. Vielleicht findet sich noch ein Zehnter und dann passt es, sonst komme ich vielleicht dazu oder auf einem Feld spielt einer gegen zwei. Geht schon mal rüber und macht weiter.«

Es blieben elf Schüler übrig plus die drei, die jetzt langsam hinzukamen.

»Fußball!«, riefen sie lauthals in die Gruppe. »Los, Jungs, ist doch klar!«

»Stopp, stopp, nicht wer am lautesten schreit, sondern wir besprechen das.«

»Nix besprechen, wir spielen jetzt Fußball und die Luschen, die das nicht wollen, könn' doch da rüber in die Muschiabteilung gehen«, feixte Hanno, der sich neben Marco aufgebaut hatte.

»Bringen Sie mir bitte erst mal die Schläger«, Maria zeigte auf die achtlos hingeworfenen Geräte, »und dann können Sie hier mit abstimmen. Gibt es andere Vorschläge außer Fußball?«

Marco und Hanno machten Lars ein Zeichen, dass er die Schläger holen soll. Lustlos latschte er weg.

Wie erwartet traute sich keiner, einen anderen Vorschlag zu machen. Maria zögerte, sollte sie das Alpha-Tier machen und gerade kein Fußball spielen lassen? Andererseits – sie hatte bisher immer ihr fußballfreies Programm durchgezogen.

»Gibt es jemanden, der gar keine Lust auf Fußball hat?« Sie sah dabei die zwei Mädchen und die beiden »Intellektuellen« der Klasse an, die sich zumeist in echter oder gespielter Überlegenheit aus den Konflikten heraushielten.

»Nö, schon okay«, kam von Melissa und Kübra, beides gute Handballerinnen und zähe Kämpferinnen.

»Ich geh dann rüber, da fehlt ja noch einer«, zog sich Max aus der Affäre.

»Gut, dann seid ihr 6 gegen 7 in einem Hallendrittel. Baut bitte den Badmintonkram ab und teilt die Mannschaften ein. Marco und Hanno, kommen Sie bitte mit, den Ball und die Tore holen? Ach und bringen Sie doch auch die Schläger.«

Ohne die Reaktion der Angesprochenen abzuwarten, ging Maria in den Flur zum Geräteraum. Und richtig, sie hatte sich nicht verschätzt, die beiden kamen mit den Schlägern nach. Sie sollte Managerkurse »Menschenführung wie im Wolfsrudel« anbieten.

Sie schloss den Geräteraum auf.

»Hanno, packen Sie eben die Schläger hier in den Schrank? Und können Sie dann bitte hier den Knopf halten, damit der Zwischenvorhang herunterkommt, sonst können Sie nicht vernünftig spielen. So lange halten, bis der Vorhang ganz unten ist, bitte.«

Sie musste sich ein Schmunzeln verkneifen, als sie sah, wie der massige Hanno konzentriert den kleinen Knopf bediente und den Trennvorhang durch die Scheibe im Auge behielt, als sei dies die wichtigste Aufgabe der Welt.

Ist es ja auch, erinnerte sie sich. ›Dies ist es’, das wollte sie doch immer vermitteln – oder?

»Marco, kommen Sie bitte?«

Sie konnte den Widerstand des jungen Mannes spüren. Es war doch etwas anderes, sich vor der Klasse aufzuplustern, als hier so direkt vor seiner Lehrerin zu stehen.

»Da sind die Fußbälle, aber bevor Sie den Besten aussuchen, können Sie mal eben sagen, was da gerade gelaufen ist?«

»Na, wir hatten keinen Bock mehr.«

»Hmhm. Und finden Sie die Art, wie Sie mir das mitgeteilt haben, angemessen?«

»War wohl nich so – aber der Schläger ist heil, ne Delle hatte der schon, haben die hier ja alle …«

»War nich so – das heißt?«

»Wär besser gewesen, das einfach zu sagen oder so.«

»Hmm, sagen oder fragen vielleicht?!«

»Könn’ wir den Lederball?«

»Nein, nur die Hallenbälle, gucken Sie mal, welcher am besten aufgepumpt ist.«

Sie dachte an den Spruch, den Karl vor Kurzem nach einer Mediation gebracht hat: »Maria, du ziehst die Leute so sanft über den Tisch, dass sie die Reibungswärme für Nestwärme halten.«

Der Tee in der folgenden Pause schmeckte hervorragend.

***

JANA, 20. Juli 2015

Ich will nicht daran denken! Unaussprechlich, die Gedanken daran sind schwarz und eiskalt, sie klirren schrill in meinem Kopf umher … Bilder … Blitzlichter …

Ich schäme mich so. Was ist los mit mir, dass keiner mich mag? Bin ja wirklich nicht besonders hübsch. Das einzig Schöne an mir ist meine Stimme, aber die hört ja nur Carina donnerstags zwei Stunden. Meine Beine sind schon wieder ein bisschen dicker geworden. Sollte vielleicht mit dem Schwimmen aufhören. Und noch weniger essen? Meine Haare sehen aus wie bleiche Vollkornspaghetti und mitten auf meiner Stirn schreit ein feuerroter Pickel. Den hat Liz natürlich auch gleich entdeckt und »Hey, guckt ma, Jana wächst ein Horn!« in die Klasse gerufen. »Oääh, lan ey, das sieht böse aus, da hilft nur amputieren, so ab Schulter, isch schwör!« (Ömer) »Ha ha, ja, kann eh nur besser werden!« (Merle)

Talitha hat lässig am Fenster gelehnt und ihre Haare gebürstet, wie in der Shampoo-Werbung. Sie hat uninteressiert getan und gelächelt. Ihr Lächeln ist wie ein ganz feiner, hoher, sirrender Ton in der Luft, von dem man nicht weiß, woher er kommt. Ob sie das lustig fand? Oder albern von den anderen? Kindisch? Oder hat sie mir zugelächelt? Sie sagt ja immer, da soll man drüber stehen, über solchen Quatschereien. Sie sagt, man muss sich abhärten, das ist wie kalt duschen oder baden in der Lesum im Herbst … Abhärten, stark und kalt werden, unerreichbar für alle.

Aber es tut weh, wenn alle sich wegdrehen, wenn man kommt. Jetzt, wo Paulina wieder weg ist, haben sie mich noch mehr auf Sicht. Und ich kann ja niemandem etwas sagen, weil ich bei Paulina mitgemacht habe. Meine Ohren brennen, wenn alle kichern und über mich tuscheln, wenn nach der Pause meine Hefte bekritzelt sind oder nass und stinkend in meiner Tasche liegen, weil jemand reingepinkelt hat. Ich hab sie in den Müll geworfen und als Frau Soller die HA sehen wollte, habe ich gesagt, ich hätte mein Heft zu Hause vergessen. Keiner hat was gesagt, noch nicht mal gelacht hat wer. Als ob man nicht existiert. Alle still. Auch Talitha.

Aber vorgestern war sie nicht dabei, das weiß ich, weil ich die anderen gehört habe, als ich auf dem Klo war. Ich gehe nur noch während der Stunden, aber da muss die Soller rausgegangen sein, kopieren oder so, jedenfalls habe ich die anderen gehört, im Mädchenklo, Flüstern und Lachen, auch Jungsstimmen … Die Kabinentür rechts von mir ging leise auf. Ich habe mich beeilt, wollte mir gerade meine Hose hochziehen, es war irgendwie zu leise nebenan. Dann hörte ich »Eins, zwei, drei« und bei »drei« kamen gleichzeitig Ömers Kopf und eine Hand mit Handy oben über die Trennwand und unten erschien ein zweites Handy unter der Abtrennung. Klick, klick … »Ääh, guck der fette Arsch, ich kotz gleich ab!«, rief Ömer und sein Kopf verschwand. Zwei Leute rannten aus der Kabine, noch bevor ich aufgesprungen war … Stille … Sowieso zu spät … Erst nach dem Klingeln hab ich mich rausgeschlichen und mich dann bis Mittag hinter der Sporthalle versteckt. Dann bin ich zum Hausmeister, hab ihm erzählt, dass mir schlecht war und meine Tasche noch im Klassenraum ist. Als er mit mir da war, lag nichts auf meinem Platz, die leere Tasche lag hinter der Tafel und alles andere im Müll. Der Harms war ganz sauer und ich musste ihm vormachen, dass ich das sehr lustig fände, sonst wäre er am nächsten Tag in den Kurs gepoltert und das hätte ich bezahlen müssen …

Gestern bin ich zu Hause geblieben, »Halsschmerzen«, hab ich gesagt. Papa hat nicht viel gefragt, er musste früh los.

Am Nachmittag hat Tali angerufen. Ich wollte nicht ran, aber Papa hat mir das Telefon gegeben und gesagt, dass Frau Soller dran wäre. War aber Talitha, die ihre Stimme verstellt hatte. Sie hätte von den anderen gehört, was Ömer und Louis (der also) gemacht hätten und dass sie die beiden gezwungen hätte, die Bilder zu löschen, ich soll mir ma keine Sorgen machen. Die hätte bei ihr damit angeben wollen, wäre aber doch wohl zu kindisch so eine Nummer. Und ich soll doch wieder zur Schule kommen, sonst hätten die ja gewonnen und ich sei das Opfer und Weichei. Da hilft nur Härte, sagt sie, Welt ohne Mitleid und so …, man darf keine Schwäche zeigen …, und bald sind ja auch Ferien.

Was soll ich tun? Ich schäme mich so. Aber irgendwie hat Tali ja recht. Wenn ich es schaffe, so zu tun, als ob nichts wäre? Und sie wissen jetzt ja, dass Tali doch auf meiner Seite ist. Das ist sie doch – oder?

13.
Schulz von Thun und Das innere Team

»Entschuldigung, ist Frau Brehm …«

»Talitha?«

»Ich wollte Ihnen nur sagen …«

»Warte, ich komme. Bis morgen dann also«, verabschiedete Maria sich von den Kollegen, die noch ein paar Minuten Restpause hatten. Sie wollte mit Talitha nicht zwischen Tür und Angel sprechen.

»Gehen wir in mein …«

»Nein, ich hab gleich Mathe, da kann ich nicht zu spät kommen, ich wollte Ihnen sowieso nur sagen, dass ich zufällig den Bruder von Jana getroffen habe.« Talitha sah Maria direkt an und legte den Kopf etwas schräg. »Es ist alles okay, sie hatte mit ihrem Typen Streit und wollte erst mal weg aus Bremen.«

»Aber sie kann doch nicht einfach wegbleiben. Was sagt denn Julian dazu? Er soll doch seine Eltern vertreten.« Maria hätte auch noch viele weitere Fragen gehabt.

»Weiß nicht, er hat nur gesagt, dass sie Hals über Kopf zu irgend 'ner Tante ist und dass er nicht in der Schule für sie lügen will, wegen krank und so.«

»Hast du denn seine Telefonnummer? Ich muss wirklich mal mit ihm reden, so geht es einfach nicht.«

»Nee, wieso, ich hab doch die Nummer nich.« Ein Augenaufschlag von Talitha folgte.

»Und weißt du jetzt, wer der ›Typ‹, also der geheimnisvolle Freund von Jana ist? Hat Julian was erzählt?« Maria merkte, dass die eigentlich gute Nachricht ihr noch mehr Kopfzerbrechen bereitete, das Knäuel wurde immer wirrer, sie brauchte einen Fadenanfang, von dem aus sie den Wust aufrollen kann.

»Nein, ich weiß sonst gar nichts …« Wieder dieser Blick – konnten diese Augen lügen? …

»Hm …«

Das Klingeln zur nächsten Stunde war für Talitha offensichtlich ein willkommenes Signal.

»Muss los, wir haben in 4605 …«

Sechs Etagen – kein Fahrstuhl für Schüler ohne Sonderstatus, wie Krücken oder andere Gehbehinderungen.

»Ja, danke«, sagte Maria nur noch zu der steilen Rückenflosse, die sich rasch entfernte.

Als sie zu Hause war, fühlte sie sich leer. Nein, einsam, präzisierte sie. Sie hatte schon vor langer Zeit beschlossen, dass sie allein besser dran war, und dass ihre Tiere die Einzigen sein sollten, denen sie rückhaltlos vertraute. Einsamkeit war in diesem Konzept nicht vorgekommen. Ein Gefühl, das sie früher einmal gekannt haben musste. Jedes Kind, dessen Vater zu früh starb und dessen Mutter sich daraufhin in den Alkohol flüchtete, musste es kennen. Jedenfalls, wenn wie bei ihr nur noch eine durch den Krieg hart gewordene Großmutter und eine aus Angst und Bedürftigkeit egozentrische und kleinkariert-bigotte Tante die ganze Verwandtschaft ausmachten. Sie hatte dieses Gefühl vergessen, es verbannt und ersetzt durch die große Freiheit, allein zu sein. Wenn sich niemand um dich kümmert, du niemandem wichtig bist, niemand dich liebt, dann bist du auch niemandem verpflichtet. So lautete ihr Plan, der aber nur zum Teil aufging, denn immer noch gab es den Zensor, gab es das brave Mädchen, den Sonnenschein, die Ängstliche, das kluge Kind und den Indianer. Sie war diese Stimmen nicht losgeworden durch die Entscheidung zum Alleinsein.

Eigentlich war der Plan also gar nicht aufgegangen, aber sie hatte einfach so weitergemacht. Hatte Menschen nur bis auf Armeslänge an sich herangelassen, war manchmal, eher selten eine Freundin geworden und geblieben, nie eine beste Freundin und nur in stümperhaften Experimenten eine Liebende. Und eine Geliebte? Mag sein, dass es so etwas wie Liebe war, was Holger für sie empfunden hatte oder Lisa. Maria hatte es nicht gemerkt oder nicht geglaubt, hatte Erwartungen befürchtet und Nicht-Erfüllen-Können vorausgesetzt.

Und hier saß sie nun und fühlte sich einsam, wie ein Jungwolf, der aus dem Rudel verstoßen wurde. Das war denn wohl der Beweis für ihr Scheitern?

Warum gerade jetzt?

Lag es an der erfolglosen Suche nach Jana? An dem Gefühl, ihre Schüler aus dem Leistungskurs nicht zu erreichen?

Daran, dass alle, mit denen sie sprach, sie beschwichtigen wollten und keiner ihre Angst verstand, ihre zunehmende Befürchtung, dass etwas noch Schlimmeres aus dem Mobbing hervorgehen würde, als schon passiert war?

Aber das kannte sie doch. Sie war es gewohnt, dass alle immer nur ein kleines Stück mitgehen …

Was war jetzt anders?

Auf der Straße bellte ein Hund, Pawlow spitzte kurz die Ohren und entspannte sich gleich wieder, es war also einer der Nachbarhunde. Sie sah zum Fenster, richtig, da ging Monja mit ihrem Dackel vorbei. Es war schon sehr dunkel und Ludwig hatte sein blinkendes Leuchthalsband um. Wie eine Boje im Fahrwasser, dachte sie und unvermittelt schossen ihr Tränen in die Augen. Sie sah das Fahrwasser vor Norderney vor sich, roch das Watt, hörte die Wanten an die Masten schlagen und sehnte sich danach, bei Robert Voss am Fenster auf dem Sofa zu sitzen und auf seine Tomatensuppe zu warten. Gar nicht auszudenken, wenn er sich dann noch dazu setzen würde und sie in den Arm …

Sie schluchzte laut auf und Pawlow sah sie verwundert an. Ob sein Leittier krank war, fragte er sich vermutlich, so kannte er sie nicht.

Bestimmt eine Grippe, redete sich Maria ein. Sie war seit Tagen angeschlagen, das Novemberwetter …

»Quatsch!«, fuhr ihr der Zensor, der ewige Kritiker in die Parade. Du bist verknallt, sonst nichts.

»Blödsinn!« Das war ihr laut herausgerutscht, aber außer Charles Darwin, der sowieso nie zuhörte, und Pawlow konnte sich keiner darüber wundern.

14.
Symbiogenese oder: Rot wie …

Drei Stunden Bio-Leistungskurs waren für Maria an diesem Tag schlimmer, als den Hühnerstall auszumisten – Milbenbekämpfung inklusive. Sie hatte Mühe, sich immer wieder auf den Stoff zu konzentrieren, und hangelte sich schwerfällig von Punkt zu Punkt. Noch dazu war »Evolution und biologische Vielfalt« dran. Symbiogenese. Kurz gesagt: Leben heißt Zusammenleben in verschiedenen Wechselbeziehungen.

Heute wollte sie die Grundzüge der Beziehungen, nämlich Kooperation und Konkurrenz am Beispiel von Feige und Feigengallwespe einerseits und Zecke zum Wirt andererseits aufzeigen. Immer wieder stockte sie bei Begriffen wie »Parasit«, »Gemeinschaften«, »Schädlinge« und »geschützte Lebensräume«. Sie musste an Jana denken und an die Wechselwirkungen zwischen den verschiedenen Lebensgeschichten ihrer Schülerinnen und Schüler, die sich durch ihre Individualität voneinander unterschieden, sich aber auch durch ›semipermeable‹ Grenzen beeinflussten. Im Guten wie im Schlechten.

Es fiel ihr schwer, nicht jeden zu verdächtigen, die Mobbing-Aktionen gegen Jana mitgemacht zu haben. Und schlimmer noch, von Talitha, Louis, Büsra und Louis wusste sie ja genau, dass sie Täter waren. Aber noch immer wollte sie zuerst mit Jana selbst sprechen und nicht ohne ihr Wissen und ihr Einverständnis handeln.

Also stur bei der Symbiogenese bleiben.

»Alle Lebewesen basieren auf zwischenspezifischer Integration. Nach gängiger Definition kann die Konkurrenzsituation zwischen zwei Arten kein Dauerzustand sein. Entweder wird die eine verdrängt oder sie wandelt sich in ihren Ansprüchen …«, referierte sie aus dem Fachbuch.

Die Schüler waren ungewöhnlich still, kaum Getuschel, keine vielsagenden Blicke und Faxen, keine Zettelchen, keine Witzchen und auch keine gegenseitige Anmache.

Je länger sie dauerte, desto unheimlicher wurde diese Stille. Sollten sie die Parallelen zwischen dem Abistoff und ihrem Leben tatsächlich realisieren? Oder wurde ihnen allmählich klar, wie kurz die Zeit bis zum Abi nur noch war? Oder waren sie wie Maria mit ihren Gedanken ganz woanders?

Maria machte sonst nur eine Pause zwischen den drei Stunden, sie mochte die 45-Minuten-Häppchen nicht. Heute aber lauerte sie genau wie die Schüler auf das Klingeln und alle flohen regelrecht aus dem Klassenraum. Auch auf dem Flur gab es kein Gekabbel und Gelächter, sondern jeder stierte schweigend auf den Boden.

Dann öffneten sich die anderen Klassentüren und die stummen Schüler gingen in einer lautstarken Masse unter, als wäre alles normal.

In ihrer Freistunde hielt sich Maria an ihrem Teebecher fest. Klar war: So konnte sie nicht weitermachen. Sie sah in jedem Schüler, in jeder Schülerin nur noch das Hinterhältig-Böse, sie konnte nicht einfach abwarten, egal, was der Schulleiter, was Grothus, was Julian sagten, sie musste Jana sprechen und mit ihr gemeinsam einen Weg finden, wie diese Grausamkeiten beendet werden konnten.

Selbst sie, für die das Internet genauso »Neuland« war wie für die Kanzlerin, wusste, dass es fast unmöglich sein würde, die Gemeinheiten aus dem Netz zu entfernen, aber irgendwas würde doch gehen – und wenn es »Gegendarstellungen« wären – oder machte so etwas das Ganze nur Schlimmer, weil dann noch mehr Leute sehen wollten, worum es ging? Es wäre wie ein Kampf gegen die Medusa, für jeden Kopf, den man abschlägt, wachsen – wie viele? Drei? Sieben? Jedenfalls zu viele wieder nach …

Aber: In der wirklichen Welt, in der analogen Begegnung, da konnte etwas bewirkt, geheilt, verbessert werden. Es gab Entschuldigungen, Wiedergutmachungen, obwohl sie das Wort nicht mochte, manche Verletzung konnte nicht Wieder-Gut-Gemacht werden, aber es gab die Möglichkeit des Verstehens.

Sie kannte sich: Sie würde nicht nachlassen, bis sie verstanden hatte, wie es zu dieser Missachtung und Gewalt kommen konnte.

Dann gab sie noch zwei Stunden Nawi in einer Klasse für Gestaltungstechnische Assistenten, die ihr wie ein Hort der Harmonie vorkam.

»Ha, ha, nur weil du nicht hinter die Fassaden gucken kannst und vor allem: Nicht willst!«, höhnte der Kritiker. Sie schlug ihn mit dem Fachbuch nieder und ließ sich von der Klasse zu einer entspannten Gruppenarbeitsphase zum Thema psychologische Wirkung von Farben überreden.

Grün wie die Hoffnung, Gelb wie der Neid, Blau wie der Himmel und das Wasser, Rot wie die Liebe und der Hass …

15.
Eingelegte Eingeweide aus der Vergangenheit

Rot waren auch die Flecken auf dem Fetzen Stoff, den Pawlow anschleppte und immer wieder durchschüttelte, um dieser Beute das Genick zu brechen. Blutrot. Nicht mehr frisch, aber klar erkennbar keine Farbe, sondern Blut. Maria rief Pawlow zu sich, der zögerlich kam, weil er schon ahnte, was kam: »Aus, Pablo, aus, gib's mir!« … »Sooo ist es brav!« Ein schlechter Tausch, so ein lahmes Lob gegen ein spannend riechendes und beim Schütteln herrlich klatschendes Fundstück.

Aber wie üblich siegte die Neugier und Pawlow schaute interessiert zu, was seine Leitfrau mit der Beute anstellte. Sie schnupperte, das war schon mal ein guter Anfang, fand er. Leider war riechen nicht ihre Stärke. Sie drehte und wendete es in den Händen, sah genau hin und erkannte es als ein Stück eines Bettlakens, das in einen langen Streifen gerissen war. Die Blutflecke befanden sich nur etwa in der Mitte des Stoffstreifens. Da hatte wohl jemand einen Verband aus einem alten Bettlaken gemacht. Maria ging zum nächsten Papierkorb und warf den Fetzen hinein.

Da lag noch etwas. Ein Gürtel? Sie holte ihn heraus. Alles Mögliche hatte sie schon im Park gefunden: Sorgfältig nebeneinandergestellte Sportschuhe, Unterhosen in den verschiedensten Stadien des Verschleißes, Schlüssel mit und ohne Anhänger, einen Transponder von der nahen Jacobs University, den sie gern behalten hätte, um die Wege über das Gelände der Uni abzukürzen, aber es hatte doch die Brave in ihr gesiegt (wie zu oft). Auch Kleingeld war manchmal dabei und Hundezubehör aller Art …

Und jetzt ein Gürtel, der noch ziemlich brauchbar aussah.

Sie hängte ihn über den Rand des Papierkorbes, falls sich doch noch der Besitzer oder ein anderer Nutzer fand.

Pawlow war inzwischen wieder auf Stöbertour gezogen, er war hinter dem alten Schwesternheim verschwunden, sie hörte sein Rascheln im Laub. Dann war es still.

»Pawlow?« Sie pfiff – nichts.

Maria ging um das Gebäude herum. Schon seit mindestens 10 Jahren stand es leer. Die letzte Nutzung war irgendeine Beratungsstelle gewesen und davor mal eine kurze Zeit ein Flüchtlingsheim, war das im Kosovokrieg gewesen? Nein, es musste noch länger her sein. Immer gab es irgendwo einen Krieg oder euphemistisch einen Konflikt, an dem nicht zuletzt die Lürssen-Werft, aber auch viele Bremer Betriebe verdienten. Sie hatte den Überblick verloren.

An der Westseite gab es eine mit Blättern überdeckte Treppe, die zu einer Kellertür führte. Die war ihr noch nie aufgefallen, die Tür stand auf. Sie hörte das Kratzen von Pfoten auf Beton.

»Pawlow? – Komm raus! Los raus da!«

Langsam ging sie auf den glitschigen Stufen nach unten.

Das Schloss der Tür war aufgebrochen. Das gesplitterte Holz war noch hell und sah trocken aus. Es war also noch nicht lange her.

In einem Raum weiter hinten meinte sie, Pawlow zu hören. Was konnte er nun schon wieder gefunden haben? Heute war er so unausgelastet, dass er einfach nicht …

Rrrrrums!! Etwas war umgefallen, ein schriller Quietschton und ein jiffelndes Kläffen erschreckten Maria gleichzeitig mit einem grauen Huschen aus dem hinteren Raum. Eine Ratte wollte zum Ausgang, machte aber kurz vor Maria eine panische Wendung und verschwand unter der Tür rechts von ihr. Pawlow war einen Moment später an der Tür, sprang zum Griff und war sofort hinter der Ratte her.

»Nein, Pawlow, aus!«, schrie Maria, die einmal einen Hund mit einer in der Nase festgebissenen Ratte gesehen hatte. Kein schöner Anblick und weder für den Hund noch für die Ratte wünschenswert. Sie stürzte hinterher. Diese Gelegenheit nutzte die Ratte, um wieder in den Flur und die Treppe hinauf zu rasen. Maria schaffte es, Pawlow am Geschirr zu packen, als er sich an ihr vorbeidrängen wollte. Sein Schwung riss sie gegen die Wand neben der Tür und sie knallte mit der Schulter gegen die Füllung.

»Au, Scheiße! – Verdammt, bleib!«

Schluss mit lustig …

Maria rieb sich stöhnend die Schulter. Zum Glück war sie nicht mit dem Kopf gegen die Zarge oder die Wand gedonnert.

Augen zu, atmen, beruhigen … Mit einer Hand hielt sie noch den Hund, mit der anderen rieb sie ihre Schulter.

Da war ein Geruch, der sie irritierte, der in dem feuchten Kellerraum schwebte, ein Menschengeruch, anders als Asseln und Spinnen, die hierher gehörten. Sie wünschte sich wieder mal, die Nase von Pawlow zu haben, die Fähigkeit, kleinste Duftmoleküle zu erschnuppern und zweifelsfrei zuzuordnen. Maus war Maus, auch nach Tagen noch, und Mensch war Mensch – genauer noch: Es war Monja oder Greta oder der Junge von nebenan oder der Briefträger.

Mit dieser Nase könnte sie jetzt erkennen, wer vor nicht langer Zeit in diesem Keller war. Ein Unbekannter oder, falls bekannt, wer es war.

Doch sie konnte es nicht und Pawlow konnte es ihr nicht sagen.

Vielleicht hätte sie doch eine Man-trailer-Ausbildung mit ihm machen sollen, dann könnte er sie vielleicht zu der Person führen. Hätte, hätte …

Maria sah sich um. Sehen konnte sie immerhin fast so gut wie ihr Hund.

Sie versuchte, im Halbdunkel des Kellers Einzelheiten zu erkennen. Schemenhaft traten nach und nach ein paar alte Gartenstühle und ein Metallregal hervor. So ein Regal hatten wir auch im Keller, dachte sie. Oma hatte die Einweckgläser darauf gelagert. Keiner durfte an diese Kostbarkeiten heran, obwohl das Obst und die eingelegten Gurken aus dem gemeinsamen Garten stammten, in dem ihre Mutter die meiste Arbeit machte. Die Großmutter, die allein im oberen Stockwerk wohnte, und sie unten zu viert.

Manche Gläser waren im Laufe der Jahre so verstaubt, dass man nicht sehen konnte, was sie enthielten. Maria erkannte tote Mäuse, Würmer und Gedärme darin.

Zu besonderen Gelegenheiten machte die Oma ein Glas auf. Maria ekelte sich furchtbar vor allem, was aus diesen Gläsern kam, auch wenn es auf den Tellern nicht mehr so schlimm aussah.

Vielleicht jetzt lieber nicht an Eingeweide und Tod denken, rief sie sich zurück in den Keller der Gegenwart.

Die Regalbretter hingen schräg zwischen den Stützen. Überall waren Spinnweben. Ihre Augen hatten sich inzwischen an das trübe Licht gewöhnt.

Die Stühle waren staub- und spinnwebfrei, als wäre gerade eben jemand daraus aufgestanden und gegangen. Maria legte ihre Hand auf den Sitz. Er war kalt und feucht.

In einer Ecke lag eine schmuddelige Decke und daneben standen zwei große Plastik-Wasserflaschen, eine davon halb voll. Maria schraubte sie auf und roch daran: Nichts – jedenfalls nichts, was sie wahrnehmen konnte. Aber auch kein muffiger, moderiger, alter Gestank, sondern es roch nur nach wässerigem Nichts.

Neben dem einen Stuhl entdeckte sie noch zwei Zigarettenkippen und etwas weiter weg, wie lässig nach hinten geworfen, drei zusammengeknüllte Papiertüten. Maria zupfte eine auseinander: Hohwisch: Frisch für Sie auf den Tisch! Die Bäckerei an der Friedrich-Humbert-Straße.

Blieb noch eine dünne Plastiktüte ohne Aufdruck, wie es sie auf dem Grünmarkt, aber auch in vielen Geschäften gab. Nicht aufschlussreich.

Sie sah sich die Stühle noch einmal genauer an. An den Vorderbeinen des einen waren Bänder verknotet, nein, Stoffstreifen, wie Pawlow draußen einen gefunden hatte. Oder war er da schon im Keller gewesen? Nein die Tür zu diesem Raum war doch gerade noch geschlossen gewesen, als die Ratte … Ihr schwirrte der Kopf.

Sie beugte sich zu den Stoffstreifen herab.

Der Boden unter dem Stuhl war feuchter als der Rest des Kellers. Sie sah nach oben: War da ein Leck in der Decke? Regnete es herein? Nein, keine Wasserflecken über dem Stuhl. Sie bückte sich noch weiter heran und schnüffelte genau über dem Fleck: Urin, eindeutig! Auf dem Stuhl hatte jemand gesessen und hatte unter sich gepinkelt. Bilder schossen ihr durch den Kopf von Pennern, Säufern, die hier Unterschlupf gefunden hatten und hier saßen und tranken und zu faul …

»Quatsch!«, rief wieder mal der Kritiker. Diesmal fand sie auch, dass er recht hatte. Das war Quatsch. Es roch nicht nach Schnaps, es gab keine leeren Schnapsflaschen, nur Wasser – und Brottüten.

Wasser und Brot. Hier hatte jemand bei Wasser und Brot auf diesem Stuhl gesessen und in die Hose gemacht. Jemand anders hatte auf dem anderen Stuhl gesessen und hatte geraucht …

***

JANA, 8. August 2015

Die Ferien waren ganz okay. Ich war zwei Wochen bei Oma und Opa im Lungau. Das war schön, wir haben lange Wanderungen gemacht und abends gespielt oder Oma hat mich in ihren Chor mitgenommen. Einmal waren wir auch in München. Eine coole Stadt. Ich hab mir neue Sneakers und einen Lederblouson gekauft von dem Geld, das mir Papa gegeben hat. Mama darf das nicht wissen …

Ich hatte mir genau überlegt, dass das jetzt anders werden muss. Ich wollte mit Mama und Papa sprechen und vielleicht sogar mit der Brehm. Ist doch jetzt auch egal, ob ich als Petze dastehe.

Seit ich wieder hier bin, ist mir immer schlecht. In zwei Tagen fängt die Schule an … Und alles kommt wieder hoch. Talitha hat sich die ganzen Ferien nicht gemeldet. Ich weiß nicht, was mich erwartet. Ich kann da nicht mehr hin, dachte ich.

Gestern wollte ich es Mama und Papa erzählen … Aber dann beim Abendbrot platzte die Bombe: Mama und Papa gehen für 2 Monate nach Shanghai!! Zwei Monate!! »Wir sind so stolz auf euch, ihr seid so groß und vernünftig, ihr könnt doch schon gut alleine …« Mama hat uns erklärt, dass es in China schwer ist, als Frau mit den Männern zu verhandeln, da ist es gaaaaanz wichtig, dass sie zumindest zeigen kann, dass sie eine Familie hat. Noch besser wäre es, wenn wir alle vier – jajaja!, habe ich gedacht … Aber das käme natürlich gar nicht infrage, wegen der Schule und wegen Julis Studium und sowieso wäre das viel zu teuer und es sind ja auch nur ein paar Wochen …

Und wie sehr sie sich freut, dass das geklappt hat und wie gut es Papa und ihr tun wird, weil er doch sonst so oft unseretwegen zu Hause geblieben ist … »Ich weiß, dass ich mich ganz sicher auf dich verlassen kann, Jana, das ist so schön für mich! Ich habe doch sonst Stress genug.« Was hätte ich da sagen sollen??

16.
Stadtindianer oder Dürrenmatt

Nach dem Sport bei den Dachdeckern, der ihren langen Mittwoch einleitete, wechselte Maria in den 7er-Trakt, um die Nawi-Stunde für die FOS Architektur und Bautechnik vorzubereiten. Es sollten unterschiedliche Baustoffe auf ihre Wärmedämmfähigkeit und ihre Schalleigenschaften hin untersucht werden. Zwei Gruppen experimentierten mit Holz, Metall, Stein, Glas, Mineralwolle, Kork und Styropor, um die Wärmeleitfähigkeit und damit auch im Umkehrschluss die Dämmeigenschaften zu untersuchen.

Zwei andere Gruppen hatte die Aufgabe, für dieselben Materialien einen Versuch zu entwickeln, mit dem die Schallisolierungsfähigkeit erfahrbar werden kann.

Die Gruppen arbeiteten lebhaft und kamen gut voran. Maria konnte bei Schall und Wärme nicht anders: Sie dachte an den gestrigen Abend zurück. Sie war aus dem Keller direkt nach Hause gegangen, hatte sich ein Brot mit Käse überbacken, ihr Trostfutter, und dann mit einem Glas Rotweinschorle und Stieg Larsson aufs Sofa gelegt. Sie wollte den Keller beiseiteschieben, der wie ein Stachel im Fleisch Aufmerksamkeit forderte. Die Fragen und Ängste, die Fantasien über Missbrauch und Folter bedrängten sie zu sehr. Also: Rettungsring Krimi – und es funktionierte, jedenfalls so lange, wie sie diszipliniert las. Zwischendurch erwischte sie sich aber dabei, wie sie aus dem Fenster stierte und Keller-Szenen sah. Ein schneller Schluck und zurück zum Buch …

Sie hatte fast traumlos geschlafen, nur ein paar eingeweckte Finger, Kaninchenköpfe und menschliche Föten waren ab und zu durch die REM-Phasen gegeistert. Jetzt aber kamen die realen Kellerbilder zurück. Es schien doch eindeutig so gewesen zu sein, dass auf dem einen Stuhl jemand festgebunden war und auf dem anderen saß eine andere Person und rauchte …

Kinder, versuchte sie sich zu beruhigen, moderne Stadtindianer, die nicht Bäume zu Marterpfählen machten, sondern Schrottimmobilien zu Folterkellern. Und dann war es dem gefesselten Kind doch zu ernst geworden und es hatte Angst bekommen und in die Hose gemacht und dann sind die Cowboys und Indianer nach Hause zu Mami zum Abendbrot gelaufen …

Aber Flaschen und Brötchentüten?

Die können auch früher oder später dort gelandet sein. Obdachlose, jugendliche Partycliquen …

Nein, die Tür ist erst vor Kurzem aufgebrochen worden.

Bestimmt gibt es eine harmlose Erklärung. Nur Pessimisten wie Dürrenmatt und sie glauben immer, dass die schlimmstmögliche Wendung auch die naheliegendste ist. So waren eben ihre Erfahrungen.

Und sie sah immer wieder Jana auf dem Stuhl und Talitha davor. Jana, die vielleicht tage- und nächtelang in diesem Raum gefangen war.

Aber Julian sagt … und die Eltern …

»Frau Brehm, gucken Sie ma', hier, is das so richtig?«

»Ja, Raief, ich komme.«

Diesmal lief sie in der Freistunde mit Pawlow die »Miese Runde« ab, eine ca. dreieinhalb Kilometer lange Strecke von der Schule über den Deich und durch die Felder zurück. Ein sonniger, frischer Tag, fast windstill, Maria kam schnell ins Schwitzen. Sie beschleunigte weiter, es tat gut, jeden Muskel im Körper zu spüren, ihre Füße, die Unebenheiten registrierten und ausglichen, die Beine, die sich hoben und vom Boden abstießen, raumgreifend und präzise, der Rumpf, der die Kräfte von Beinen und Armen aufnahm und bündelte, die Arme, die rhythmisch pendelten und die Bewegung stabilisierten.

Ein Wunderwerk, dachte sie, voller Freude und Stolz auf sich selbst. Beim Laufen und im Wasser hatte sie manchmal dieses Gefühl von Stimmigkeit. Fast Glück. Pawlow lief wie ein Schrittmacher vor ihr her. Im Vergleich zur Ökonomie seiner Bewegungen war sie eine humpelnde holpernde Holzmarionette. Aber egal, für ihre Verhältnisse war sie elegant und geschmeidig.

Und so geschmeidig reagierte sie auch in den Sportstunden der Isolierer, die sowieso die Sahneschnittchen waren: Leistungsbereit, motiviert, diszipliniert.

Maria wusste, dass die Ausbildungsfirmen in diesem Gewerk eine strenge Auswahl trafen und auch weiter mit harter Hand ihre Azubis regulierten, eigentlich gruselig, aber das hatte eben auch Vorteile.

Zufrieden kam sie zu Hause an.

Auf der kleinen Holzbank neben der Tür saß in der schon tiefstehenden Sonne Ro Voss mit Charles Darwin auf dem Schoß.

»Nun auch noch der Kater!«, war das Erste, was sie dachte, und »Was machst du denn hier, ich dachte, du bist auf Norderney?« war die nicht allzu freundliche Begrüßung.

Ro blieb entspannt sitzen und Charles Darwin räkelte sich noch entspannter auf seinen Oberschenkeln, ein friedliches Bild.

Charles Darwin schnurrte.

Ro schwieg.

Pawlow wedelte.

Maria schob ihr Fahrrad auf den Hof und atmete tief durch.

Sie ging zurück zur Haustür und startete noch einmal neu:

»Oh, hallo Robert! Wie schön, dass du schon zurück bist! Komm doch mit herein.« Mit theatralisch großer Geste öffnete sie die Haustür und machte eine einladende Bewegung mit dem Arm. Alles übertrieben – und dennoch … Sie merkte, wie sich ein freudiges Kribbeln von ihrem Zwerchfell aus in ihr ausbreitete – sie freute sich ja tatsächlich!

»Geht doch«, schmunzelte Ro.

17.
Liebe und andere Lügen?

Der Plan scheine ihm inzwischen zu bizarr, es sei eben doch zu viel Rotwein im Spiel gewesen und jetzt sei er sicher, dass er Pawlow auch nicht zum Schein vergiften wolle …

Maria hatte ihre Idee, die Clique um Talitha aus der Reserve zu locken, indem Ro als neuer MR-Schüler bei Facebook auf sich aufmerksam macht, völlig aus den Augen verloren, seit sie die beschwichtigenden, aber nicht beruhigenden und schon gar nicht zufriedenstellenden Infos von Grothus bekommen hatte.

»Lass mich erst mal bei Julian anrufen, dann wissen wir vielleicht, dass das sowieso nicht nötig ist.« Sie erzählte, dass sie die Nummer von Julian auf Umwegen von den Eltern bekommen habe. Dass der »Umweg« die ermittelnde Kommissarin im Fall Kaiser war, verschwieg sie, das würde jetzt zu viele Erklärungen nötig machen.

»Ja?«

»Julian? Hier ist Maria Brehm, von der Mies Rohland.«

»Ach äh, Frau Brehm, ja, was gibt's?«

»Julian, ich mache mir Sorgen um Jana, sie war schon seit eineinhalb Wochen nicht mehr in der Schule und bei euch zu Hause habe ich niemanden erreicht. Jetzt habe ich ja wenigstens deine Telefonnummer …«

»Ja, ähm, meine Eltern waren ziemlich sauer auf mich, weil ich Jana nicht in der Schule abgemeldet – also ähm krankgemeldet habe.«

»Und warum hast du das nicht?«

»Ich wusste bis gestern gar nicht, dass sie nicht in der Schule war. Genau. Ich, äh – ich dachte, sie ist bei einer Freundin und geht von da aus …«

»Wie, du hast sie also auch seit letzter Woche nicht gesehen?« Maria musste sich zusammenreißen, um den Bruder nicht anzubrüllen.

»Äh, nein, ich war die meiste Zeit bei – genau -… bei einer Freundin.«

Ganz ruhig bleiben, redete Maria sich zu: »Also, deinen Eltern hast du etwas von einer Tante in Oldenburg gesagt, da ist Jana nun also?«

Julian schwieg.

»Julian? Ist Jana in Oldenburg?!« Sie wurde lauter, sowohl Ro als auch Pawlow sahen sie gespannt an, Maria fingerte erfolglos an ihrem Halstuch herum, ihr war schlagartig sehr heiß. Die Pause dauerte an.

»Sie – hmm, nein, sie ist wohl … Sie ist –, glaube ich, bei ihrem Freund …« Jetzt zitterte Julians Stimme leicht und sie klang gepresst. »Ich – äh, Frau Brehm, ich weiß nicht, wo sie ist … Genau. Ich dachte – die ganze Zeit …« Jetzt war Maria sich sicher: Er weinte.

»Wo bist du jetzt?«

»Wieso? Äh. Ich – zu Hause, also – genau – ich bin zu Hause, warum fragen Sie das?«

»Du bleibst jetzt da, ich komme jetzt sofort. Ist das klar, nicht weggehen, ich muss dringend mit dir reden!«

Es klang fast erleichtert, als Julian antwortete: »Aber … äh – ja, ist gut.«

In einem Satz fasste Maria die Neuigkeit zusammen: »Julian weiß auch nichts.«

»Hast du eigentlich ein Auto?«, fragte sie Robert und wieder einmal wurde ihr klar, dass sie so gut wie nichts über ihn wusste, aber jetzt musste das warten.

»Steht bei Simone, wollen wir los?« Auch Ro zögerte nicht.

Wenige Minuten später standen sie im Wiesenweg vor dem Haus der Hübners. Pawlow war mit Charles Darwin zu Hause geblieben. Maria hoffte, dass es dem kleinen Kastenteufel gut ging, und sie wollte ihn nicht mit dem Hund verschrecken. Über Julians Schreck, wenn sie zu zweit auftauchten, machte sie sich weniger Sorgen. Sollte er doch denken, dass sie gleich mit Polizeiunterstützung kam!

Julian war sehr blass, als er die beiden hereinließ, er fragte gar nicht danach, wer Robert war, es schien ihm alles egal zu sein, wenn er nur erzählen konnte, wenn auch immer wieder stockend und zögerlich:

Er sei gleich nach der Abreise seiner Eltern mehr oder weniger zu seiner Freundin gezogen. Also, ja … er sei immer wieder mal zu Hause gewesen, aber nur kurz und meistens vormittags, wenn Jana in der Schule …

Also, wenn er gedacht habe, sie sei … Er wollte sie nicht treffen, sie hätten Streit gehabt und da wollte er ihr aus dem Weg gehen … Zuerst sei alles ganz wie immer gewesen, die Katze gefüttert, die Kaninchen versorgt. Dann, nach dem ersten Wochenende – an dem sei er ganz weggeblieben, weil, na ja, da hatte seine Freundin auch viel Zeit gehabt … – also danach sei ihm aufgefallen, dass die Katze so anhänglich gewesen sei. Er habe sie gefüttert und ein bisschen gestreichelt, habe sich gedacht, dass Jana eben auch am Wochenende bei irgendwem gewesen sei und erst Montag nach der Schule komme … Und dann habe er sicherheitshalber mal wen gefragt, aber es habe geheißen, dass Jana in der Schule war am Montag … Also war er beruhigt. Als er am Mittwoch seine Post geholt habe, sei auf der Terrasse ein neuer Katzennapf gewesen und die Kaninchen waren auch gefüttert, also alles paletti …

Maria schickte einen stummen Fluch ins All, da hatte sie also dazu beigetragen, dass Julian so lange nicht gemerkt hatte, dass Jana nicht zu Hause war.

»Und? Wann hast du begriffen, dass da was komisch war?«, drängte sie ungeduldig weiter und fing einen Blick von Ro auf.

»Ich, ähm, hab dann Büsra getroffen, genau, die ist mit Jana im LK …«

»Aber sie …«, begann Maria, Ro warf ihr jetzt einen warnenden Blick zu, er schüttelte fast unmerklich mit dem Kopf. Maria hielt inne, er hatte ja recht, dachte sie, ich sollte Julian einfach erzählen lassen.

Der hatte die Unterbrechung gar nicht wahrgenommen und sprach schon weiter: »… genau … mir gesagt, dass Jana, ööh, nicht in der Schule war, schon ein paar Tage. Ich war erst mal total sauer auf Jana. Ein Freund, okay, da kann man ja schon mal die Schule verpeilen, genau, aber tagelang?«

Sie hatten die ganze Zeit im Flur gestanden, jetzt sah Julian Maria und Ro zum ersten Mal direkt an: »Äh, kommen Sie doch erst mal rein, genau -- und Sie sind …?«

Er ging voraus in das Wohnzimmer, die kleine schwarze Katze sprang vom Sofa und lief direkt zu Maria, strich ihr schnurrend um die Beine, den Schwanz steil nach oben gerichtet und immer wieder stupste sie gegen Marias Hand, die sie ihr entgegenhielt.

»Hallo, kleiner Kastenteufel, geht's dir besser?« Maria kraulte sie jetzt hinter den Ohren, am Hals und an der Stirn, das Schnurren wurde lauter und rollte durch die magere Gestalt wie grollender Donner durch ein enges Tal.

Währenddessen hatte Julian schweigend von Maria zu Robert gesehen.

»Ich bin – ein Freund von Frau Brehm, habe sie gefahren, damit es schneller geht«, sagte Ro und gab Julian die Hand.

Maria riss sich zusammen und konzentrierte sich wieder auf Julian. »Das heißt also, wann genau hattest du zuletzt Kontakt mit Jana?«

»Das war … das äh muss der Tag gewesen sein, an dem wir uns, ößöh, gestritten haben, das war ein Freitag … genau, ja, Freitag letzte Woche.«

»Also der 29. Oktober?«

»Kann sein.« Julian fuhr sich mit beiden Händen durch die Haare. Er sah jünger aus als 20 oder 21, jünger und sehr ratlos. Maria war sich sicher, dass er noch nicht alles erzählt hatte.

»Am Donnerstag hat sie schon in der Schule gefehlt, weißt du warum?«

»Nein, ja, kann sein, äähm, dass sie – wegen Talitha nicht hinwollte.« Julian sah aus dem Fenster, er war rot geworden. »Sie, äh, wollte ihr vielleicht nicht begegnen?«

»Da kann ich jetzt nicht folgen, was hat jetzt Talitha damit zu tun?« Wieder war Maria genervt, warum musste sie diesem Burschen denn alles einzeln aus der Nase ziehen? »Es wäre wirklich besser, wenn du Klartext mit uns reden würdest. Deine Schwester ist seit 10 Tagen verschwunden, keiner weiß, wo sie ist und was mit ihr ist, es kann alles Mögliche passiert sein, vielleicht braucht sie dringend Hilfe und du eierst rum!«

»Julian«, schaltete sich jetzt auch Ro ein, wir wollen doch weder dir noch Jana Schwierigkeiten machen. Wir machen uns Sorgen und haben das Gefühl, dass euch da etwas aus dem Ruder gelaufen ist. Lass uns doch helfen.«

Das war der richtige Ton, Julian traten Tränen in die Augen, er ging zum Sofa und ließ sich hineinfallen. »Ich

– äääh – ich wollte das doch nicht, ich, genau, ich wollte einfach die Zeit mit Talitha …«

»Mit Talitha? Du und …«

»Maria, bitte, lass ihn …«, Robert bremste sie wieder aus, aber das war doch wirklich schräg, ausgerechnet mit derjenigen, die seine Schwester so mobbte, war er befreundet?!

»Ich wollte, dass sie bei uns wohnt, während unsere Eltern weg … Genau. Das wäre doch klasse gewesen. Sie hat es Jana am Mittwoch erzählt, dass sie bei uns einzieht … Und Jana ist völlig ausgerastet, sagt Talitha. – Keine Ahnung wieso, die beiden waren doch Freundinnen. Tali war zwar schon eine Weile nicht mehr bei uns gewesen, aber ich, äh, dachte, das war, weil sie und ich – genau, und das sollte ja erst mal keiner …«

»Warum nicht?«, fragte jetzt Robert nach.

»Meine Eltern mochten Tali nicht so – genau – und außerdem meinte sie, dass sie, ähm, es Jana schonend beibringen wollte, weil die bestimmt eifersüchtig … und Angst hätte, dass Tali dann nicht mehr so für sie da wäre, – aber Tali sagte, dass sie natürlich weiter Janas beste Freundin sein könnte. Jedenfalls wollte sie, dass unsere, ääh, Beziehung erst mal eine Weile geheim … und das war ja auch ganz schön am Anfang.«

»Wann fing das denn an mit euch?«, wollte Maria wissen.

»Das, äh, war gleich an dem Tag, an dem unsere Eltern abgereist … Ich hab Talitha getroffen, nachdem ich Mama und Papa zum Flughafen gebracht hatte, ich bin noch ins Viertel, weil ich mir ein paar Schuhe kaufen wollte, und da saß sie im Café Wohnzimmer. Ich bin rein, weil ich sie lange nicht gesehen … und wir haben gequatscht … genau, und … na ja, ich fand sie schon lange, ääh, dachte aber … jedenfalls war das schön und wir sind dann noch weiter und abends in eine Disco und dann zu uns nach Hause, äääh …, morgens ist Tali dann ganz früh aufgestanden, weil sie, äh, wie gesagt, weil sie Jana das noch nicht …«

Wieder zerzauste Julian sich die Haare und rieb sich dann übers Gesicht, er sah erschöpft und ausgelaugt aus. Maria befürchtete, dass er nicht mehr weiter konnte, aber er holte tief Luft und fuhr fort: »Genau … Wir hatten eine super Zeit zusammen, Tali hat mir für Sonnabend gleich Karten für die EWE-Baskets Oldenburg gegen die Eisbären Bremerhaven, ein richtiges Nordderby, geschenkt, genau, und zweimal hat sie, äääh, mich vom Training abgeholt, sie hatte Wein und Chips dabei und – wir haben im Auto gesessen und gequatscht …«

Julian stockte wieder, er sah zum Fenster, aber Maria bezweifelte, dass er den Garten und die Hecke zum Nachbargrundstück mit der Amsel, die die letzten Holunderbeeren abzupfte, wahrnahm. Nein, vor seinem inneren Auge lief ein ganz anderer Film ab.

»Zu uns nach Hause, äh, ist sie dann aber nicht mehr mitgekommen, wegen Jana, wie gesagt … Bis zu dem

Mittwoch – da ist sie geblieben – und … morgens sind sich dann Jana und Tali auf dem Flur begegnet, genau … Es war unheimlich … Jana hat Tali gesehen und ist ganz blass geworden, ich hätte nicht gedacht, dass es ihr so viel ausmacht, wenn ich …, aber da hatte Tali doch wohl recht … Jedenfalls ist Jana sofort umgedreht, ist in ihr Zimmer zurück, hat die Tür ganz leise zugemacht und sogar abgeschlossen. Talitha meinte, ääh, dass ich mir keine Sorgen …, sie würde das schon mit Jana besprechen. Genau. Da ist Jana dann wohl nicht in die Schule gegangen.«

»Und du?«

»Talitha und ich sind dann erst mal weg. Tali meinte, dass Jana sich erst mal beruhigen – genau – und sie musste ja in die Schule.«

»Und wann war denn nun der Streit, von dem du sprichst?«

»Äähm … Das war Freitag, genau, ich bin nachmittags nach Hause. Jana war da. Sie saß vor, äh, ihrem Computer und hatte mich nicht gehört. Als ich in ihr Zimmer kam, war sie gerade auf einer Facebook-Seite. Sie scrollte sich durch einen Blog und las immer wieder mal Absätze, es waren auch Bilder zu sehen, ich konnte nicht genau erkennen, was. Ich sag Hallo, sie dreht sich wie in Zeitlupe zu mir, ääh, um, sie sah aus wie ein Zombie, ganz rote Augen mit verlaufener Wimperntusche, zerzauste Haare, sie hatte sich die Unterlippe aufgebissen …«

»Und dann …?«

»Dann kam Talitha dazu. Genau. Die war ganz locker und begrüßte mich, ääh, mit einem Kuss – und winkte dabei mit einer Hand Jana zu. Was dann kam, war echt krass. Jana ist wie eine Irre auf Tali los, hat sie beschimpft als Hure, Schlampe, Nutte und was weiß ich noch alles, sie hat sie getreten und geschlagen … völlig irre, genau, ich konnte gar nicht so schnell was … Dann habe ich Jana festgehalten, sie hat mir auch eine ziemliche Schramme verpasst, und Tali hat versucht, sie zu beruhigen. Genau. Sie war wirklich total nett zu ihr, äähm, hat ihr gesagt, dass sie doch trotzdem weiter so gute Freundinnen bleiben und dass es doch toll wäre, ääh, wenn wir uns dann auch immer mal zu dritt … genau. Aber Jana hat nur geschrien, richtig abgespaced. Da hat Talitha gesagt, dass ich gehen soll, genau, und sie erst mal unter besten Freundinnen quatschen und so. ›Männer stören da nur‹, hat sie gesagt und mir ganz süß zugezwinkert. Ich war froh, dass ich weg … Jana hat dann zwar noch geschrien, dass ich bleiben soll, aber ich, ääh, dachte, dass es wirklich besser ist.«

Julian schwieg und schluckte und sah Robert hilfesuchend an.

Robert schwieg ebenfalls und wartete.

»Genau. Sie, also Tali, hat dann Jana festgehalten, also in den Arm genommen, ääh, das hab ich noch gesehen und zu mir hat sie gesagt, dass ich die Tür zumachen …«

»Und du bist gegangen«, brachte Maria es zu Ende.

***

TALITHA

»Hi Juli, alles frisch bei dir?«

»Tali, oh, schön, nein, nichts ist klar. Jana ist noch immer nicht – ich weiß gar nicht, wo – ääh, weißt du?«

»Hey, so sweet, dass du dir ’n Kopf machst, aber ich hab dir doch gesagt, alles paletti mit Jana, echt jetzt, braucht mal ne Zeit für sich, die Kleine. War erst mal geschockt wegen uns, hatte Schiss, dass ich nicht mehr mit ihr befreundet, wenn wir, du und ich, verstehst du? Hab sie beruhigt, kannst glauben.«

»So, ja, genau, aber wo …«

»Das ist jetzt echt ma Frauensache, musst mir schon vertrauen. Mach dir lieber mal Sorgen um mich, Großer.«

»Wie? Äh, um dich, wieso, Tali, was ist denn …?«

»Na, ich vermisse dich, will dich sehen – und fühlen. Mich hat schon seit gestern keiner mehr geküsst, lass mal gucken, ob hier vielleicht irgendeiner Lust dazu hat …«

»Oh, wo bist du denn gerade? Genau, ich könnte ja zu dir …?«

»Nee du, lass ma, ich muss noch hier auf die Kleinen aufpassen. Ich komm nachher zu dir, dann chillen wir gemütlich. Also geh nich weg, stell n Knallköm kalt. Tschau, bis denn, mein Juli-Mann – und immer schön an mich denken …«

So, den hast du erst mal wieder in die Spur gebracht … Mal sehen, was da nachher dran ist, damit er geschmeidig bleibt. Lan, der ist aber auch ein Hasenhirn …

18.
Wie Stephen King

»Aber wir sind wieder bei null!« Maria konnte es noch immer nicht fassen, sie wussten nun so vieles, kamen aber Jana nicht näher, sondern schienen sich eher zu entfernen. Nicht zu Hause, nicht bei der angeblichen Tante in Oldenburg und von einem Freund war bisher keine Spur, außer ein paar Gerüchten.

»Maria, es ist wirklich an der Zeit, zur Polizei zu gehen.« Ro klang fast flehend. Maria wollte nicht darüber nachdenken, weshalb. Sie wollte, sie musste etwas unternehmen.

»Erst versuchen wir noch, über Facebook etwas rauszukriegen. So tappen die von der Polizei doch genauso im Dunklen«, sagte sie.

»Ich halte die Facebook-Sache inzwischen für Unsinn, das ist doch mehr als ein kleiner Streit unter Jugendlichen.«

»Ja eben, und so können wir schneller etwas erfahren als die Kripo auf dem Dienstweg. Wir machen das jetzt wie geplant: Du nimmst als angeblicher Mies-Schüler Kontakt auf. Das muss schnell gehen, am besten heute noch, und dann gucken wir weiter.«

Schließlich gelang es Maria, Robert zu überreden.

Während sie mit Pawlow eine kleine Runde drehte und dann Brote schmierte, schrieb er seine Herausforderung an die Clique:

Hi Brüder und Schwestern vom Mies, Gollum meldet sich zur Stelle. Was geht hier so?

Sieht alles z-lich provinz aus. L-weilg! Langenicht mehr so viele spasten und öder gesehen, bes. die Pädos. Kann man da nicht mal aufmischen?? Lol.

»Klingt ja grauenhaft, und du bist dir sicher, dass das echt wirkt?«

»Ich hab eine Nichte, die schickt mir immer mal was, kann ich fast 1:1 übernehmen.«

»Na, das ist ja ein herzliches Verhältnis. Ich sag ja immer: Familie wird total überschätzt.«

Mit dem Laptop auf dem Küchentisch aßen sie ihre Brote – schweigend, weil sie gebannt auf ein »ping« lauschten – nichts.

»Ist ja auch noch früh. Vor zehn, elf Uhr abends tut sich da meist nichts und es ist erst neun«, sagte Robert.

»Dann machen wir schon mal den Film mit dem Gift, wir können dann ja immer noch entscheiden, ob wir ihn ins Netz stellen.« Maria räumte den Tisch leer und griff nach einem Stück Käse aus dem Kühlschrank.

»Käse? Das sieht so harmlos aus, hast du kein Fleisch?«

»Seit 25 Jahren kommt mir kein totes Tier mehr auf den Tisch, sei froh, dass ich nicht Veganerin bin, dann müsstest du jetzt Tofu filmen.«

»Aber du fütterst doch Pawlow nicht vegetarisch – oder?« Roberts Blick war schwer zu deuten. Machte er sich über Maria lustig oder war er tatsächlich um Pawlow besorgt?

»Quatsch – obwohl manche das tatsächlich durchziehen. Halt ich aber nichts von.«

»Ja, und …«

»Wie, und …?«

»Na womit fütterst du ihn denn nun?«

»Pansen, Herz, Lunge, was so beim Schlachter anfällt.«

»Also her damit.«

Sie suchten das nötige Zubehör zusammen und gingen in den Garten, Ro filmte mit seinem Handy den düsteren Weg zum Hühnerstall, die Büsche, die sich im Novemberniesel duckten, Pfützen mit zwei vorbeihuschenden Schatten. Gruselfilmreif. Dann der Eimer mit den Löchern, damit die Bodeninsekten an das Fleisch kommen können, die Hand, die mit einem Gummihandschuh gespenstisch in der Dunkelheit leuchtete, Deckel auf, Taschenlampe auf den Inhalt gerichtet: Verweste Fleischbrocken, grau, rötlich, braun … mit Maden, die sich vor der kalten Luft und dem Licht verkriechen wollten … die Hand, die einen glibberigen Brocken griff … Und aus.

Maria schloss den Eimer wieder und versenkte ihn in der Erde.

»So, jetzt die zweite Szene«, drängte sie Robert.

Auf dem Hof hinterm Haus übernahm Maria das Handy und verfolgte mit der Kamera, wie Ro ein kleines

Fläschchen aus der Tasche zog und das Stück Lunge beträufelte. Dann hielt er es ganz dicht an das Objektiv, drückte es zusammen und ein paar Tropfen rosa Flüssigkeit traten aus den schwammartigen Poren und vermischten sich mit der klaren Flüssigkeit an der Oberfläche. Robert ließ locker und es war zu sehen, wie der Fleisch-Schwamm Blut und Gift in sich aufsog.

»Perfekt, ich hätte nie gedacht, dass das so bedrohlich und echt wirken könnte! Wir sollten den Job wechseln und Horrorfilme machen!« Maria grinste Ro an, nachdem sie ihr Produkt in der Küche angesehen hatten. Robert war wesentlich zurückhaltender.

»Stimmt, es sieht gut aus, aber …«

»Nichts aber, jetzt kommt Szene 3: Fütterung. Schade, dass Pablo keine Kunststückchen kann, sonst hätten wir noch filmen können, wie er umfällt. Monja hat das ihrem Dackel Ludwig beigebracht. Toter Mann – und schwupp fällt er auf die Seite und rührt sich nicht. Ist aber sowieso unwahrscheinlich, dass Gollum nach dem Füttern wartet, bestimmt haut er gleich ab. Wie kriegt er denn Pawlow mitten in der Nacht raus, ohne dass ich was merke? Ah, ich hab's, er wirft den Brocken durch die Katzenklappe im Wintergarten und dann filmt er das Fressen auch dadurch oder durchs Fenster.«

»Maria, warte doch mal, mir gefällt das immer weniger, vielleicht bringen wir da jemanden erst auf solche Gedanken? Irgendwann wird ja klar, dass das ein Fake war, und dann macht es vielleicht einer genau so?!«

»Quatsch, ich nehme Pablo seit Jahren mit in die Schule und nie ist etwas passiert, alle mögen ihn oder mindestens hat keiner was gegen ihn, noch nicht mal der Schulleiter, und das will was heißen.«

»Aber es könnte jemand etwas gegen dich haben, wenn du so weitermachst. Glaubst du denn, diese Schüler, die Jana mobben, lassen sich einfach so hereinlegen?«

»Ich rede doch mit denen, wenn wir Jana erst mal gefunden haben. Mensch Ro, das ist doch mein Job, glaubst du denn, es geht immer nett und freundlich zu in so einem großen Apparat? Lass mich mal, wenn ich mit Talitha und den anderen spreche, dann klären wir das schon«, redete Maria sich in Fahrt und überhörte geflissentlich die Frage des Zensors, wen sie damit überzeugen wolle. Ro oder sich? Oder beide?

Sie hatten die »Plings« der Facebook-Posts während ihrer Filmaktion nicht gehört, aber es hatte sie gegeben: 12 Antworten auf Ros Nachricht. Von »Angeber«, »toter Junge«, »Hurensohn« und »selber Spast« bis »lass doch mal sehen, was du so drauf hast« … Nichtssagend, aber dennoch: Sie hatten reagiert. Aus der Clique rund um Talitha war allerdings keine Reaktion gekommen.

Maria starrte auf den Bildschirm, das war ihr alles so fremd. Die Euphorie, die sie bei den Filmchen gespürt hatte, war gänzlich verflogen. Das konnte doch zu nichts führen, dieses albern-pubertäre Gefasel im Netz, diese hohlen Sprechblasen.

»Ich bin müde, ich muss ins Bett«, sagte sie und schreckte zusammen. Klang das wie eine Einladung?

Ro reagierte kaum, er überlegte sich eine Antwort. Sie konnte sich vorstellen, wie er im Winter auf Norderney stundenlang vorm Bildschirm hing und surfte. Surflehrer surft im Netz …

»Weißt du was, du schläfst, ich mach das hier noch und dann geh ich«, sagte er abwesend.

Als ob sie sich schon jahrelang kennen würden. Alte-Kumpel-Sätze. Das fühlte sich falsch an. »Was dachtest du denn? Der will nichts von dir, ist doch klar«, höhnte der Zensor, jetzt wieder besser bei Stimme.

»Ist gut«, sagte Maria nur und schlurfte die Treppe hoch.

»Gollum« antwortete: »I wusstes: Sprüche, sonst null. Leg ich also vor: Die verfickte Bio-Öko-Tussi, Verhauenslehr., Blähm, der würd ich gern ma xxx tragt hier ein, was ihr wollt…«

19.
JANA, 9. September 2016

Talitha und Julian?! Das gibt's doch nicht! Wie lange die wohl schon …

T. sagt, es sei ganz frisch, aber J. ist schon seit Langem so – komisch, abwesend. Na ja, das ist nichts Neues … Die sahen so vertraut aus, so nah, so zusammen … Ob T. ihn wirklich mag? Sie hat sich immer lustig gemacht über ihn und kaum mit ihm geredet, als sie noch oft bei uns war. Ich dachte immer, dass sie nur meinetwegen kommt, wie blöde ich bin. Nichts stimmt, alles Lüge. Wahrscheinlich wissen alle schon lange davon und haben sich von Anfang an schlappgelacht über mich.

Oder macht T. das nur, damit ich jetzt niemanden mehr habe? Mama und Papa sind weg und sie weiß genau, dass ich ihnen niemals schreiben würde oder am Telefon sagen, dass es mir so beschissen geht. Keiner mehr da, keinem kann ich was erzählen.

Gestern haben Ömer, Louis und Lea (ausm Kunstkurs) mich auf dem Weg abgepasst.

»Na, deine Alten sind weg? Sollen Dir ja ne Menge Schotter dagelassen haben für die Zeit«, fing Ömer an. »Was kannst du denn schon damit anfangen?«, machte Louis weiter, »Tut dir doch gut, wenn du mal ne Weile nicht so viel frisst.«

Ich hab nichts gesagt, wollte mich an ihnen vorbeischieben. Da haben sie mich festgehalten und an den

Rand des Fußwegs gedrängt, es kam gerade ein LKW mit Tempo aus dem Tunnel. Ömer gab mir einen Stoß, fast wäre ich gefallen, und zog mich wieder zurück. »Uuuups, na das wäre ja fast schiefgegangen. Du solltest wirklich besser aufpassen, nicht dass dir noch was zustößt, Fettarsch.« Fettarsch, so nennen sie mich seit der Sache im Klo, wohl damit ich es nie vergesse, auch wenn Tali die Bilder bei ihnen gelöscht hat.

»Also, wie war das noch mit dem Geld? Du brauchst es nicht?« Das war Lea, die bisher noch gar nichts gesagt hatte, mit leiser Stimme. Es klang, als ob sie selber mehr Angst hätte als ich, aber als ich sie ansah, konnte ich nur Gleichgültigkeit sehen und eine Spur Gier. Wenn sie sich wenigstens schämen würde.

»Hör zu, wir haben nicht so viel Zeit und wer will schon gern auf offener Straße mit dir Spast gesehen werden«, sagte Louis und kam so nah an mich heran, dass ich wieder fast auf die Straße geschoben wurde. »200 Euro, morgen früh, genau hier um halb acht.«

Heute Morgen bin ich nicht zur Schule gegangen. Ich habe mich »aus Versehen« mit dem Brotmesser geschnitten, sehr tief in den Daumen. Dr. Peters hat mich krankgeschrieben.

Der Schnitt hat sich gut angefühlt und wenn ich jetzt auf den Verband drücke, wird mir heiß vor Schmerzen und etwas in mir hüpft fast wie Freude.

20.
11.11. Faschingsbeginn

Am nächsten Morgen wusste Maria nicht, ob sie die absurden Szenen im Garten geträumt hatte. Aber auf dem Küchentisch lag ein Zettel: Lass Pawlow heute zu Hause. Erzähle in der Schule, dass es ihm schlecht geht. Ich komme mittags.

Sie rief also bei Monja an, bat sie, bald mal mit Pawlow zu gehen, und machte sich auf den Weg in die Schule.

Sie hatte erst in der 2. und 3. Stunde den Bio-LK und holte sich in der Mensa ein Brötchen. Die ganze Situation war verfahren, sie wusste nicht, wem sie trauen konnte und wem nicht, wem sie was erzählen konnte, und sie hatte keinen Schimmer, was Robert in der Nacht auf Facebook geschrieben hatte. Sie trank einen großen Becher Darjeeling hinterher. Schon besser. Maria legte sich zurecht, was sie sagen wollte. Hoffentlich konnte sie überzeugend auf die Schüler reagieren. Was hatte Ro erfahren, was hatte er behauptet? Er hätte wirklich mehr und klarer schreiben können, verdammt.

Aufrichten, Arme leicht vom Körper abheben, Ellbogen nach außen, Kinn runter, Blick nach vorn … Wieder holte sie den Silberrücken-Gorilla heraus, als sie zu den naturwissenschaftlichen Räumen ging. Die Schüler sahen ihr entgegen. Niemand sagte etwas. Alle starrten sie unverwandt an. Sie tat, als merke sie nichts. »Guten Morgen. Kommt herein. – Setzt euch. – Nehmt bitte auch die anderen Stühle herunter. Danke. – Schaun wir mal, wer da ist. – »Ben« –«Ja« – »Ömer« –«Hier« – »Büsra« –«Ja« – »Lara« –«Ja« »Talitha« – »hm« …

Jana war nicht da, natürlich war Jana nicht da, sie ging darüber hinweg und klappte schließlich das Kursbuch zu.

»Bevor wir anfangen, möchte ich euch sagen, dass es heute Morgen meinem Hund sehr schlecht ging. Ich weiß nicht, was er hat, vielleicht etwas Falsches gefressen? Jedenfalls mache ich mir große Sorgen und bitte euch um Verständnis, wenn ich zwischendurch unkonzentriert bin.«

»Wollen Sie denn nicht lieber mit ihm zu Arzt? Ich meine, wir können ja auch … eine Aufgabe oder so …« Thorben verstummte, alle Schüler sahen ihn an. Was hatte er nicht mitbekommen? Normalerweise stimmten sofort andere ein, wenn es darum ging, einen Unterrichtsausfall zu erreichen.

»Nein, Thorben, vielen Dank, aber ich werde sehen, ob es ihm nachher besser geht, und dann fahre ich vielleicht heute Mittag zum Tierarzt.«

»Aber kann es dann nicht schon zu …«, fing Büsra an, aber Louis stieß ihr seinen Ellbogen in die Seite und sie brach ab.

»Nett von euch«, Maria bekam die Worte nur schwer heraus, »dass ihr so Anteil nehmt, aber das wird schon.

Lasst uns anfangen. Wir haben in der letzten Stunde über die zwischenspezifische Integration gesprochen und ihr solltet zu Hause den Text von Seite …«

»Stellt bitte die Stühle wieder hoch.«

Maria sah zu, wie die Schüler schnell und nun ohne sie anzusehen alle Stühle auf die Tische stellten und eilig die Klasse verließen. Keiner sagte etwas, auch auf dem Flur blieb es still.

»Was hast du da bloß geschrieben? Meine Schüler waren noch komischer als sonst?!« In der linken Hand das Telefon, in der rechten ein Messer, versuchte Maria sich ein Brot abzuschneiden, während sie mit Ro sprach. Sie hatte nicht warten können, bis er kam, und ihn doch unter Kaisers Nummer angerufen.

»Ich zeig es dir, wenn ich komme.« Ro war kurz angebunden und sprach sehr leise. Was war da, fragte sich Maria. Konnte es sein, dass Simone Kaiser schon wieder zu Hause war? Aber dann wäre sie doch ans Telefon gegangen – oder?

»Ich komme so gegen drei.« Aufgelegt – Maria sah das Telefon in ihrer Hand an, als könnte es Auskunft geben über diese Stimmungsveränderung bei Robert.

Sie aß ihr Brot und ging dann mit Pawlow auf die Wiesen an der Lesum. Es war noch früh genug, sodass sie von keinem Schüler gesehen werden konnte, und hier hatte sie in Herbst- und Winterzeiten sowieso noch nie Schüler getroffen, zu viel Matsch, teilweise überschwemmte Wiesen, kalter Wind – nicht für diese verwöhnten Weicheier. Sowieso kamen die ja nur unter Zwang aus ihrer Komfortzone heraus. Immer jaulten sie über zu viel: Zu viel Hausaufgaben, zu viele Klausuren, zu viele Stunden, zu viel Druck, alles war zu viel … »Hey, hey«, mahnten der Zensor, das brave Mädchen und das kluge Kind im Chor, »das kannst du doch so pauschal nicht …« »Klappe!«, brachte der Indianer sie zum Schweigen. »Die sind egozentrisch und fordern immer nur. Lass dich von denen nicht einmachen. Du musstest auch immer allein klarkommen …« »Ach jetzt kommt wieder die Nummer mit der Kriegerin, soo dramatisch war das auch wieder nicht. Bist ja nicht die Einzige, die mit einer Alkoholikerin aufwächst. Nicht schön, okay, aber andere haben Junkie-Eltern oder gleich selbst Krebs.« »Huuu, ja und die Kinder in Afrika … Fakt ist doch, dass die meisten Kids da in deiner Schule keine größeren Probleme haben als die Frage, welches Handy sie sich als Nächstes von ihren scheidungsgeschädigten Eltern erpressen und ob das Auto zum Abi ein neues oder womöglich nur ein Jahreswagen sein wird.« »Nun hört mal alle auf, das bringt doch nichts, manchen geht es zu gut, stimmt, aber andere haben es echt schwer, und vergleichen kann man das alles sowieso nicht miteinander!« Das brave Mädchen glättete mit lahmen Phrasen wieder mal die Wogen. Der Indianer verdrehte nur die Augen und ging Büffel jagen. Auf ihn hörte hier ja sowieso keiner …

»Was ist grün und wird auf Knopfdruck rot? Ein Frosch im Mixer.«

»Was ist der Unterschied zwischen einem Lehrerzimmer und einer Psychiatrie? Die Telefonnummer!«

Robert hatte seine letzten Posts bei Facebook aufgerufen. Diese Sprüche waren der Anfang. »Flachwitze« nannte Ro sie. Sehr flach, fand Maria, aber es ging ja auch nicht um Niveau, sondern um … Worum eigentlich? Was wollte sie erreichen mit diesen Spielchen? Brachte es sie Jana wirklich näher? Was hinderte sie daran, Frau Grothus die Lage zu schildern und alles aus der Hand zu geben? Der Stimmenchor von heute Mittag hatte sie wie üblich verunsichert und ließ sie an ihren Motiven zweifeln. Wollte sie Jana wirklich davor beschützen, wieder nur das Opfer zu sein? Mobbingopfer auf der einen Seite und dann Opfer der Aktivitäten von Schule und Polizei, womöglich Justiz, immer ohne Rücksicht auf Janas Wünsche und Ängste? Oder wollte sie die Kontrolle behalten, das Gefühl von Macht und Einfluss nicht abgeben, wollte sie retten und als die Sensible, die einzig wirklich Durchblickende dastehen? Ging es noch um Jana oder längst schon um Maria selbst?

»So, und hier ist der Film.« Robert war noch immer sehr ernst und wortkarg. Er klickte den kurzen Film von der gestrigen Nacht an und Maria war wider Willen fasziniert von der Stimmung, die er verströmte. Die weiße

Gummihand wirkte nicht lächerlich, sondern tatsächlich bösartig. Die Sequenz, als der Fleischbrocken durch die Katzenklappe geworfen wurde und Pawlow ihn ohne Zögern fraß, war für sie neu und ließ ihr einen kalten Schauer über den Rücken laufen. So einfach war das also. Sie wandte den Blick vom Bildschirm ab. Was für ein Hochmut, das zu spielen! Erst jetzt verstand sie Roberts Bedenken von gestern.

»Du hast das doch noch nicht …«

»Sieh dir an, was gekommen ist.«

Der Film war mit einem gehässigen Kommentar von »Gollum« versehen worden:

»Da erwischt es nur den fucking Köter, is aber n Anfang! Lets be MIES! …und jetzt IHR … Lasst ma sehn was so geht«

»Das ist ja – das geht doch zu weit! Du forderst sie ja zu solchen und schlimmeren – noch schlimmeren Dingen heraus! Wie kannst du …«

»Jetzt sieh es dir zu Ende an.«

Zwölf »Likes« waren gekommen, »nur zwölf«, versuchte Maria sich zu trösten, aber es war kein einziger Protest gekommen und vor allem: Es hatte keiner der Schüler versucht, sie zu warnen. Vielleicht hatten es die meisten für eine Fälschung gehalten? Aber Pawlow war so gut zu erkennen! Alle kannten ihn. Sie hatte ihn schon auf Exkursionen mitgehabt und manchmal beim Sport, wenn sie die »Miese Runde« gelaufen waren, und sowieso war Pawlow ja immer da auf seinem Teppich unter der Treppe … Konnte sie ihn jemals wieder mitnehmen? Sie würde nie wieder so sorglos, so arglos sein können.

Und dann kam ein neuer Kommentar:

Sunking: »Wir sind nicht dran, wir sind längst weiter. – Was sagst du dazu, Gollum?« Ein Bild war gepostet. Nur ein einziges Bild, aber Maria erkannte es sofort: der Keller im Schwesternwohnheim. Eine Person, mit einem Gürtel an einen Stuhl gefesselt, die Füße mit Stoffstreifen am Stuhl fixiert, eine Papiertüte über den Kopf gestülpt.

»Das ist Jana! Jana im Keller in Knoops Park! Ich hab den Raum gesehen, den Gürtel, den Stoff, die Tüte, alles! Ich dachte … Aber sie war nicht da, es war niemand da, nur ein paar Zigarettenstummel …« Maria sprang auf, sie lief zur Tür, drehte wieder um, sah wieder auf den Schirm, Ro hatte schon weitergescrollt:

Gollum: »Wtf, so fakes kann ja jeder, bleib ma aufm sofa, maggah.«

Grinsekatze: »Frag mal die B. wer schon eine wche fehlt …«

Gollum: »hahaha, schwacher versuch, frag du doch morgen mal wies dem köter geht ((-: «

Grinsekatze: »Übrigens: 9 von 10 Leuten finden Mobbing lustig … -D «

»Dann hat der sich ausgeloggt. ›Sunking‹ war schon vorher raus. Und ich hatte auch genug.«

»Und dann bist du einfach gegangen? Da hätte doch Jana tatsächlich noch in diesem Keller sein können! Warum hast du mich nicht geweckt?«

»Hältst du das Bild denn für echt? Man kann doch nicht erkennen, wer da sitzt.«

»Natürlich ist das echt, das ist der Keller im Schwesternheim und das ist Jana, ganz sicher! Ich hab doch den Raum gesehen und den Stuhl!«

»Davon hast du mir nichts erzählt.«

»Ist doch jetzt egal.« Maria überlegte: Dienstagnachmittag war niemand mehr in dem Keller gewesen. Das heißt aber ja nicht, dass nicht jetzt …

Sie lief in den Flur und zog sich ihre Regenjacke über.

»Es ist schon fast dunkel, ich brauche …« Sie ging an Ro vorbei ins Wohnzimmer, wo auf dem Boden ein kleiner schwarzer Rucksack stand. Maria wühlte kurz in ihm herum und kam dann mit einer Taschenlampe in der Hand an ihm vorbei. Pawlow stand längst wedelnd vor der Haustür. Ohne ein weiteres Wort war Maria weg. Sie wusste nicht, ob sie vor Robert Voss weglief, ob sie hoffte, dass er hinter ihr herkam oder ob es ihr egal war.

Ro holte sie in der Meierhofstraße ein. Er griff nach ihrem Arm.

»Warte, Maria. Was ist los?«

»Was soll los sein? Ich will wissen, ob Jana noch in dem Keller ist oder wieder oder was weiß ich.«

»Ich komme mit.« Robert ging neben ihr her. Sie sah stur geradeaus.

Am Schwesternwohnheim angekommen, sah Maria zuerst nach dem Mülleimer. Der Gürtel war weg. Sie gingen langsam um das Gebäude herum und näherten sich der Kellertreppe. Pawlow wollte voranlaufen, aber Maria hatte seine Leine dabei, band ihn an und zeigte ihm »Sitz« und »Bleib« an. Sie drehte sich zu Ro, der war aber schon leise die Treppe halb hinunter und er legte einen Finger auf die Lippen. »Pssst« … Hatte er etwas gehört? Maria lauschte, konnte aber außer dem schlürfenden Geräusch von Ros Schuhen, die die nassen Blätter auf der Kellertreppe zusammendrückten, nichts hören.

Die Tür stand halb offen. Hatte sie die so zurückgelassen? Sie hatte sie doch geschlossen, damit weder Kinder noch Hunde allzu leicht in den Keller konnten? Maria wusste es nicht mehr. Ro wand sich durch die Öffnung und ging in den fast dunklen Keller hinein. Maria ärgerte sich über ihn, er kannte sich nicht aus und sie hatte die Taschenlampe, wieso drängte er sich vor? Sie wollte schnell und leise die Treppe hinunter, um ihn einzuholen, da glitt sie auf den Blättern aus, schlug hart mit dem Steißbein auf eine Kante und rutschte die letzten Stufen hinunter.

»Au verdamm …«, fluchte sie leise. Ro hatte es trotzdem gehört und kam zurück, um zu sehen, was passiert war. Im selben Augenblick trat jemand aus dem linken Kellerraum mit einem Stuhl in den Händen. Robert riss die Arme hoch. Der Angreifer schlug zu. Ro taumelte. Der Angreifer stieß ihn um. Er ließ den Stuhl fallen und spurtete an Maria vorbei die Treppe herauf. Sie war zu überrascht, um ihn festzuhalten. Sie griff zu spät nach seinem Bein und war sicher, dass er nun weg wäre, als sie ein tiefes Knurren hörte.

Sie sah die Person oben an der Treppe stehen, Pawlow vor ihr mit hochgezogenen Lefzen. Einen Augenblick lang starrten sie alle regungslos auf den Hund. Dann lief der Film weiter: Der Mensch griff in seine Jackentasche und zog ein Messer heraus.

»Nein! Pawlow, aus!«, schrie Maria. Der Hund sah zu ihr herunter, er trippelte leicht mit den Vorderpfoten, er gähnte. »Übersprungshandlung«, dachte Maria automatisch. Der Angreifer sah seine Chance, drückte sich zwischen Kellergeländer und Eibe ins Dunkle und rannte über den Rasen davon.

Maria und Ro atmeten synchron aus. »Alles okay bei dir?«, fragte sie. Robert nickte benommen, schien aber nicht verletzt zu sein. Maria rappelte sich auf. Außer einem dumpfen Schmerz im Steißbein spürte sie nichts, deshalb lief sie die Treppe hinauf, nahm Pawlow mitsamt der Leine, zeigte auf die Stelle zwischen Geländer und Eibe und flüsterte Pawlow zu: »Such, Pablo, such.«

21.
Nase, Ohr, Zahn

Ein Husky ist zunächst ein Nasenjäger, der eine Spur erschnüffelt. Dann wird die Beute erhorcht und lokalisiert. Der eigentliche Beutefang erfolgt durch Anpirschen oder Hetzen. Den Abschluss bildet das Packen und Töten, möglichst durch einen Biss in die Kehle und Totschütteln.

Jetzt also erst mal riechen … Pawlow führte sie schnell um die Gebäude herum und folgte der Spur mit einem scharfen Knick nach links. Das Lauftraining machte sich bezahlt: Maria konnte, von Pawlow an der Leine gezogen, aufholen. Sie sah eine schmale Silhouette zwischen den Bäumen. Die Person lief den schmalen Pfad zum Admiral-Brommy-Weg hinunter, überquerte ihn und lief auf die Brücke zum Biotop zu. Das war gut, hinter der Brücke führte ein schmaler Trampelpfad am Ufer der Lesum entlang und durch die Wiesen. Da war sie leicht zu sehen und für Pawlow noch leichter zu wittern, falls sie sich verstecken wollte. Kurz vor der Brücke schwenkte sie jedoch nach rechts, überquerte den Weg noch einmal und sprang die kleine Mauer zum höher gelegenen Teil des Parks hinauf. Dabei rutschte die Kapuze herunter. Glatte Haare kamen zum Vorschein, in der einsetzenden Dämmerung konnte Maria weder die Farbe noch die Länge erkennen, und gleich danach war die Person hinter einem Eibengebüsch aus der Sicht.

»Mist!« Maria wusste, wenn sie Pech hatte, erreichte die Person die Straße und mit noch mehr Pech kam gerade ein Bus. Da half auch Pawlows Nase nicht weiter. Sie kam an der Mauer an, Pawlow sprang – der Ruck an der Leine brachte sie ins Straucheln, sie verpasste den richtigen Moment und knallte mit dem Knie gegen die Mauer. Die Leine ließ sie los, damit Pawlow nicht aus vollem Lauf vom Halsband gestoppt wurde. Maria wurde schwarz vor Augen, der Schmerz raste vom Knie aus durch ihren ganzen Körper, prallte an den Extremitäten gegen die Grenzen. Ihre Hände und Füße blähten sich auf, ihr Kopf wollte platzen, dann wurde der Schmerz zurückgeworfen, das Knie sog ihn auf wie ein schwarzes Loch im Universum und er explodierte.

Ungebremst von Maria hatte der Jagdtrieb Pawlow blind und taub für alles andere gemacht. Sein Kaninchen hatte zwei Beine und eine graue Kapuze … Sein entrücktes Jiffeln brachte Maria wieder zu sich.

»Pawlow, auuuus, hiiiiierheeeeer!« Sie erinnerte sich an das aufblitzende Messer. Das Jiffeln entfernte sich … Stille.

Maria humpelte voran, Tränen erschwerten ihre Sicht. Jemand kam auf dem dunkel verschatteten Weg entgegen. Sie erstarrte.

»Hier bist du! Was ist passiert?«, fragte Ro.

»Pablo ist hinter dem mit dem Messer her!« Maria zeigte in die Richtung, aus der sie zuletzt die Jagdlaute gehört hat.

»Hast du ihn erkannt?«

»Es ging alles so schnell – ich weiß nicht – doch eigentlich bin ich mir sicher, dass Talitha es war. Die Bewegungen, die Figur, die Haare …«

Maria wollte nach Pawlow pfeifen, aber der Schmerz im Knie und jetzt auch im vorhin ignorierten Steißbein ließ ihre Lippen zittern, sodass nur ein leises Zischeln daraus wurde.

»Ich komme nach, such du Pawlow. Ich glaube, er – sie wollte zur Straße, vielleicht hat sie einen Bus erwischt und Pablo so abgehängt.«

»Okay, ich komme dann zu dir nach Hause, vielleicht ist er ja dort.«

Maria nickte und Robert lief in Richtung Straße.

22.
Minzprinz

Bis zur Meierhofstraße war Maria schweißnass. Die Steigung schien ihr unüberwindlich, wie hatte sie bloß Tag für Tag radelnd, joggend, spazierend diesen Anstieg geschafft? Sie lehnte sich an den Hundekot-Sammelbehälter, um Kraft für den nächsten Abschnitt zu schöpfen und gegen ihre Angst anzukämpfen, die sie fast lähmte. »Bitte, bitte, es darf Pablo nichts passiert sein!« Sie schloss die Augen und konzentrierte sich auf diese Bitte. Und ihre Erfahrung sagte ihr, dass es sowie zumeist noch schlimmer kam, als sie es sich ausmalen konnte. Aber eine Bitte ins Nichts, eine Bitte einfach so, die erlaubte sie sich.

Als sie die Augen öffnete, sah sie Ro mit Pawlow die Straße herunterkommen. Sie schloss die Augen schnell wieder und öffnete sie erneut, um einen Irrtum auszuschließen: Kein Zweifel, sie waren es!

Ro hatte den Hund an der Hauptstraße gefunden. Er war mit seiner Leine an einem Gartenzaun festgebunden. Als Robert ihn erreichte, wich Pawlow seinem Blick aus und legte die Ohren an, sein Schwanz war gesenkt und er wedelte nur sehr zaghaft mit der Schwanzspitze, beschrieb Robert die Szene.

»Er hat sich geschämt, dass er die Beute verloren hat und dass er mich ignoriert hat«, sagte Maria.

»Aber wie konnte die Person ihn anbinden, wenn er sie doch gejagt hat?«, fragte Robert.

»Das ist gar nicht so schwer. Wenn sie stehen geblieben ist und auf ihn zugegangen, ist es vorbei mit dem Jagdreflex, dann wird ihm sofort klar, dass das ein Mensch ist und Menschen sind tabu. Wenn Talitha dann bestimmt und freundlich mit ihm gesprochen hat, konnte sie bis in Reichweite der Leine kommen«, erklärte Maria.

»Dazu gehört aber eine Menge Mut. Pablo sieht ja beeindruckend aus.«

»Ja, Mut oder Kenntnis oder Verzweiflung. Vielleicht hatte er sie fast ein, kein Bus in Sicht, da hat sie es eben versucht. Oder vielleicht hatte sie auch vor, ihn mit dem Messer zu attackieren, und hat dann gemerkt, dass es schneller, ungefährlicher und vor allem unauffälliger geht?«

Maria war froh, Pawlow munter vor sich zu sehen, und sie ahnte, wie knapp er einem Angriff entkommen sein könnte … Ro konnte sie gerade noch festhalten, sonst wäre sie in sich zusammengesackt.

Sie hielt sich an ihm fest und weinte vor Erleichterung und Schmerz, aber auch, weil es so guttat, gehalten zu werden. Ro roch nach Schweiß und einer Mischung aus Minze und Meeresbrise, am liebsten hätte sie ihren Kopf unter seine Jacke gesteckt und sich dort verkrochen.

Der Schmerz erinnerte sie an eine Situation vor vielen Jahren, ein Weisheitszahn musste gezogen werden – selbstverständlich ertrug sie das ohne eine Betäubungsspritze. »Sie sind die indolenteste Person, die ich kenne«, hatte Marias Zahnarzt zu ihr gesagt und sie hatte es als Kompliment genommen.

Sie wusste wenig über die Schmerzempfindlichkeit anderer Menschen, nur dass ihr Bruder ein Jammerlappen war, stand seit ihrer Kindheit für sie fest. »Indolent« – sie fühlte sich immer gut, wenn sie sich an diesen Satz erinnerte. »Hart wie Kruppstahl«, so hätte es vielleicht ihr Opa beschrieben, aber der war immer nur an ihrem Bruder interessiert gewesen und hatte sie kaum gesehen.

Jahre später hatte Maria am Fenster gestanden und das Eichhörnchen in der Buche beobachtet. Lisa sprach wütend zu ihrem Rücken. Sie stecke in einem Panzer, sei unerreichbar, weder für Schmerz noch für Liebe. So sei ihre Beziehung nicht mehr auszuhalten.

Maria hatte geschwiegen.

»So wie jetzt«, hatte Lisa gesagt und Maria wusste nichts dazu zu sagen, weil es stimmte.

Am nächsten Tag war Lisa mit Felix ausgezogen.

Als sie im Feuerwehrhaus ankamen, waren Fremdheit und Misstrauen, die sie gegen Ro empfunden hatte, einer ruhigen Nähe gewichen. Was, wenn sie diesem Mann vertrauen würde? Wenn sie zulassen würde, dass er ihre Zweifel und Ängste kennenlernt?

Maria drehte ihren Teebecher in den Händen, pustete hinein, sah Robert lange schweigend an.

»Danke, dass du da bist«, sagte sie zögernd. »Ich hab' dich da reingezogen – vielleicht willst du gar nicht …«

»Maria, ich muss dir was sagen, ich hätte es schon gestern sagen sollen, aber es war so viel und für dich ist Jana so wichtig …«, unterbrach Robert sie.

Film ab: Er kann mich nicht leiden, er ist genervt von mir, er ist nur hier, weil er sich langweilt so ohne Simone, er …

»… deshalb schon morgen nach Cuxhaven.« Ro sah sie an.

»Was? Ach, schon morgen?« Maria hatte keine Ahnung, wovon er sprach.

»Ja, deshalb wollte ich erst nicht diese Posts mit Pawlow machen, aber als du so gedrängt hast … Ich hätte es lieber nicht tun sollen, aber dann habe ich gedacht, es muss schnell gehen, und ich habe es wirklich krass dargestellt und ich glaube, deshalb sind die Schüler jetzt so in Panik, und ich weiß nicht, was da noch weiter passiert. Heute haben wir erlebt, wie sehr die sich bedrängt fühlen. Du musst zur Polizei gehen, Maria, sonst mach ich das. Wenn ich morgen Abend weg bin … Ich krieg ja keine Ruhe da auf dem Schiff.« Ro griff nach ihrer Hand.

Schiff? Cuxhaven? Was soll das? Cuxhaven ist doch nicht weit weg, ist doch nicht die Karibik … Scheiße!

Karibik – die Überführung. Das sollte doch erst … Der Kritiker zischte triumphierend: »War ja klar, du fällst immer wieder auf die plumpesten Tricks rein. Denkst, da interessiert sich einer für dich, nur weil er mal ein paar Tage da ist, weil er nach Meer riecht und eine tiefe Stimme hat … Der Märchenprinz mit dem weißen Schiff – und damit segelt er jetzt weg, weit weg, und er lässt dich hier mit dem Scheiß sitzen, den er selbst mit angerichtet hat. Alles wie gewohnt. Aber Prinzesschen wollte ja lieber träumen, als der Realität ins Gesicht zu sehen.«

»Lass mich«, Maria zog die Hand vom Tisch, »ich dachte, ich weiß nicht, nein, ich will …« Sie stand auf, Knie und Steißbein sendeten stechende Schmerzen. Jetzt nicht einknicken, dachte sie. »Da hast du bestimmt noch vieles zu tun, ich will dich nicht aufhalten, vielen Dank für deine Unterstützung, ich mach das dann schon mit der Polizei und so.« Sie humpelte noch einen weiteren Schritt vom Tisch weg und drehte sich zur Küchentür, ein unmissverständlicher Rausschmiss.

23.
JANA, 28. Oktober 2016

Ich halte es nicht mehr aus! Vielleicht ist es bald zu Ende? Die letzten Tage gingen ganz gut, weil ich herausgefunden habe, dass es mich total beruhigt, wenn ich mich mit dem scharfen Gemüsemesser schneide. Schöne saubere Linien auf dem Arm gibt das. Ich bestimme, was mit mir passiert. Ich und kein anderer. Wenn ich das abends mache, kann ich sogar schlafen. Zwar kommen im Traum immer Vermummte ins Haus und schleichen in mein Zimmer, aber dann wache ich auf und habe das Messer neben mir liegen und ich weiß, dass ich bestimmen kann, ob sie mir etwas tun.

Ich habe in den letzten Tagen darüber nachgedacht, wie es wäre, tot zu sein, vielleicht würden Mama und Papa mich sogar vermissen? Sonst wahrscheinlich keiner, aber wenigstens … Ich wüsste auch schon, wie ich mich umbringen würde. Zuerst dachte ich, dass ich Schlaftabletten sammeln müsste. Mama hat ihre aber jetzt mit und sonst immer im Nachttisch. Sie merkt bestimmt, wenn ich welche wegnehme. Eine oder zwei wohl nicht – aber dann dauert es zu lange. Außerdem habe ich in dem Selbstmordforum gelesen, dass es ganz unsicher ist, ich könnte kotzen müssen und dann war alles umsonst. Aufhängen finde ich eklig. Und das Messer? Das traue ich mir nur zu, wenn die Gestalten in meinen Träumen kommen.

Aber dann fiel mir die Pistole ein, die Papa hat. Er hat sie von seinem Vater, aber die funktioniert bestimmt noch, sonst hätte er sie ja nicht versteckt. Ich weiß, wo sie liegt: In einem Schuhkarton ganz hinten in seinem Kleiderschrank – und Munition auch. Pistole ist bestimmt besser als das Messer. Morgen hole ich die Waffe raus und guck sie mir mal an. Vielleicht ist es gut, wenn ich weiß, dass ich jederzeit …

Dann wäre es endlich vorbei, ich müsste keine Angst mehr haben, was in der Schule passiert, und ich würde mich nicht mehr vor mir selbst ekeln, weil ich Walter gegessen habe. Natürlich wusste ich nicht, dass es Walter war, aber wieso war ich so blöd, dass ich wirklich geglaubt habe, die anderen laden mich einfach so zum Grillen ein? Da hätte ich mir doch denken können … Aber das doch nicht?! Dass die so mies sein könnten, hätte ich nie … Doch, ich hätte und ich wusste eigentlich auch, dass da was kommt, aber ich dachte, das ist vielleicht ein Test?? Bescheuert, dämlich, ich bin einfach zu dämlich!!

Jetzt grinsen alle, wenn ich in der Schule bin, und halten sich die Finger hinter den Kopf, wie Kaninchenohren …

Ich wollte es Mama und Papa sagen, egal, was dann passiert, bestimmt hätten sie mir nicht geglaubt oder wenn, dann hätten sie so einen Aufstand gemacht, dass alles nur noch schlimmer geworden wäre. Aber als ich es Juli gesagt habe, ist er ausgerastet. »Lass das bloß sein! Du willst jetzt nur Tali schlechtmachen! Stell dich nicht so an. Jeder wird doch mal gehänselt. Und du bietest dich ja auch ganz schön an mit deinem Kleinmädchengetue.«

Talitha hat mir gedroht, dass sie auch die Bilder ins Netz stellt, die sie von mir gemacht hat, als wir noch »Freundinnen« waren, Bilder von mir auf dem Klo – »Scherz«, hat sie immer gesagt, und einmal im Sommer, als wir heimlich nackt in der Lesum baden waren.

Und trotzdem rufe ich jetzt Mama und Papa an, vielleicht verstehen sie mich und vielleicht fällt ihnen sogar etwas ein, was wir machen können, um T. zu stoppen!

Moment, da ist doch wer … -

»Was willst du hier? Wie bist du überhaupt reingekommen?«

Talitha platzt in mein Zimmer, sie ist ganz aufgelöst, so habe ich sie noch nie gesehen.

»Julian ist gestürzt! Du musst uns helfen, Jana!«

Er wollte im alten Schwesternheim sprayen und sei da die Treppe runtergefallen. Sie wollte ja einen Krankenwagen holen, aber er habe gemeint, dass er als Jurastudent doch auf keinen Fall beim illegalen Sprayen erwischt werden dürfe …

»Warte, ich hole nur meine Jacke.«

24.
Graue Katzen – nachts und tags

Nach den zwei Sportstunden, durch die sie sich in jeder Hinsicht durchgeschleppt hatte, fuhr Maria wie ferngesteuert nach Hause. Je mehr sie nicht an den gestrigen Abend denken wollte, desto deutlicher sah sie immer wieder die Szene vor sich, wie sie Robert Voss an der Haustür ganz cool die Hand gab, sich förmlich bei ihm bedankte und ihm alles Gute für seine Segeltour in die Karibik wünschte. Sie hatte nicht gefragt, wie lange, nicht was dann, nicht nach der Möglichkeit zu telefonieren …

… und Ro hatte Pawlow gestreichelt, »Pass gut auf euch auf«, zu ihm – oder zu ihr? – gesagt, ihr einen raschen Kuss auf die Wange gegeben, zu schnell, um ihn abzuwehren, und war gegangen, ohne sich umzudrehen. Sein Geruch hing noch im Flur, als sie hastig in die Küche humpelte, um seinen Teebecher auszuspülen und abgetrocknet in den Schrank zu räumen.

Die geheime Liste hatte ihr vom Kühlschrank aus zugeschrien: Nr. 1: Trink Alkohol! … Und sie war nach einem großen Glas Rotwein auf dem Sofa eingeschlafen.

Pawlow, den sie wieder nicht mit in die Schule genommen hatte, wartete schon ungeduldig und sie radelte mit ihm gleich weiter. Sie hatte kein bestimmtes Ziel, nur so wenige Menschen wie möglich treffen. Also landete sie nach einer guten halben Stunde, von der sie nicht hätte sagen können, was sie gesehen hatte und ob sie etwas gesehen, gehört oder gespürt hatte, auf dem Schönebecker Sand. Ausgerechnet. Sie wollte weder an Jana noch an Talitha noch an die ganze verfahrene Situation denken – und schon gar nicht an Robert Voss. Sie stellte ihr Rad ab und ging mit stampfenden Schritten auf die Spundwand am Ende der Halbinsel zu. Sie ignorierte die Schmerzen in ihrem Knie und verbot sich zu hinken.

An der Spundwand angekommen, konzentrierte sie sich auf den Blick über den Zusammenfluss von Lesum und Weser. Das Lesumwasser war brauner als das ebenfalls dunkle, aber graue Weserwasser. Jetzt, bei Ebbe, konnte man den Ursprung der Lesum, gebildet aus Hamme und Wümme im Teufelsmoor, gut erkennen. Wenn sie im Sommer von der Hundetreppe aus in der Lesum badete, konnte sie wegen der vielen Trübstoffe nur wenige Zentimeter tief sehen. Manche Leute waren entsetzt, dass sie in »dem Dreckwasser« badete. Viele von denen schworen auf Wellnessbehandlungen wie Fangopackungen oder sogar Schlickbäder, aber nur wenn es in einem schicken Spa-Ambiente auf Norderney oder Sylt stattfand und viel Geld kostete. Maria fühlte sich nach den sommerlichen Bädern immer erfrischt und gestärkt und Pawlow gefiel es, mit ihr zu schwimmen. Er hielt sich meist neben ihr und grinste sie zwischendurch an oder er schwamm voraus, um sicherzugehen, dass der Badeausflug nicht zu schnell zu Ende war. Von der Treppe aus schwammen sie oft bis zur großen Breite, wo die neue Brücke zum sogenannten Biotop führte.

Die Fähre kreuzte Marias Sicht. Auf der Spundwand saßen vier Kormorane mit ausgebreiteten Flügeln, sie sahen scharf zu ihr herüber und waren in Fluchtbereitschaft. Maria trat ein paar Schritte zur Seite in das kleine von ständigen Überschwemmungen geplagte Wäldchen, damit die Vögel sich entspannt dem Trocknungsgeschäft widmen konnten. Nach einigen Tauchgängen müssen sie immer wieder ganz trocken werden, weil sich sonst das Gefieder zu sehr mit Wasser vollsaugt und sie nicht mehr aus dem Wasser abfliegen könnten. Und die Kormorane hatten es auch ohne Maria schon schwer genug, weil ihnen von den Anglern die Schuld an der Abnahme der Fischbestände gegeben wurde und immer mehr auf die Freigabe zum Anschuss gedrängt wurde, dabei gab es in den letzten 15 bis 20 Jahren um ein vielfaches mehr Hobbyangler an Weser und Lesum als früher. Ob das mit der Grenzöffnung, den osteuropäischen Arbeitskräften, der zunehmenden Armut in Bremen oder einfach mit einem Modetrend zusammenhing, wusste Maria nicht. Aber die Kormorane, fand sie, waren eine größere Bereicherung als die Angler, die das Uferschilf zertraten, ihre Plastiktüten liegen ließen und sich nicht um abgerissene Angelhaken scherten, die am Ufer liegen blieben.

Maria drehte sich um, da sah sie eine Radfahrerin auf dem Plattenweg zum Vereinshaus kommen. Es war eine junge Frau, sie hatte eine Mütze tief ins Gesicht gezogen und einen Schal über dem Mund. Sie war noch mindestens 150 bis 200 Meter entfernt, aber die Bewegungen kamen Maria bekannt vor. War das Jana?!

Maria zischte Pawlow zu sich her und zog sich ein Stück hinter ein Gebüsch zurück. Die Fahrerin hielt an. Mist! Sie stieg ab. Sie hatte das Rad vor dem Gebäude entdeckt. Sie blickte suchend zum Haus und dahinter in das Wäldchen. Jetzt wendete sie und …

»Jana!!!«, rief Maria und lief trotz der Schmerzen zum Weg. Die Person schaute ruckartig zurück, der Schal rutschte etwas tiefer.

»Jana, warte! Ich bin's …« Die Radfahrerin trat kräftig in die Pedale. Als Maria endlich bei ihrem Rad angekommen war, hatte die andere schon fast den Deich und den Deichschart erreicht und gleich darauf war sie außer Sicht.

Keuchend sah Maria ihr nach. Kaum war sie hinter der Spundwand verschwunden, kamen ihr Zweifel: War das wirklich Jana gewesen? Die Entfernung war zu groß, um sicher zu sein. Andererseits, diese Bewegungen, das Vertraute. Oft schon hatte Maria Bekannte von weit weg an ihrer Art zu gehen, zu laufen, der ganzen Haltung und Körpersprache erkannt. Das war eine Art intuitiver Bewegungsanalyse.

Mal angenommen, es war Jana – konnte sie die Angreiferin gestern Abend im Schwesternwohnheim gewesen sein? Jana war blond – hätte sie das im Halbdunkel erkennen können? Sind nicht nachts alle Katzen grau?

Zu Hause wollte Maria gerade zum Telefon greifen, um bei Hübners anzurufen, da klingelte es:

»Frau Brehm, es gibt ein Problem. Sie müssen dringend in die Schule kommen.« Schulleiter Mehrbold klang untypisch bestimmt, er hatte zwei Sätze in Folge grammatisch korrekt zu Ende gebracht, das musste etwas zu bedeuten haben.

»Jetzt?! Ich habe Feierabend und fast schon Wochenende.« Maria konnte sich nichts vorstellen, was nicht auch bis zum Montag Zeit hatte, jedenfalls nichts, worum sich Mehrbold kümmern würde. »Hat es nicht Zeit …«

»Ich würde Sie nicht anrufen, wenn es nicht wirklich dringlich … und nicht am Telefon zu …«, schnitt er ihr das Wort ab. Auch ein ungewohnter Zug an ihm, aber immerhin wieder Halbsätze.

»Okay, dann komme ich. Es dauert aber sicher …«

»Kommen Sie so schnell Sie können.« Aufgelegt.

Sie suchte die Nummer von Hübners heraus. Jana konnte zwar noch nicht in Platjenwerbe sein, aber vielleicht erreichte sie Julian oder die Eltern waren zurück?

»Ja?«

»Julian, bist du das? Maria Brehm hier, vom Mies Rohland Schulzentrum.«

--

»Julian?«

»Ja.«

»Hast du etwas von Jana gehört? Hat sie sich gemeldet oder ist sie wieder aufgetaucht?«

» – - Äääh – Nein.« Julians Nein kam so zögerlich, dass Maria ihm nicht glaubte.

»Was ist denn? Du hast doch irgendwas!?«

»Ich weiß nicht, äähm, vielleicht täusche ich mich auch, aber – ich glaube, dass Jana hier war. Es fehlen ein paar Sachen, glaube ich, und – genau – die Katze ist weg, die kann aber auch weggelaufen sein …«

»Was denn für Sachen?«

»So komische, darum weiß ich ja – ääh – auch nicht, ob Jana – oder ob ich mir das einbilde …«

»Julian, was fehlt?« Marias Stimme wurde schärfer, drängender.

»Ääh, genau: Ein Eimer, eine Isomatte, ein Schlafsack, eine Decke, Katzenfutter, Brot und Käse, eine Taschenlampe und – was weiß ich noch, vielleicht noch mehr Kram«, zählte Julian auf.

»Woran hast du das gemerkt? Das sind ja keine Sachen, die einem gleich auffallen, wenn sie weg sind?«, fragte Maria.

»Hätte ich auch nicht, ääh, aber die Isomatte und so Krempel lag gestern im Hauswirtschaftsraum. Genau.

Ich dachte, ich – hätte sie nur bisher übersehen. Ich bin ja nicht so oft da drin. – Ja, genau. Und heute waren sie dann weg. Da habe ich genauer geguckt. Die Decke aus'm Wohnzimmer, hmmm, das Katzenfutter, das Essen … Also, ich weiß nicht genau. Und die Katze. Die ist aber vielleicht zu irgendwelchen Nachbarn, weil ich mich ja nicht … ääh, genau.«

So hatte es keinen Zweck. So kam sie nicht weiter.

»Julian, ich komme heute Nachmittag vorbei. Dann sprechen wir in Ruhe darüber. So gegen drei bin ich bei dir.«

»Aber ich, ääh, aber …« Er holte noch einmal tief Luft und bevor Maria ihn stoppen konnte, platzte er heraus: »Und die Pistole, ich glaube, die ist auch weg.«

»Ach verdammt! – Sei um drei zu Hause.«

***

JANA, 28. Oktober 2016

Auf dem Weg zum Schwesternheim erzählte Talitha mir, dass Julian seit ein paar Wochen illegale Graffitis sprayte, nachts. Sie wollte es ihm ausreden, weil es doch gar nicht zu seinen Berufswünschen passt. Ein Richter mit krimineller Vergangenheit? Aber er hat sie nur ausgelacht und gesagt, er wüsste, dass mindestens die Hälfte der Richter und Anwälte eine bunte Vergangenheit hätten, man muss schließlich wissen, wovon man redet in der Justiz …

Das hätte ich nicht von Julian gedacht, ich dachte immer, Basketball, Party und Chillen wäre alles, was ihn interessiert. Und das Studium? Na ja, Mama hat ihm zugeredet und Papa meinte auch, Jura wäre gut für alles, wenn man noch nicht weiß, was man will.

Wenn ich mal was gemalt habe, hat er sich darüber lustig gemacht. Talitha kennt ihn nach so kurzer Zeit schon besser als ich.

»Aber warum denn im Keller vom Schwesternheim, soll man nicht die Bilder sehen?«, fragte ich.

»Das wirst du gleich verstehen. Es gibt da so eine Gruppe, die haben den ganzen Keller – aber lass dich überraschen.« Talitha klang jetzt gar nicht mehr panisch oder besorgt. Sie hörte sich an wie Tigger, wenn er so lange gedrängelt und gequengelt hat, bis ich eine Futterdose aus dem Kühlschrank hole. Schon wenn ich aufstehe, schnurrt er zufrieden und das Brummen vibriert im tiefsten Bass durch die ganze Küche. Aber anders als Tigger war ich nicht zufrieden, sondern mir wurde kalt und meine Arme und Beine kribbelten und wurden schwerer bei jedem Schritt. Talitha war jetzt ein Stück voraus. »Los, beeil dich«, sagte sie. Ich blieb stehen und sah mich um. Der Himmel war gelbbraun, wie vor einem Gewitter. Die Sonne war schon untergegangen. Als ich klein war, wusste ich immer vorher, wenn ein Gewitter kam. Der Wind klang weicher und die Bäume tuschelten, die Vögel hörten auf zu singen und im Laub raschelte nichts mehr. Dann lief ich immer schnell nach Hause und versteckte mich unterm Bett. Da hatte ich ja noch keine Tiere und musste niemanden beschützen. Ich hielt mir die Ohren zu und sah, wie das Licht weniger und gelber, brauner wurde, und dann kamen die ersten Blitze. Die mochte ich ganz gern, wie Silvester, fand ich. Den Donner konnte ich trotz der Finger in den Ohren hören – oder fühlen? Ich weiß es nicht mehr. Aber ich wusste genau, wenn ich den Ton des Donners ohne die Finger höre, passiert etwas ganz Schlimmes. Nur was, das wusste ich nicht und ich malte mir jedes Mal etwas anderes und noch Schlimmeres aus. Jetzt wollte ich auch nur umdrehen und nach Hause und mit Wilma und Wanda und Tigger unterm Bett liegen …

»Mach schon, oder soll Julian da verbluten?«, drängte Talitha wieder.

»Verbluten?! Aber ich dachte – du hast doch nur gesagt, dass er gestürzt …«

»Ist doch jetzt egal, wir sind gleich da, wenn du da nicht Wurzeln schlägst, und dann kannst du ja selber sehen«, schrie Talitha mich an. Hatte sie also doch Angst? Ich kannte mich mit ihr nicht aus. Schnell folgte ich ihr durch den rasch dunkel werdenden Park. Es war still geworden. Die Hundeleute waren schon wieder zu Hause, die Vögel zwitscherten nicht mehr, nichts raschelte … Nur unsere eiligen Schritte waren zu hören.

Am verfallenen Wohnheim angekommen, war auch das letzte Licht weg. »Er ist da unten«, sagte Talitha und lauter: »Wir sinds, wir kommen runter.« Wir gingen hintereinander die steile und rutschige Treppe in den

Keller hinunter. Die Tür stand offen. Talitha wies den Gang entlang in die Schwärze: »Da lang.« Aus dem hinteren Raum hörte ich ein Geräusch, ein Schaben und ein Seufzen. »Juli?«, fragte ich. »Juli, bist du das?« Talitha gab mir einen Stoß in den Flur. »Da hinten ist es ein bisschen heller, da ist ein Fenster. Nun geh schon.« Und ich tastete mich durch den Gang dem schwachen Lichtschimmer entgegen. »Juli, sag doch was.«

Noch zwei Schritte bis zum hinteren Raum. Ich bekam einen harten Stoß von Talitha und stolperte über die Schwelle in den Raum. Ich konnte schemenhaft erkennen, dass da jemand stand. Stand, so ein Glück, dann konnte es mit Julian doch nicht so schlimm …

Hinter mir warf Talitha mit einem Knall die Tür zu. Im gleichen Moment machte die Person vor mir ein Feuerzeug an: Louis!

Ich war sprachlos. Drehte mich zu Talitha um, sah von ihr zu Louis. Keiner sagte etwas …

25. Gefahrenlage

Eine halbe Stunde später klopfte Maria an die Tür des Schulleiterbüros.

»Da sind Sie ja endlich!« Er zog sie in sein Büro hinein. Am Besprechungstisch saßen Hauptkommissarin Grothus und ihr Kollege Scholz. Maria war perplex. In den vier Jahren, die dieser Schulleiter jetzt am Schulzentrum war, konnte sie sich an keine einzige Eigeninitiative von ihm erinnern. Er wurde bisher ausschließlich auf Drängen, Schieben und Proteste von Kollegen tätig. Hatte er jetzt die Kripo gerufen?

»Oh, was …? Hallo …«, sagte Maria.

Frau Grothus stand auf und reichte Maria die Hand.

»Frau Brehm, guten Morgen. Meinen Kollegen, Kommissar Scholz, kennen Sie ja. Ihr Schulleiter hat uns heute Morgen darüber informiert, dass anonyme Drohungen in Ihrer Schule angekommen sind. Ich habe darum gebeten, dass Sie hinzukommen, weil sie möglicherweise Hinweise auf infrage kommende Schüler oder Schülerinnen geben können. Wir sind noch ganz am Anfang und versuchen noch zu sondieren, ob es sich um einen schlechten Scherz handelt oder wie groß das Gefahrenpotential sein könnte.«

»Sie schnüffeln doch gern in den Angelegenheiten anderer Leute rum. Haben Sie denn hier was mitgekriegt? Was läuft hier schief in Ihrer Schule?« Scholz sah Maria herausfordernd an, seine Mundwinkel zuckten verächtlich nach unten und er klopfte mit seinem Stift auf einem Schreibblock herum.

Maria antwortete nicht. Sie konzentrierte sich auf Frau Grothus, die sich bei Scholz' Einwurf zurückgelehnt hatte und sowohl Mehrbold als auch Maria mit ihren Huskyaugen beobachtete.

Ein unangenehmes Schweigen hing im Raum.

»Was genau ist denn passiert?«, fragte Maria, die sich auf ihre Mediationsausbildung besonnen hatte und wieder mal froh war, sich dahinter verschanzen zu können. Sachlage klären, Sichtweisen erfragen.

»Herr Mehrbold, bitte schildern Sie doch, was Sie bewogen hat, uns anzurufen«, forderte Grothus ihn auf.

»Heute Morgen, Anruf in der Verwaltung. Wortlaut:« Mehrbold las mit monotoner Stimme von einem Post-it-Zettel ab: »Achtung, jetzt schlage ich zurück, nehmt euch in Acht, jeder könnte der Erste sein, den ich erwische!« Frau Behrens hat mir das – da habe ich noch an einen schlechten Scherz – kommt ja vor …« Er sah die Polizisten erwartungsvoll an. Für seine Verhältnisse hatte er schon reichlich vorgelegt.

»Und dann die weiteren Hinweise?!«, drängte Grothus weiter.

»Ach so, ja. Außerdem wurden auf dem Schulweg Zettel gefunden.«

Nun wurde Scholz ungeduldig: »Insgesamt fünf solcher Zettel sind abgegeben worden. Unklar ist, wie viele noch da liegen, eine Anwärterin ist auf der Suche … Herr Mehrbold, was haben Sie dann unternommen?«

»Ich habe erst mal in den Abteilungen … es stehen keine Klausuren und keine Prüfungen an. Da kommt es ja schon mal vor, dass gedroht … Also bei uns noch nie, aber man hört ja so einiges … Auf der Schulleiterkonferenz …«

»Ja, und dann haben Sie uns informiert, danke, Herr Mehrbold. Hier sind die abgegebenen Zettel.« Grothus schob die in Klarsichthüllen verpackten Botschaften zu Maria hinüber. »Vielleicht fällt Ihnen etwas daran auf?«

»Hmmm …« Maria las die Zettel:

»JETZT seid ihr dran! Passt auf!!! / Der Spieß wird JETZT umgedreht! Pass auf dich auf!! … Die Schrift ganz normale Computerschrift, vielleicht Arial?, fett gedruckt, mindestens Schriftgrad 16 … Haben Sie denn schon nach Fingerabdrücken …?«

»Nein, das hat auch vermutlich wenig Sinn. Die Zettel sind, bevor sie abgegeben wurden, durch viele Hände gegangen, die Schüler haben sie sich gegenseitig aus der Hand gerissen … Und außerdem müssten wir Vergleichsabdrücke haben. Können Sie denn mit dem Wortlaut etwas anfangen? Erinnert es Sie an jemanden?«, wieder der kalt-blaue Prüfblick. Diese Frau konnte tiefer in sie hineinsehen, als es Maria lieb war.

Natürlich passten die Aussagen zu Jana. »JETZT seid ihr dran« – bisher war sie das Opfer, nun könnte sie sich rächen wollen. Das passte aber so gar nicht zu dem Bild, das sie von Jana hatte. Es könnte ja auch so sein, dass die Clique rund um Talitha ihren Spaß am Mobben und Drohen ausweiten wollte, vielleicht reichte es ihnen nicht mehr, nur jeweils eine Mitschülerin zu drangsalieren. Es war ja viel verlockender, die ganze Schule aufzumischen. Oder womöglich hatte sogar Ros Aufforderung bei Facebook jemanden auf die Idee gebracht, Aufruhr zu stiften. Vielleicht wollte sich jemand »Gollum« gegenüber damit brüsten?? Maria merkte, dass ihr flau wurde, was, wenn sie zu diesem Scheiß beigetragen hatte durch ihre Versuche, die Mobber aufzuscheuchen? »Der Spieß wird JETZT umgedreht!«, das sprach allerdings wieder mehr für Jana oder ein anderes bisheriges Opfer. Woher wollte sie denn eigentlich wissen, dass Jana die Einzige war? Schließlich hatten sie sich auch auf Paulina gestürzt und möglicherweise hatte Robert ja die anderen Hinweise nicht gefunden oder nicht erkannt, weil er die Schüler nicht kannte?? Und »Pass auf dich auf« war noch unklarer, war da wirklich eine einzelne Person gemeint oder einfach jeder?

Sie drehte die Hüllen um, außer Dreckspuren war nichts Besonderes zu sehen, aber sie brauchte noch Zeit, damit sie entscheiden konnte, was sie sagen wollte. Sie beschloss, den Ball erst einmal zurückzuspielen:

»Haben Sie denn die Schüler schon befragt? Und was passiert jetzt als Nächstes?«

Sie sah von Frau Grothus zu Mehrbold und zurück. Letzterer sank tiefer in seinen Stuhl und vermied den Blickkontakt. Die gleichen Methoden wie die Schüler, wenn sie ihre Hausaufgaben nicht gemacht hatten und nicht drankommen wollten, dachte Maria.

»Wir werden heute den Unterricht für alle um 13.00 Uhr beenden, es gibt zwar keine Hinweise auf ein konkretes und akutes Bedrohungsszenario, aber wir wollen kein Risiko eingehen. Die offizielle Version wird ein Schaden im Wasserleitungssystem sein«, stellte Grothus klar. Also waren nur noch ca. 15 Minuten zu überbrücken. »Dann werden Zivilpolizisten die Straßen im Umkreis beobachten und die Schüler unauffällig bis zu den Bussen an der Heerstraße begleiten. Dann ist Zeit gewonnen, um in weitere Ermittlungen einzusteigen, wenn wir es für nötig halten«, erläuterte Grothus zur offensichtlichen Erleichterung Mehrbolds. Sie sah dabei Maria an und es war klar, dass sie darauf wartete, dass Maria etwas sagte.

»Gibt es aus Ihrer Sicht Anhaltspunkte, wer etwas damit zu tun haben könnte, Frau Brehm?«, fragte sie und als Maria schwieg, schob sie nach: »Ist denn eigentlich die vermisste Schülerin wieder aufgetaucht?«

Mehrbold sah überrascht auf. »Vermisste – was, Frau Brehm haben Sie …?«

»Sie wissen doch, dass Jana Hübner schon seit zwei Wochen nicht mehr in der Schule war, ich habe mir Sorgen gemacht.«

»Sie haben die Polizei – ohne mein Wissen -…?!«

Grothus griff ein: »Das tut jetzt nichts zur Sache. Kann diese Schülerin damit zu tun haben, Frau Brehm? Oder wissen Sie sonst etwas, das weiterhelfen könnte? Sie haben doch einen guten Draht zu den Schülern, scheint mir.«

»Ich weiß nicht. Jana ist noch immer nicht im Unterricht gewesen. Der Bruder ist jetzt auch beunruhigt (das war nur die halbe Wahrheit – aber immerhin), er hat gemerkt, dass sie nicht bei der Tante ist, aber ich kann mir nicht vorstellen, dass sie solche Drohungen ausstößt – sie ist eher ein stilles Mädchen. Auf jeden Fall wäre es an der Zeit, die Eltern zu informieren, und am besten sollten sie kommen.«

»Ich werde mit ihnen sprechen. Und auch mit dem Bruder. Und wenn Ihnen noch etwas einfällt …«, Grothus sah zwar auch kurz zu Mehrbold, aber Maria war sich sicher, dass der scharfe Ton allein ihr galt.

Scholz hatte sie in der ganzen Zeit nur beobachtet, sicher konstruierte er sich ein Szenario zurecht, in dem sie als die nervige und unfähige Vertrauenslehrerin Schuld an der Situation hatte. »… und damit liegt er ja auch gar nicht so verkehrt!«, höhnte der Zensor. »Wenn du schneller gemerkt hättest, was da abgeht, oder wenigstens dann entschiedener reagiert hättest. Du eierst doch nur so rum und lässt dich von deinen Hormonen und diesem Voss leiten.« »Jetzt bloß nicht rot werden – Scholz fasst das als Schuldgeständnis auf und verhaftet mich auf der Stelle«, dachte Maria.

Grothus stand auf und reichte ihr die Hand. »Wir werden uns wieder melden, aber wie gesagt, wenn Ihnen noch etwas einfällt, behalten Sie es nicht aus falscher Rücksicht gegen Schüler für sich.« Das war deutlich. Grothus gab ihr eine Visitenkarte. »Wir sind jederzeit zu erreichen, auch am Wochenende.«

26.
JANA, 28. Oktober 2016

»Was ...«, ich brachte nichts heraus, keine Frage nach Julian, es war zu deutlich: Talitha und Louis hatten mich hereingelegt und dies hier sollte kein Spaß sein. Vorsichtig schob ich einen Fuß zurück, wollte mich seitlich von Talitha zur Tür schieben.

Sie packte mein Handgelenk und drehte es herum. Ein stechend scharfer Schmerz raste meinen Arm herauf und Talithas Berührung glühte wie Grillkohle zum richtigen Zeitpunkt für Nackensteaks. »Warum denke ich so was?«, dachte ich, als Talitha mich schon längst losgelassen hatte und ich am Boden hockte.

Louis hatte noch immer nichts gesagt, aber selbst in dem Schummerlicht konnte ich seine Augen funkeln sehen. Dies hier war ganz nach seinem Geschmack und es würde schlimmer werden.

»Setz dich da hin«, sagte Talitha und ich war froh, dass sie mit mir redete. »Wer redet, schlägt nicht.« Papas Spruch früher, wenn Julian und ich uns gezankt haben. Er ist immer gleich auf mich losgegangen und dann kam Papa mit seinem Spruch: »Julian, rede mit deiner Schwester. Wer redet, schlägt nicht.« Und Talithas Stimme war sanft. Ich setzte mich auf den klapprigen Stuhl, auf den sie gezeigt hatte. Er war kalt und fühlte sich feucht an, sodass ich gleich wieder aufstehen wollte, aber da riss mich Louis an meinen Haaren zurück. Wieder so ein überraschend heftiger Schmerz, der allerdings, anders als der in meinem noch immer pochenden Handgelenk, sofort abbrach, als ich wieder saß. Louis blieb hinter mir stehen. Talitha holte aus ihrer Jackentasche ein Feuerzeug und warf es ihm knapp an meinem Kopf vorbei zu. »Hast du alles dabei?« »Klar.« »Dann mach es uns hier mal gemütlich.«

Er ging in eine Ecke des Raums und kam mit einer brennenden Kerze zurück, die er vor mir auf den Boden stellte.

Mit der anderen Hand brachte er einen zweiten Stuhl. Talitha setzte sich mir gegenüber hin. Louis stellte sich wieder hinter mich. Ich fror, obwohl ich meine dicke Winterjacke anhatte. Sollte ich so schnell aufspringen, dass der Stuhl Louis traf, und konnte ich Talitha überraschen, sodass ich sie mitsamt dem anderen Stuhl umschubsen konnte? Wie schnell war ich aus der Tür, durch den Flur, die Treppe rauf?

Einen Versuch war es wert – aber wenn ich nicht schnell genug war, wenn sie mich auf der Treppe am Fuß erwischten … Ich spürte den Griff und wie ich, ohne mich schützen zu können, mit dem Gesicht auf die Stufen knallte … Da wusste ich, dass ich es nicht wagen würde, wie ich es sowieso nie gewagt hatte, mich zu wehren. Ich würde mich ducken, würde versuchen, mich so klein zu machen, dass ich unsichtbar würde und so gefügig, dass es ihnen langweilig werden würde. Alles wie immer …

27.
Zaubernuss: Hamamelis

Maria beobachtete vom Sprachlerstübchen aus, wie die Schüler, erfreut über den Unterrichtsausfall, wegen der »Wasserprobleme« das Gebäude und den Schulhof verließen. In der großen Menge sah sie niemanden aus dem BIO-LK. Die »unauffälligen« Zivilpolizisten lungerten auf dem Gehweg und in zwei gegenüberliegenden Hauseingängen herum. Das Bild war heiter: Ein paar hundert Schülerinnen und Schüler flohen wochenendfroh aus der Anstalt, die meisten mit gezücktem Handy, um die freie Zeit zu bequatschen, einige konnten das Anstecken der ersten Zigarette nicht bis zur Straße abwarten, andere warteten noch auf Freunde oder Feinde, um zu sehen, »was geht«.

Lehrerkollegen eilten zu ihren Autos, einige zu den Fahrrädern, wenige in Richtung ÖPNV. Das Sprachlerstübchen war leer und es kam auch niemand, während Maria am Fenster stand.

Als der Menschenstrom verebbt war, machte sie sich auf den Weg nach Haus. Sie sah weder die Reiher auf Lamkens Wiese noch die Kormorane in der Lesum, fuhr, so schnell sie konnte, und war froh über den starken Gegenwind und den Sprühregen, der ihr ins Gesicht schlug und das Gedankenkarussell bremste.

Erschöpft und durchnässt von Regen und Schweiß kam sie zu Hause an.

Das Telefon klingelte sie unter der Dusche heraus.

»Brehm.«

»Maria, hier ist Lisa. Kann ich … ich meine, hast du Zeit zum Telefonieren?«

»Lisa, ja, schon, ich wollte gerade, also gleich muss ich … Was ist denn?« Sie klemmte sich das Gerät zwischen Wange und Schulter, zog sich ein Badelaken vom Haken und wickelte sich ein.

»Es geht um Felix, er will nicht mehr in die Schule und Alex hat – also er findet, er ist sauer, weil ich Felix heute zu Hause gelassen habe. Er findet, dass er hinmuss, – also wir haben total gestritten – ich weiß nicht – was soll ich bloß machen? Felix ist so verzweifelt«, und dann leiser: »… und ich auch …«

»Erzähl doch mal, was los war, warum will Felix denn nicht?« Fröstelnd stellte Maria sich auf ein weiteres Handtuch.

»Ich weiß gar nicht, wo ich anfangen soll, ich dachte, dass sich das schon einlaufen wird, als Felix gleich nach zwei oder drei Tagen nicht mehr zur Schule wollte. Und ich konnte doch nicht so schnell zu seiner Lehrerin … Wie sieht das aus?«

Maria hörte Lisa schluchzen. »Lisa …?«

»Kann ich, können wir nicht vielleicht kommen, nur für kurz, ein paar Tage, bis Felix sich beruhigt hat … und ich nachgedacht …«

»Ihr beide? Zu mir??«

»Ich dachte – ach lass, entschuldige, eine bescheuerte Idee, ich krieg das hier schon hin …«

»Stopp, Lisa, nicht auflegen«, rief Maria, »ich war doch nur so überrascht. Natürlich könnt ihr kommen und bleiben, so lange ihr wollt. Und dann erzählst du mir in Ruhe … Und Felix kommt bei Pablo und Darwin bestimmt auch auf andere Gedanken.«

»Aber …«

»Nichts aber – ich freue mich auf euch! Wann dachtest du denn, dass ihr kommt?«

»Vielleicht – also, am liebsten – geht jetzt gleich?«

»Oh, ääh, ja, bestens – soll ich euch mit dem Rad und Pablo vom Zug abholen?«

»Nein, wir kommen mit Alex' Wagen, er braucht ihn erst mal nicht. Wir können in einer Stunde da sein. Wäre das … oder …« Lisa kam wieder ins Stottern.

»Gut, dann kaufe ich noch schnell was ein. Der Schlüssel liegt …«

»Im Hühnerstall, unterm Futtereimer, ich weiß.«

»Dann also bis gleich.«

»Ja, Tschüss, Maria und – danke.«

Wie Stichlinge flitzten die Gedanken in alle Richtungen durch Marias Kopf: Es piekte sie, dass Lisa schon mit Alex gesprochen hatte, bevor sie bei ihr angerufen hatte. War sie sich so sicher, dass Maria zusagen würde? Dass die alten Wunden geheilt waren? Oder hoffte Lisa gerade das Gegenteil?

Maria versuchte vergeblich herauszufinden, ob sie sich freute oder ärgerte, weil Lisa mit ihrem Problem zu ihr kam.

Sie entschloss sich für den bewährten Pragmatismus: Lisa kommt, das ist ein Fakt, und Felix kommt, das ist definitiv ein Grund zur Freude, auch wenn er Kummer hat.

Wie oft hatte sie ihn getröstet, ermutigt oder ihn gehalten, wenn er untröstlich war. Sie hatte fest darauf vertraut, dass es reichte, da zu sein und seinen Kummer ernst zu nehmen. Felix war der erste und einzige Mensch, bei dem sie die Zuversicht hatte, dass sie nichts falsch machen konnte, selbst wenn sie, wie bei der Trennung von Lisa, ihn traurig machte.

Inzwischen war sie mit Ausnahme der Haare trocken, aber durchgefroren. Föhnen, anziehen, der Griff zur Hundeleine und zum Schlüsselbund. Pawlow sprang auf.

Mit dem Rad waren die Einkäufe schnell erledigt: Nussmus und cremiger Joghurt, Crunchy-Müsli, Weintrauben, Früchtetee und junger Gouda für Felix. Quinoa-Flocken, Mandelmilch und viel Gemüse für Lisa. Und eine Flasche Prosecco für später am Abend. Wie in alten Zeiten …

Obwohl Maria schnell war, waren Lisa und Felix schon da. Sie mussten bei Lisas Anruf schon die gepackten Taschen im Auto gehabt haben.

Pawlow war außer sich vor Freude. Er raste sofort in die Küche, wo die beiden warteten, sauste zwischen Lisas Beinen durch, warf Felix fast um, als er bei ihm dasselbe versuchte, beide waren kleiner gewesen, als dieses Ritual zuletzt klappte, aber Pawlow war schneller gewachsen als Felix, dann zwängte er sich durch Marias Beine und startete die Runde von vorn. Diesmal war Felix vorbereitet und hob schnell ein Bein an, der Rüde passte durch. Dabei jaulte er in den höchsten Tönen, obwohl er sonst so schweigsam war wie ein Grottenolm. Fehlte nur noch, dass er sich vor Freude bepieselte, wie er das früher häufig gemacht hatte, dachte Maria, aber dafür war er mit seinen 4 Jahren wohl doch schon zu erwachsen.

Immerhin zog er so viel Aufmerksamkeit auf sich, dass die Verlegenheit von Lisa und Maria nebensächlich wurde. Und Felix war ganz und gar entzückt.

»Palo, du Süßer, ja komm her. Ach mein Guter …« Pawlow leckte ihm durchs Gesicht, schnoberte am Hals und hinter den Ohren, nahm auch dort einige Geschmacksproben, warf sich schließlich auf den Rücken und ließ sich kraulen.

Lisa und Maria sahen diesem Begrüßungsglück zu und warfen sich kurze Blicke zu.

»Ich hab' die Taschen noch im Auto gelassen, die hol ich mal eben«, sagte Lisa hastig und war auch schon auf dem Weg.

»Na gut«, dachte Maria, Aufschub … Sie hockte sich hinter Felix und zog ihn vorsichtig zu sich.

»Schön, dass du da bist, Felix.«

»Hmmmhm.« Er ließ sich nicht stören und streichelte Pawlow weiter, aber Maria spürte, dass er sich entspannt an sie lehnte und einen Moment lang einfach glücklich war.

»Schokonussmus!«, sagte Felix, »das gibt's bei uns nie! Alex findet das zu ungesund.«

»Stimmt ja auch«, sagte Lisa.

»Das hier ist Zaubernussmus, das gibt's nur bei mir und deshalb darfst du das jetzt mal«, sagte Maria. Felix biss in das dick bestrichene Brot und kaute hörbar. Geröstete Haselnüsse und Nougat verströmten Kindergeburtstagsgeruch. Schade, dachte Maria, ich habe den Kakao vergessen, das wäre olfaktorisch perfekt. Aber warme Milch duftet auch gut.

»Zu Hause haben wir immer die leckere Marmelade«, sagte Lisa.

»Och nööö, die ist ja nur selbst gemacht und gar nicht richtig süß«, hielt Felix dagegen.

»Geht es Bonny gut?«, fragte Maria. »Reitest du ihn noch?«

»Ja, aber nur noch nachmittags wegen der blöden Schule.«

»Vormittags kümmere ich mich um Bonny, das weißt du doch«, sagte Lisa.

»Fertig? Wie wär's, wenn wir einen kleinen Spaziergang mit Pawlow machen?«, fragte Maria.

»Macht das, ich decke ab und mache den Abwasch und dann ist auch Zu-Bett-geh-Zeit für dich, Felix«, sagte Lisa.

»Komm, Palo!« Felix und Pawlow waren schon im Flur, bevor Maria vom Tisch aufgestanden war.

»Wartet! – Ja dann …«, sagte sie zu Lisa, die sorgfältig und konzentriert die Käsestücke in die Papierverpackungen zurücksortierte …

28.
JANA, 28. Oktober 2016

»Hör mir genau zu, meine Süße«, sagte Talitha. So hatte sie mich anfangs genannt, »Süße« und »meine kleine Süße«, und meistens kam dann etwas, was ich tun sollte oder lassen oder ihr schenken oder für sie kaufen. Ich wollte mir die Ohren zuhalten, aber ich wusste genau, dass Louis nur darauf lauerte, dass er eingreifen konnte. Zu sagen hatte er hier nichts, aber er war sich offensichtlich sicher, dass sein Auftritt noch kommen würde. Also ließ ich meine Hände, wo sie waren.

»Juli hat mir erzählt, dass du deine Eltern anrufen wolltest. Gar nicht nice. Da brauchst du wohl mal ein bisschen handy- und telefonfasten, hab ich mir gedacht. Hier kannst du in Ruhe darüber nachdenken, ob du wirklich die einzige Freundin, die du je hattest, anschwärzen willst.«

Ich war mir nicht sicher, ob das eine Frage war. Aber es gab ohnehin keine Antwort darauf.

»Also?« Es war doch eine Frage gewesen.

»Was also?«, fragte ich zurück.

»Oh, machst du aufmüpfig! Is ja lollig, Zornröschen, mir wird ganz hasig zumute!« Talitha schaltete um auf Gangsterslang. Damit hatte sie mich immer aufgezogen, weil ich anfangs nur Bahnhof verstanden habe. Vielleicht wollte sie mir ja jetzt auch nur einen Schrecken einjagen. Ich war ja auch oft echt langsam. Ich versuchte es mit einem Lächeln, das wahrscheinlich bescheuert aussah, aber bei der flackernden Kerze konnte sie es vielleicht nicht genau sehen.

»Sie grinst!«, sagte Talitha. »Louis, komm mal hier rum und guck dir das an. Die grinst so grenzdebil. Was soll ich davon halten?« Louis stellte sich neben Talitha. Ich sah zu Boden. »Na was, schon gesterschnee? Los, lass das Sonnenkindchen auch ma äugeln.« – »Die will nich, da hab ich voll kein Bock drauf, erst grinseln – da reimt sich doch winseln. Los Wandelmasse, winsel mal.« Talitha lehnte sich weit vor und sah mir in die Augen. Leise sagte sie: »Na mach schon, du siehst doch, dass mein Sonnenkönig hier nur darauf wartet, dass es rankann. Sei ein braves Mädchen: Lächle, winsel und versprich uns, dass du niemals auch nur ein Sterbenswörtchen zu irgendwem sagst über unsere kleinen Spielchen. Ich will doch gar nicht, dass dir ernsthaft was zustößt. Ich hab die anderen doch immer zurückgehalten. Aber wenn du plapperst – weißt du, was dann passiert?«

29.
Storchennest

»Aber Meier soll noch vorlesen, bitte Mama, wie früher!« Das erste Mal, seit sie hier waren, hatte Felix sie wieder »Meier« genannt, nicht das »erwachsene« Maria benutzt, wie es sich angeblich für ein Schulkind gehört.

»Natürlich lese ich dir vor, da oben liegt noch die Kleine Raupe Nimmersatt – oder bist du dafür schon zu groß?«, sagte Maria und zu Lisa: »Im Kühlschrank steht ein Prosecco, mach ihn doch schon mal auf, ich glaube, den kannst du gebrauchen.«

Als sie wieder nach unten kam, war die Flasche schon halb leer. Der »Kleinen Raupe Nimmersatt« war der Anfang von »Nils Holgerson« gefolgt und Maria war noch ein paar Minuten bei Felix sitzen geblieben, als er eingeschlafen war.

»Lasch unsch jetsch bitte nischt über Feliksch oder Aleksch reden, isch bin völlisch fertisch.« Lisa war schon im »Nuschelmodusch«, wahrscheinlich hatte sie im Streit mit Alex und wegen der Sorge um Felix nichts gegessen. Wehmütig erinnerte sich Maria daran, dass dem »Nuschel-« häufig der »Kuschelmodusch« folgte, damals, als noch alles … »… als noch alles gut war?! Das wolltest du nicht wirklich sagen – oder? So vergesslich kannst du nicht sein. Es war nicht »alles gut«. DU wolltest das nicht, du wolltest dich nicht zu deiner Beziehung zu Lisa bekennen. Es war immer nur ein halbherziges Versteckspiel. Schäbig, das war es!« Sprach da ihr schlechtes Gewissen oder der blöde Kritiker? Maria konnte sie gerade nicht unterscheiden, war aber sowieso egal.

»Schenkst du mir auch ein?«, fragte Maria, um die Stimmen abzustellen und weil sie etwas zum Festhalten brauchte. Ein leeres Glas täte es auch oder ein Wasser, ein Tee, aber hier war Lisa und hier war der Prosecco und dort war die Nr. 1 auf der Geheimen Liste …

Dann war die Flasche leer und Maria hat sofort das gleiche Trunkenheitslevel wie Lisa. Mangelndes Training – immer noch.

Ob es eine Übersprungshandlung aus Unsicherheit und Verlegenheit war oder eine instinktgesteuerte Handlung wie bei Storchenpaaren, die sich nach neun Monaten Trennung im vertrauten Nest treffen? Zuerst kommt er und sofort beginnt er auszubessern. Er putzt und polstert und dann folgt sie, hat den langen Flug von Afrika nach Fedderwardersiel oder Oberhammelwarden hinter sich und er das Sanieren, Renovieren und Modernisieren … Sie kennen sich kaum noch, in den vergangenen Monaten kann wer-weiß-was passiert sein, vielleicht hat er einen Löwenangriff überstanden und sie ist den Netzen der Vogelfänger nur knapp entgangen. Trotz alledem läuft das Instinktprogramm sofort an, ohne Regenerationspause, ohne Small Talk und Warming-up, sogar ohne verzögernde Balzrituale, denn sie hatten das ja alles schon erledigt, als sie sich zum ersten Mal trafen, damals …

In ihrer ersten »festen« Beziehung zu Holger hatte Maria immer gefunden, dass Sex im Allgemeinen überbewertet wurde. Zumindest solange keine ernst zu nehmenden Brutpflegeabsichten bestanden.

Auch mit Lisa war sie anfangs skeptisch-zurückhaltend, ging es hier doch noch eindeutiger nicht um Fortpflanzungsaktivitäten. Wozu also das Ganze?

Mit Holger war Sex eine ernste Angelegenheit mit Tendenzen zum Schwülstig-Peinlichen. Sie konnte es ihm ansehen, wenn ihm der Gedanke kam, mit ihr zu schlafen. Seine Kinnlade wurde ein wenig schwerer, sie sackte leicht nach unten, seine Lippen öffneten sich, seine Zunge wurde feucht sichtbar zwischen seinen unzweifelhaft schönen Vorderzähnen (besonders die Schneide- und Eckzähne oben waren funktional und ästhetisch einwandfrei). Unterschritt sie jetzt seine Individualdistanz auch nur minimal, fasste er es als bedingungslose Zustimmung auf. Er war nicht rücksichtslos oder sogar brutal, nein, er griff mit einem angemessenen Maß an Entschlossenheit bei gleichzeitiger zur Schau getragener Zärtlichkeit nach ihr, seine bereitgehaltene Zunge drang subtil dominant-fordernd in ihren Mund ein und suchte doch den kollegial-gleichberechtigten Austausch mit ihrer. Dabei gab er rhythmische Folgen von kehlig-rauen Stimmfühlungslauten von sich und lauschte auf das erwartete seriös-lüsterne

Stöhnen von ihrer Seite, um das Reiz-Reaktionsmuster abzurunden. Ende des Vorspiels …

Lisa hatte sie dann nach und nach überzeugt: Sex kann Spaß machen, kann ein gemeinsames luftig-lustiges Spiel sein.

So hatte es begonnen. Spielerisch. Sie kannten sich schon eine Weile. Maria hatte ein paarmal bei Felix eingehütet, so auch an dem heißen Sommertag. Felix war gerade ein halbes Jahr alt, er schlief in Lisa Zimmer, immer noch in dem großen alten Wäschekorb. Sie saßen auf dem kleinen Balkon, Maria schenkte Tee nach und Lisa sagte:

»Wenn du dich noch ein bisschen weiter zu mir vorbeugst, fange ich an zu sabbern.«

Maria sah die Szene wieder vor sich: Sie hatte sich provokant noch tiefer geneigt, ihre Brustwarzen richteten sich gegen den Stoff des dünnen Sommerkleides auf und sie wusste, dass Lisa es sah.

»Ich habe dich gewarnt«, lachte Lisa und hechelte mit heraushängender Zunge wie ein Hund nach schneller Jagd. Sie leckte an den Spitzen ihrer Finger, bevor sie unendlich langsam und leicht über Marias linke Brust strich. Kurz wurde Lisas Blick ernst und dunkel, dann grinste sie frech und griff sich an ihre eigene Brust: »Milcheinschuss, auch ein geiles Gefühl.« Auf ihrem T-Shirt waren nasse Flecken aufgetaucht, von denen Maria nicht wegsehen konnte.

An dem Abend war Maria bald gegangen, aber es war beiden klar, dass zwischen ihnen vieles möglich wäre.

Leicht war es mit Lisa auch, weil sie wusste, was sie wollte und es doch nicht für ihr gutes Recht hielt, sondern offen war, voller Neugier auf Maria, auf ihre Wünsche und Ängste und Grenzen. Sie wollte herausfinden, was Maria wollte, was nicht und wieso nicht.

Bei Holger war jedes »Nein« eine Zurückweisung, eine persönliche Niederlage. Das war sicher nicht ungewöhnlich, sie waren beide gerade 18 geworden und hatten wenig Vorerfahrungen. Aber Marias Vater war vor Kurzem gestorben, ihre Mutter löste sich auf, sie steckte im Abi … und war nun auch noch verantwortlich für sein Gekränkt-Sein.

Sie lernte seinen Erwartungen zu entsprechen, das war energiesparender, als sich mit ihm zu streiten, und die Sehnsucht danach, zu jemandem zu gehören, war noch größer als die Kraft, die sie für das Alleinsein gebraucht hätte.

Maria hatte eine ganze Weile auf dem Sofa gesessen und schweigend in den Kaminofen gesehen, den Lisa angezündet hatte. Die Wärme machte die vielen Kilometer, die sie heute geradelt war, und die Gefühlsachterbahnen spürbar. Die Gegenwart von Lisa machte das alles leichter erträglicher, als hätte sie einen Magneten in sich, nach dem Maria ihre Flugroute über den Ozean ausrichten könnte.

Nicht dass Lisa eine Frau war, machte den Unterschied, sondern diese Klarheit, die sie bei allen Turbulenzen bei sich sein ließ, sie konnte fröhlich sein, ohne lächerlich zu werden, sie war lustig und albern, wenn es für sie stimmte. Der Sex mit ihr war leicht und unbeschwert und es gab gerade deshalb Augenblicke tiefen Ernstes.

Maria fühlte sich im Lachen, im Staunen und in der Lust von Lisa ganz und gar angenommen, vielleicht zum ersten Mal überhaupt.

Und doch hatte sie es nicht geschafft. War zu feige oder zu vorsichtig gewesen, um auch öffentlich zu Lisa zu stehen. Hatte sich herausgeredet mit Sprüchen von »Privatsache« und »geht doch keinen etwas an«. Und jetzt bekam sie immer einen Schrecken, wenn sie eine große Frau mit blondem Zopf energisch über die Straße gehen sah oder ihr der leicht beißende Geruch von Pferden und Sattelseife in die Nase kam. Ein Schreck wie bei einem unerwarteten Gewinn, einer unverdient zugestellten guten Nachricht. Die dann doch nicht für sie war. Ohne Lisa war sie unfertig, ihr Leben war provisorisch und sie wartete schon viel zu lange darauf, dass es richtig begann.

30.
Mutter – Mutter – Kind und andere Spiele

»Aufstehn, los, ihr Schlafmützen! Palo will raus und ich auch und wir gehen jetzt Brötchen holen bei Bäcker Rother. Mama, gib ma Geld.«

Natürlich war es schön, Felix so fröhlich und voller Tatendrang zu sehen, aber Maria hätte lieber ein paar Minuten zum Zurückkommen gehabt. Lisa zog sich die Decke über den Kopf – toll, da konnte sie also zusehen, wie sie mit der Situation fertig wurde.

Felix zeigte allerdings keine Anzeichen von Überraschung, Erklärungsbedarf oder gar Empörung. Für ihn war es offensichtlich völlig okay, dass er Maria und Lisa gemeinsam im Bett vorfand, wie es »damals« alltäglich war. Er war ausschließlich daran interessiert, den beiden zu zeigen, dass sich bei ihm inzwischen allerhand geändert hatte und dass er sehr wohl allein einkaufen konnte.

»Geheld!«, drängte er. Gut, dass sie noch einen 5-Euro-Schein in der Hosentasche hatte vom gestrigen Schnelleinkauf. Sie zeigte ihm die Hose, die an der Zimmertür lag. »Da nimm das Geld raus, das müsste reichen, wenn nicht, lässt du anschreiben, Frau Rother kennt Pawlow.«

»Mich kennt sie auch«, stellte Felix klar und polterte schon die Treppe hinunter.

»Zeitmaschine – oder was?«, war das Erste, was Lisa sagte.

»Ich geh duschen«, antwortete Maria und verschwand eilig ins Bad.

Unter der heißen Dusche rekapitulierte sie: Donnerstag hatte sie geglaubt, sich in Ro zu verlieben, Freitag war sie sich ganz sicher, dass nur das Alleinsein ihr entsprach, und Sonnabendmorgen wachte sie in ihrem ganz persönlichen Oberhammelwardener Storchennest auf … Was für ein Chaos! Und doch: Sie hatte so fest und ruhig und traumlos geschlafen, das war nicht dem Prosecco zuzuschreiben. Lisa und sie hatten kaum miteinander geredet – na ja – eigentlich gar nicht … Aber das war auch nicht nötig, es war wie der Eintritt in eine andere Welt gewesen, in der alles andere, die Arbeit, die Schül … Scheiße! Sie hatte Julian vergessen! Er war seit Lisas Ankunft einfach ausgeblendet gewesen! Sollte sie jetzt gleich …? Nein, Felix musste bald mit den Brötchen zurück sein. Sie konnte ihn nicht enttäuschen, es war schließlich ein erstes Mal für ihn.

Maria brauste sich eiskalt ab und rubbelte sich trocken. Julian und die ganze Jana-Geschichte war bei Frau Grothus in kompetenten Händen. Sie durfte dieses Wochenende auch mal ein Privatleben haben. Oder etwa nicht?

Sie spielten Mutter – Mutter – Kind: Frühstückten lange, gingen spazieren, fütterten die Tiere, sahen Felix, Darwin und Pawlow zu und schwiegen viel. Die zweite Nacht verbrachte Lisa mit Felix in »seinem« Zimmer.

Erst am Sonntagabend, als Felix schlief, sprachen sie über den Streit mit Alex und über Felix' Weigerung, in die Schule zu gehen.

»Seine Lehrerin mobbt ihn, sie findet immer etwas, worüber sie meckern kann, und immer gibt sie ihm die Schuld an allem«, sagte Lisa, die sich in die Sofaecke verkrochen hatte, eine Wolldecke fest um sich gewickelt. »Sie ist der Meinung, dass Felix zu lebhaft ist und die Klasse durch seine Erzählungen über sein Leben auf dem Ökohof und die ›Zustände‹ dort schlecht beeinflusst. Und seit er fast nichts mehr sagt, wirft sie ihm Verstocktheit vor.«

»Hast du eine Vorstellung, warum das so ist?«

»Nein, sie hat nur einmal mit mir gesprochen. Dabei hat sie gesagt, dass Felix sich nicht in die Klassengemeinschaft einfüge, er sei unsozial und ihr gegenüber eben verstockt und unverschämt.« Sie spielte mit den Fransen der Decke. »Als ich gesagt habe, dass ich Felix ganz anders erlebe, ist sie wütend geworden und hat mir unterstellt, ich wolle ihn nur schützen, das habe sie sich gleich gedacht und das eigentliche Problem sei ja sowieso ich … Es war, als würde ein Band ablaufen, ein vorgefertigter Text, der mit Felix oder mir nichts zu tun hatte.« Aus den Fransen hatte sie Zöpfe geflochten, die fester und fester gerieten. »Ich konnte nur ab und zu ein ›aber‹ oder ein ›warum‹ einwerfen und jedes Mal wurde sie aufgebrachter und lauter und schließlich hat sie mich angeschrien, dass sie jedes weitere Gespräch mit mir ablehne, dass sie der Schulleitung und der Behörde Meldung machen werde, wenn ich sie weiter belästigen würde.« Maria fragte sich, ob die altersschwache Decke ihrer Oma die jetzt sehr grobe Behandlung überstehen würde. Sie stand auf und setzte sich zu Pawlow auf den Teppich. »Ich bin dann gegangen und habe erst mal gedacht, wenn Felix sich zurückhält – du weißt ja, dass er mit seinen Fragen und seinen Ideen ganz schön nerven kann – also, wenn er bei Frau Steinert einfach nur mitmacht, dann könnte das gehen, aber es wurde immer schlimmer. Sie hat sogar die anderen Eltern aufgehetzt: ›Ich würde ja gern mal einen Ausflug mit der Klasse machen, aber leider geht das ja nicht, weil einige Kinder, zum Beispiel Felix, zu undiszipliniert sind …‹ und so weiter.« Lisa imitierte die Lehrerin mit einer schrillen hohen Stimme.

»Und der Schulleiter? Was sagt der dazu?«, fragte Maria, die Pawlow jetzt den Bauch kraulte, den er ihr wohlig grunzend zudrehte.

»Ach, der war sogar ganz nett, aber es ist nichts dabei herausgekommen. Es sei nun mal so, dass die Kinder lernen müssten, mit den unterschiedlichen Erwartungen der Lehrkräfte umzugehen und ob ich denn ausschließen könne, dass Felix auch seinen Anteil an den Problemen habe?«

»Was ist mit Vertrauenslehrern?«

»Nach denen habe ich natürlich auch gefragt, aber da habe ich zu hören bekommen, sie seien immer gut klargekommen, so eine kleine Grundschule, da sei es besser, wenn man direkt miteinander spreche als ›so um die Ecke‹.« Lisa zog die Knie hoch bis ans Kinn.

»Hmm, und wie ist es zu dem Streit mit Alex gekommen?«

»Felix hat immer häufiger morgens Bauchschmerzen oder Kopfschmerzen gehabt. Anfangs habe ich ihn überredet, trotzdem zu gehen. Manchmal ist er schon auf dem Weg umgedreht, angeblich, weil er sich übergeben hatte. Und oft ist er von Frau Steinert nach Hause geschickt worden, weil er auch in der Schule über Schmerzen geklagt hat.«

Als Lisa sich wieder die Fransen vornahm, sprang Darwin auf's Sofa. Er stellte seine Pfoten auf Lisas Knie und sah ihr gespannt zu. »Ich solle mein krankes Kind in Zukunft zu Hause behalten und nicht die ganze Klasse dadurch gefährden, dass ich so unverantwortlich handle, stand dann in seinem Mitteilungsbuch.« Der Kater haschte zart nach den zappelnden Fransen. Erst da bemerkte Lisa ihn. Sie strich ihm über den Kopf und ihre Stimme wurde leiser. »Also habe ich ihm mehr und mehr erlaubt, dann zu Hause zu bleiben. Alex findet das falsch, er sagt, so seien die Probleme nicht zu lösen und Felix müsse lernen, sich einzufügen und mit der Lehrerin klarzukommen. Das sagt sich so leicht, er kennt sie ja nicht.«

Lisa stiegen beim Erzählen die Tränen in die Augen, sie machte eine Pause und sah in den dunklen Garten hinaus, während ihre Finger zu den Ohren des Katers wanderten.

»Am Freitag ist es dann zwischen Alex und mir eskaliert, als er Felix in die Schule bringen wollte. Felix hatte mal wieder Bauchweh, ich hatte ihm erlaubt, zu Hause zu bleiben, und war schnell in den Laden gefahren, weil ich noch die Bestelllisten prüfen musste. Alex kam vom Füttern der Pferde und hat Felix im Wohnzimmer beim Legospielen gesehen. Er wollte wohl – er dachte, glaube ich, dass es Zeit wird, dass er für Felix so etwas wie ein Vater ist. Felix sieht eher einen Kumpel in ihm, das stört ihn schon lange … Na, egal, jedenfalls hat er Felix gesagt, er solle sich anziehen und er würde ihn jetzt sofort in die Schule bringen und dableiben, damit er sich ein Bild machen könne. Felix war entsetzt und verzweifelt, er wollte auf gar keinen Fall in die Schule, noch dazu zu spät und mit Alex, der, wie Frau Steinert immer wieder spitz bemerkt hatte, ja nicht einmal sein ›richtiger Vater‹ war.« Hier griff sie zu fest zu. Darwin zog seinen Kopf zurück, schüttelte sich und verzog sich in die andere Sofaecke.

Lisa stand auf und ging zum Fenster. »Ich kam zurück, als Alex Felix schon am Arm aus der Haustür zerrte … Na ja und dann … Du kannst es dir ja vorstellen …«

Allerdings konnte Maria das. Lisa war zwar sehr besonnen und geduldig, aber wenn sie wütete, dann flogen die Fetzen. Das hatte sie erlebt und sie wusste auch, dass ein solcher Ausbruch ein letzter Versuch war. Das

Ende der Geduld. Danach gab es nur noch sofortige Veränderungen oder eine klare Entscheidung, getroffen von Lisa.

»Ich bin dann mit Felix in sein Zimmer gegangen, wir haben beide geheult. Ich hab erst da von Felix erfahren, was in der letzten Woche passiert ist: Die anderen Schüler, auch die aus den höheren Klassen, haben gemerkt, dass sie mit ihm machen können, was sie wollen, weil Frau Steinert es zulässt. Er wurde in der Pause von zwei Schülern am Boden festgehalten und sie und zwei weitere haben ihn angespuckt.« Sie sprach schnell, sah Maria kurz an und drehte sich wieder zum dunklen Fenster.

»Sie schämt sich«, dachte Maria. Sie schämt sich, als ob sie schuld sei.

»Ich habe die Szene so real vor den Augen gehabt, als Felix erzählte: Der eine, einen ganzen Kopf größer als er und doppelt so schwer, saß auf seinem Brustkorb, der andere hat seine Beine festgehalten. Dann haben sie die anderen aufgestachelt: ›Los, rotzt ihn an, den kleinen Öko, der hat's doch gern so ganz Öko und Bio!‹ Und einige haben dann auf ihn gespuckt. Die anderen auf dem Pausenhof haben so getan, als ob sie es nicht sehen, aber alle haben heimlich gegafft. Die Steinert ist mit einer Kollegin ›zufällig‹ in eine andere Richtung gegangen und sie haben dort mit dem Rücken zu Felix gestanden und ihr Brot gegessen. Ich habe mir solche Vorwürfe gemacht, dass ich ihn immer wieder ermahnt habe, sich bei Frau Steinert gut zu benehmen, da musste er sich ja ganz und gar verlassen gefühlt haben.«

Maria ließ von Pawlow ab und ging zu Lisa. »Du konntest das doch nicht wissen, es ist doch gut, dass Felix es dir jetzt erzählt hat.«

»Ja, schon, aber ja nur, weil Alex so brutal … Und dann habe ich bei dir angerufen …«

»Ja, und nun seid ihr hier und das ist auch gut so. Hast du eine Vorstellung, wie es weitergehen soll?«, fragte Maria und legte einen Arm um sie.

»Nein«, sagte Lisa, »und jetzt ist ja alles noch verworrener geworden durch dich, durch uns, ich meine … Ich weiß nicht, was ich mir dabei gedacht habe.«

»Gedacht haben wir wohl beide weniger«, versuchte Maria zu scherzen, »aber lass uns doch erst mal bei der einen Baustelle bleiben. Felix kann natürlich für eine Weile aus der Schule wegbleiben. Krankgeschrieben oder auch erst mal so. Aber was dann?«

Lisa zuckte mit den Achseln und wich ein Stück zur Seite.

»Vorschlag: Ihr bleibt erst mal hier. Ich gehe morgen in die Schule, von da aus – Behördennummer kommt immer gut bei so was – rufe ich den Schulleiter von Felix' Schule an und vereinbare einen Termin mit ihm. Wir planen dann strategisch, ob es besser ist, wenn du erst mal allein oder mit mir hingehst oder vielleicht mit einem Elternvertreter und was zur Sprache kommen muss und was die Möglichkeiten sind, wie es Felix wieder besser gehen kann. Da gibt es ja vom hoffentlich erfolgreicheren Gespräch mit der Lehrerin bis zum Klassen- oder Schulwechsel eine Reihe von Ansätzen. Wäre das für dich vorstellbar?« Maria war eindeutig in den Profi-Modus gerutscht. Jetzt bloß nicht darüber nachdenken, was diese Situation und der Streit zwischen Lisa und Alex für sie bedeutete. »Feigling«, knurrte der Zensor, aber nur sehr leise.

31.
ABFFAZ oder Kumpel?

Der Termin war das Erste, was Maria am Montag nach dem Sport bei den Bauzeichnern machte: »Brehm, Schulmediatorin …«, das wirkte auch im Falle des Schulleiters in Niedersachsen.

Und es passte »zufällig« auch gleich am Dienstag.

Sie hatte gerade den Hörer aufgelegt, als das Telefon wieder klingelte.

»Mies Rohland Schulzentrum, Brehm.«

»Grothus, guten Morgen, Frau Brehm. Ich möchte Sie bitten, uns bei der Suche nach dem Verfasser der Drohungen zu unterstützen. Im Internet sind einige interessante Beiträge gepostet, die sich offensichtlich auf Ihre Schule und zum Teil auch auf Sie persönlich beziehen. Wissen Sie etwas darüber?«

»Internet? Sie meinen Facebook und so?« Maria kritzelte spitze Zacken auf ihren Notizblock, »Ähm nein, da kenne ich mich nicht so aus.« Das stimmte ja sogar …

»Haben Sie eine Vorstellung, wer unter dem Pseudonym ›Gollum‹ oder ›Sunking‹ schreiben könnte? Fällt Ihnen dazu eine Verbindung ein?«

»Meinen Sie, das sind diejenigen, die …«

»Nein, wir wissen noch nichts Genaues, vielleicht ist es am besten, wenn ich bei Ihnen vorbeikomme, und wir sehen uns die Beiträge gemeinsam an. – Sind Sie denn bei Facebook?«

»Ich, nein, wie gesagt, das ist nicht so meine Welt.«

»Hm, ja, verstehe. Wann haben Sie denn mal Zeit? Passt es heute Mittag gegen 13.00 Uhr?«

»Oh, nein, das ist schlecht, ich wollte nur noch ein paar Vorbereitungen machen und dann nach Hause – mein Hund wartet …«

»Ach ja, Ihr Hund, geht es ihm gut?« War da ein lauernder Unterton in der Stimme der Kommissarin? Maria war sich nicht sicher.

»Ja, danke, wieso?«

»Ach, nur so. Haben Sie ihn sonst nicht immer mit in der Schule?«

»Oft, ja, aber heute eben nicht und ich will gleich mit ihm los.«

»Dann sind Sie ja sicher heute Mittag zu Hause, dann komme ich dort zu Ihnen.« Blättern … »St. Magnuser Bergstraße 22, richtig?«

»Ja, stimmt.«

»Gut, dann also bis 13.00 Uhr. Tschüss, Frau Brehm.«

Bevor Maria noch etwas sagen konnte, hatte Grothus schon aufgelegt.

»Lisa, um eins kommt eine Frau von der Kripo Bremen. Kannst du dann mal mit Felix und Pawlow einen Gang machen, damit ich zu Hause sein kann?«

»Ach, ja, und damit wir dann sicher nicht da sind und du nichts erklären musst … Ist schon klar. Ich bleibe dann einfach bei Monja. Ruf mich an, wenn wir wieder erwünscht sind.«

Zack! Sofort schnappte die alte Falle wieder zu. Bevor Maria noch zu einer Erklärung ansetzen konnte, hatte Lisa aufgelegt.

Maria schob die Gedanken an Lisa und ihre alten gemeinsamen Muster beiseite, jetzt musste sie sich auf Jana, Talitha und – ja, auf wen noch konzentrieren? Julian? Sie hatte ihn am Wochenende nicht mehr angerufen und er hatte sich auch nicht gemeldet. Maria war sich sicher, dass er nicht wusste, wo Jana sein könnte, und auch, dass er nichts mit den Drohzetteln in der Schule zu tun hatte.

Büsra fiel ihr ein. Was wollte sie ihr neulich sagen?

Maria sah auf die Uhr: Noch 10 Minuten bis zur nächsten Pause. Sie ging in das große Lehrerzimmer und sah nach, wo der Leistungskurs Gestaltung von Büsra gerade Unterricht hatte: Raum 740, das war gut, da konnte sie in der Mensa stehen und sah die Schüler, wenn sie aus der Klasse kamen. Mit etwas Glück konnte sie Büsra allein sprechen, ohne dass die anderen es merkten. Und Louis – er hatte zusammen mit Talitha auf Büsra eingeredet.

Was hatte Frau Grothus gesagt: »Sunking« – war der nicht auf Robert Voss' Liste aufgetaucht? Sonnenkönig – das ist Ludwig der 14. – Louis Quatorze – natürlich: Louis musste der »Sunking« sein! Vielleicht konnte sie ihn auch noch erwischen? Sie wusste, dass er nicht in dem Gestaltungskurs war, aber nicht, in welchem der anderen LKs. Das würde Büsra aber wissen.

Schon vor dem Pausenklingeln füllte sich die Mensa allmählich, Maria behielt die Tür zu 740 im Blick. Die Künstler überzogen häufig mal, weil es bei praktischen Arbeiten nicht so leicht war, auf den Punkt zum Schluss zu kommen. So war es auch jetzt. Mit dem Klingeln tat sich dort nichts.

Die Schlange am Tresen war schon lang, als die ersten Schüler aus dem Kunstraum kamen. Maria hatte Glück, Büsra kam allein und ging zur Treppe. Sie folgte ihr und sprach sie von hinten an.

»Büsra?«

Die Schülerin drehte sich erschrocken um. Maria hatte die sonst so durchgestylte junge Frau noch nie so blass und fast ungepflegt gesehen. Das Kopftuch war nachlässig zusammengesteckt, sie war ungeschminkt und ihre Augen waren gerötet, als hätte sie gerade geweint. Büsra sah Maria an, das sprichwörtliche Kaninchen hätte die Schlange nicht verschreckter ansehen können.

»Komm, wir gehen in mein Büro«, sagte Maria.

Ohne zu fragen, worum es geht, folgt Büsra ihr. Kurz vor der Tür sah Büsra sich noch einmal um, sie scannte die Flure, die hier zusammenliefen, und trat dann schnell ein.

»Setz dich. Möchtest du einen Tee?« Maria sprach ihre Begrüßungsformel, um sich selbst ein bisschen Zeit zu geben. Wie sollte sie anfangen?

Büsra nahm ihr die Entscheidung ab. »Das wollte ich doch nicht. Ich wollte doch nur, dass Talitha mich in Ruhe lässt und dass Jana da raus …«, ein nasses Schluchzen beendete den Satz, aber Maria hatte schon genug gehört, sie wusste, dass sie jetzt endlich einen losen Faden des Knäuels in der Hand hatte. Sie würde ihn vorsichtig und langsam aufwickeln.

»Jetzt erzähl erst mal von Anfang an, damit ich verstehe.«

»Hatten Sie mal eine beste Freundin?«, fragte Büsra.

Ertappt. Wieso stellte Büsra ausgerechnet diese Frage? Schon in der Grundschule war Maria eine Einzelgängerin gewesen. Sie verstand sich mit vielen, fast mit allen, aber wenn es darum ging, Arm in Arm über den Schulhof zu schlendern und sich Geheimnisse zu erzählen, die auf gar keinen Fall weitererzählt werden durften und die dann am nächsten Tag einer anderen »besten Freundin« erzählt wurden, war sie nie dabei. Sie wurde nie als Erste zu einer Geburtstagsfeier eingeladen. Eingeladen – ja, aber erst, wenn die »Wichtigen«, die ABFFAZ (Allerbestefreundinfürallezeit), schon zugesagt hatten. Ob sie dann auch konnte oder nicht, war nebensächlich. Sie durfte dabei sein, es hätte aber auch niemand gestört, wenn sie nicht gekommen wäre.

»Ich? Nein, ich war eher so der Kumpeltyp«, sagte Maria.

»Hm. Ich war immer allein. Meine Schwester ist 8 Jahre älter, meine Brüder interessieren sich nicht für mich und nach der Schule musste ich früher immer gleich nach Hause. Wir haben keine Verwandten hier in Bremen und deshalb gab es auch keine Cousinen, mit denen ich mich treffen durfte. Meine Eltern sind sehr streng.«

»Aber sie haben erlaubt, dass du aufs Gymnasium gehst.«

»Ja, mein Grundschullehrer hat mit meinem Vater gesprochen. Er war zum Glück schon alt und mein Vater hat sich überreden lassen. Unter der Bedingung, dass ich die Familie weiter respektiere und mit meinen Brüdern jeden Tag für die Schule übe.«

»Und?«, fragte Maria nach, als Büsra schwieg. Sie hatte sich die Tränen weggewischt und sah konzentriert die Aloe Vera auf dem Fensterbrett an.

»Und dann?«, wiederholte Maria.

»In der Mittelstufe lief noch alles so weiter, ich war gut in der Schule, ich war brav, ich habe meinen Brüdern geholfen, damit sie so einigermaßen zurechtkamen. Dann kam der Wechsel in die Oberstufe und ich habe mich für diese Schule und die Gestaltung entschieden. Mein Vater war enttäuscht, er hatte mich inzwischen schon als Anwältin gesehen, aber er hat dann eingesehen, dass es besser ist, wenn ich ein Profil belege, das mir viel Spaß macht, damit ich einen guten Abischnitt schaffe, und Jura könnte ich dann ja trotzdem studieren …«

»Verstehe.«

»Und hier war es dann so anders. Wir kannten uns noch nicht so und ich habe gedacht, jetzt kann ich eine andere sein, eine, die dazugehört, eine coole Version von mir. Ich habe heimlich angefangen, mich zu schminken, und habe so getan, als ob mich der Unterricht gar nicht so interessiert. Bloß nicht wie eine Streberin rüberkommen«, sagte Büsra. Sie strich sich über das Kopftuch und sah ihre langen Fingernägel an, deren sonst makelloser Lack an einigen Stellen abgesplittert war. »Es war wie ein langes Faschingsfest. Ich habe mich verkleidet, es hat Spaß gemacht. Die anderen haben mich akzeptiert, ich gehörte dazu. Ein paar Sachen waren blöde, zum Beispiel, dass ich nicht alles fragen konnte, was mich interessiert hätte, weil … Na ja, das war eben zu uncool. Und das mit Jana. Das war nur am Anfang lustig, dann habe ich mich oft ganz mies gefühlt.«

»Warum habt ihr denn Jana so behandelt?«, fragte Maria.

»Anfangs war das ja gar nicht so, anfangs war sie mit Talitha ganz dicke. Und da war ich oft außen vor. Sie haben dann schon mal über mich und meinen Glauben gewitzelt oder über meine Kleidung gelästert. Und plötzlich war es so, wie ich es mir gewünscht hatte: Talitha sagte mir, dass ich ihre beste Freundin bin – und

Jana war unten durch. Ich weiß nicht, wieso, darüber hat Tali nie geredet und ich – ich wollte es auch gar nicht wissen.«

»Hmm, du hast das genossen mit Talitha.«

»Ja, am Anfang war das super. Sie hat sogar meine Eltern dazu gebracht, dass ich abends mal rausdurfte. Sie hat ihnen Geschichten erzählt von Arbeitsgruppen und von Projektaufgaben, die viel Zeit in Anspruch nehmen. Sie ist auch immer mal bei uns gewesen, angeblich zum Lernen, aber wir haben dann in meinem Zimmer gesessen und gequatscht oder bei Facebook irgendwas gepostet und so.

Wenn meine Mutter reinkam, war Tali immer sofort auf einer Seite, die sie vorzeigen konnte, und hat meine Mutter in ein Gespräch verwickelt. Ob sie wüsste, dass der Maler soundso mit seinen Bildern gegen die postfeudalistischen Zustände im Land protestieren wollte, irgend so einen Quatsch eben … Meine Mutter ist dann immer ganz schnell wieder rausgegangen. Ich habe mich geschämt, dass wir meine Mutter so verarschen, aber ich habe Tali auch bewundert. Sie wusste immer ganz genau, was sie tun und sagen muss, damit die Leute machen, was sie will.«

»Aber dann?« Maria sah auf die Uhr. Die Pause war längst vorbei, aber Büsra musste offensichtlich endlich vieles loswerden. Maria wollte rechtzeitig zu Hause sein, um Frau Grothus nicht zu verärgern. Umso besser, wenn sie dann etwas mehr als diese pubertären Mädelsgeschichten zu erzählen hatte, aber dazu musste Büsra jetzt mal Gas geben.

»Dann hat sie Jana immer mehr im Focus gehabt. Erst war das ja noch so mehr im Scherz, aber dann wurde es echt fies und in letzter Zeit war sie wie besessen. Und dann hat Jana damit gedroht, dass sie uns anzeigt.«

»Du sagst ›uns‹? Wer ist damit gemeint?«, fragte Maria.

»Na wir, wir alle irgendwie, Tali hatte ja fast alle aus dem Jahrgang gegen Jana aufgehetzt und auch andere Leute, bei Facebook und so, haben mitgemacht. Die kenn ich gar nicht alle«, sagte Büsra, ihre Stimme war wieder zittrig und belegt.

Hoffentlich fängt sie nicht an zu heulen, das dauert mir zu lange, ging es Maria durch den Kopf. »Und wer war so am aktivsten, von denen, die du kennst?«

»Talitha hat meistens nur die Ideen gehabt und wir, also jetzt Louis hauptsächlich und andere und – ich«, hier wurde sie sehr leise »ich – wir haben dann so Sachen gemacht …«

»… und das wollte Jana dann anzeigen?«, versuchte Maria den Ablauf zu beschleunigen.

»Ja, da ist Tali dann ganz und gar abgedreht, sie hat uns richtig Angst gemacht, was das für Folgen haben würde, dass wir von der Schule fliegen und sogar ins Gefängnis kommen könnten und so …«, sagte Büsra. »… und dann hatte sie die Idee, Jana einzusperren und mit ihr zu reden, damit sie verspricht, das zu lassen. Es würde sie ja keiner vermissen. Sie würde das schon hinkriegen, hat sie gesagt, wir wüssten doch, dass Jana voll auf sie steht und sie würde sie bestimmt wieder einwickeln, wenn sie nur genügend Zeit hätte. So Stockholm-Syndrom-mäßig, meinte Tali.«

Büsra sah Maria fragend an, sie forschte nach einem Funken Verständnis, nach so etwas wie Zustimmung oder wenigstens einem neutralen Gesichtsausdruck. Maria musste sich beherrschen, um nicht automatisch dieser Erwartung zu entsprechen und mechanisch zu nicken. Sie schwieg und sah Büsra einfach nur in die bettelnden Augen.

»Ich weiß ja, dass das Mist war, aber ich hatte solche Angst vor meinen Eltern, die wären ja total enttäuscht gewesen … Und«, jetzt kam ein entschlossener Ausdruck in ihr Gesicht »Und ich habe Jana dann ja auch befreit!« Büsra wartete auf Marias Reaktion.

»Aus dem Keller im alten Schwesternheim?«, fragte Maria und Büsra sackte in sich zusammen.

»Das wissen Sie? Haben Sie Jana gefunden? Und Talitha? Was ist denn mit den beiden?«

»Wann genau war das?«, fragte Maria, ohne auf die Fragen von Büsra einzugehen. »Wann hast du Jana befreit, was hat sie da gesagt und wann hast du sie zuletzt gesehen? Wusste Talitha davon? Und wann hast du die zuletzt gesehen?« Maria hätte am liebsten noch alle drängenden Fragen nachgeschoben. »Also, der Reihe nach: Wann hast du Jana befreit?«

»Das war am Dienstag, ja Dienstagmittag, gleich nach der Schule bin ich hin. Ich wusste, dass Tali noch den Musikkurs hat und Louis auch. Also konnten sie mich nicht erwischen«, sagte Büsra. »Jana war völlig fertig, sie hatte ja schon zwei Tage und zwei Nächte da in diesem Keller gehockt. Irgendwie war das ja alles ganz anders, als Tali geplant hatte, sie wollte doch nur ein paar Stunden oder auch vielleicht einen Tag, aber dann war Jana so ... so ... Ich weiß nicht, man konnte gar nicht mit ihr reden, sie hat immer geschrien, wenn wir ihr den Knebel ... und eigentlich wollte Tali sie ja nur einsperren, aber sie hat so getobt in dem Keller, da war klar, dass sie irgendwie rauskommen würde. Man hatte das Gefühl, sie würde auch mit dem Kopf durch die Wand, und dann war da das kleine Fenster und wir haben es nicht richtig zugekriegt und dann musste sie am Stuhl ... und geknebelt ...« Der Redeschwall versicker te.

»Büsra, es ist gut, dass du mir das erzählst, aber du MUSST das auch der Polizei sagen!«, kürzte Maria das Gespräch ab. »Ich muss jetzt dringend los und du versprichst mir, dass du heute Nachmittag zu Frau Grothus gehst. Das ist die zuständige Kommissarin. Und am besten gehst du mit Talitha zusammen.«

»Mit Talitha?! Nein, das mache ich nicht! Sie dürfen ihr auf keinen Fall erzählen, was ich Ihnen gesagt habe, und auch nicht, dass ich Jana aus dem Keller gelassen habe!« Büsra war bei diesen Worten aufgesprungen und auf die Tür zugegangen. »Außerdem ist Talitha nicht in der Schule heute und am Wochenende hat sie sich auch nicht gemeldet. Sie war die ganze Zeit nicht online. Jetzt, wo sie die Drohbriefe …«

»Du meinst, sie hat die Drohungen ausgestreut? Das macht doch keinen Sinn.«

»Doch, klar, sie will Unruhe stiften und – ich glaube, dass sie ahnt, dass ich das mit Jana war, und jetzt will sie mir Angst machen.« Leiser: »Das hat ja auch geklappt.«

»Büsra, bisher ist das doch alles zwar sehr, sehr übles Mobbing, aber wenn wir nicht schnell ein Ende damit machen, dann kann es noch viel schlimmer werden.« Maria wollte Büsra nicht von der Pistole erzählen, das Mädchen war schon so panisch genug.

»Geh jetzt in den Unterricht und ich kündige Frau Grothus an, dass du heute Nachmittag kommst. Anders geht es jetzt nicht mehr«, sagte Maria abschließend.

32.
Gorilla berengei

Schon 11.00 Uhr! Maria war klar, dass sie vor dem Besuch der Kommissarin nicht noch mit Louis und Talitha sprechen konnte. Also wenigstens Talitha.

Sie wohnte nicht weit von der Schule in einem kleinen Reihenhaus. Der Vorgarten sah aus wie ein aufgegebener Spielplatz: eine schiefe Schaukel in den Grundfarben rot-gelb-blau-grün, ein Sandhaufen zwischen wucherndem Gras, Schäufelchen und Eimerchen, eine Reihe Spielzeugautos, die in Sand und Gras gestrandet waren. Es fehlten nur die Glasscherben und weggeworfenen Einwegspritzen. Daneben eine frisch mit Betonplatten gepflasterte Fläche, auf der ein Bobbycar und ein Dreirad standen. Direkt am Haus ein Beet, in dem ein paar Dahlien darauf warteten, vorm Winter gerettet zu werden. Eine wechselhafte Geschichte vom Versuchen und Scheitern, vom Kampf gegen den alltäglichen Verfall war hier auf 80 Quadratmeter erzählt und bebildert.

Auf Marias Klingeln regte sich zunächst nichts. Erst nachdem sie mehrfach und lange den Knopf gehalten hatte, war ein Murren und Schimpfen zu hören, schwere Schritte polterten durch den Flur, die Haustür wurde aufgerissen, eine Seite umgeblättert, ein neues Kapitel begann.

Der Mann, der sie schweigend ansah, hatte offensichtlich noch geschlafen. Ein Unterhemd bedeckte nur unzureichend seinen stark behaarten Oberkörper und seinen ebensolchen, ausladenden Bauch, der sich über eine graue Jogginghose wölbte, an der Maria lieber nicht weiter nach unten herabsehen wollte … Also Blick nach oben, in diesem Fall nach sehr weit oben, denn der Mann füllte den Türrahmen ganz aus, er musste sich sogar noch ein bisschen ducken, um nicht oben anzustoßen. Vielleicht ließ er sich aber auch einfach gewohnheitsmäßig so hängen. Kleine Augen, schlaffe Lider, rotgerändert … Marias Alarmglocken schrillten. Sie hätte sich gern umgedreht und wäre einfach wieder gegangen. Was wollte sie hier? Sie wollte auf keinen Fall in diese Wohnung zu dieser ganz offensichtlich noch oder wieder oder niemals ausgenüchterten Karikatur eines Alkoholikers! Sie wollte auch nicht hier stehen und mit ihm reden. Sie wollte weg hier …

»Was'n los?« Der Berg kann sprechen, dachte Maria, ein Versuch, innerliche Distanz zu bekommen.

»Brehm. Ich bin die Biolehrerin von Talitha. Ist sie da?«

»Nein.«

»Wissen Sie, wo …«

»Nein.«

»Oder wann …«, setzte Maria noch einmal an. Sie spürte eine Wut in sich aufsteigen, die womöglich nicht nur diesem Kerl galt, aber es tat gut, die Glut zu schüren.

»Nein.«

»Aber …«, erste Flämmchen züngelten.

»Wars das?« Der Vater wollte die Tür wieder schließen.

»Hey, das geht doch so nicht!« Lodernde Flammen trieben Maria in den Flur. »Verdammt, es muss Sie doch interessieren, wo Ihre Tochter ist, an einem Montagmorgen weder in der Schule noch zu Hause, und Sie wollen nur zurück ins Bett?!«

XXL machte einen Schritt zurück, Maria einen vor.

Schritt-Schritt-Küchentür. XXL drehte sich um, seine Schultern sanken noch ein Stück weiter herunter. Er ging in die Küche. Maria folgte. Sie sah schon genau vor sich, was jetzt kommen würde: das übliche Stillleben von Flaschen und Kippen und schmutzigem Geschirr ... Alles in ihr sträubte sich dagegen, in die halbdunkle Küche hineinzugehen. Was hatte sie sich dabei gedacht? Das hier war das Letzte, was sie wollte. »Wer A sagt, muss auch ...«, fing der Kritiker an. Sie schnitt ihm mit dem nächsten Schritt das Wort ab und sah – eine Möbelhausidylle: blanke Spüle, glänzende Arbeitsflächen, gerahmte Kinderbilder an den terrakottafarbenen Wänden, zwei rosa Alpenveilchen auf der Fensterbank und als Krönung gehäkelte Topflappen und ein Deckchen auf dem Küchentisch im selben Design.

Vor Schreck setzte Maria sich auf einen der Stühle mit rot-weiß kariertem Sitzpolster. »Herr Rudolph, Talitha ist heute nicht in der Schule. Ich muss sie aber dringend sprechen. Es gibt da einen Konflikt, den sie mit einer anderen Schülerin hat.«

Der Vater sah Maria nur an.

»Also? Können Sie mir sagen, wo sie jetzt ist?«

»Nein. Hab ich doch schon gesagt.« Der erste vollständige Satz. »Wolln Sie auch'n Kaffee?«

Kaffee war gerade das Letzte, was Maria wollte, aber vielleicht ließ sich damit Schluck für Schluck ein Weg zum Berg bahnen? Jedenfalls würde es das schwierige Gespräch auflockern.

»Ja, gern«, sagte Maria.

Er griff zwei Henkelbecher von einer Hakenleiste unterm Küchenschrank und stellte eine Thermoskanne auf den Tisch.

»Milch? Zucker?«

Maria schüttelte den Kopf.

»Kaffee mach ich immer schon, wenn ich nach Hause komm.« Er wurde ja regelrecht gesprächig, dachte Maria. Es schien ein guter Ansatz zu sein, ihm Zeit zu geben.

Er schenkte ein. Es dampfte. Er pustete in seinen Becher.

»Der ist aber noch sehr heiß, dafür, dass er schon so lange steht«, sagte Maria.

»Wieso lange? Den hab ich heute Morgen gekocht, nach'm Nachtdienst.«

»Ach so. Dann weiß Ihre Frau vielleicht, wo Talitha …«

»Nein.«

»Vielleicht ja doch, ist sie zu Hause?«

»Nein. Sie ist seit vier Jahren tot.«

»Oh, tut mir leid, das wusste ich nicht. Talitha hat nicht viel über sich erzählt.«

Schweigen. Pusten. Schlürfen. Schlucken. Ein langer, allmählich etwas wacherer Blick. Fragend. Abschätzend. Maria spielte mit ihrem Becher, drehte ihn in den Händen, die angenehm warm wurden. Pustete ebenfalls. Schlürfte einen kleinen Schluck. Schaute Herrn Rudolph an. Eigentlich sah er gar nicht so heruntergekommen aus. Sie korrigierte ihren ersten Eindruck: groß, ja, aber eher stattlich als fett. Behaart, ja, aber nicht ungepflegt, sondern erschöpft, sehr erschöpft. Müde, wie jemand, der zu lange zu wenig, zu unruhigen Schlaf bekommen hat.

Rudolph setzte seine Brille ab und fuhr sich mit den Händen übers Gesicht.

»Sie erzählt mir auch nicht viel. Wir – stehen uns nicht sehr nah.«

»Gibt es einen Grund?«

»Es gibt immer Gründe – oder? Und irgendwie auch nicht. Warum machen die einen etwas aus ihrem Leben und die anderen warten immer nur darauf, dass etwas passiert?« Jetzt sah Talithas Vater sie an, als ob er tatsächlich eine Antwort von ihr erhoffte. Maria schwieg.

»Dachte ich mir«, nickte er. »Talitha hatte es nie leicht. Sie hat die ersten Jahre bei ihrer Mutter gelebt. Ich wusste zwar, dass ich eine Tochter habe, aber ich sollte nur zahlen und durfte sie nicht sehen. Wollte es auch nicht. Wir waren jung. Eine kurze Bekanntschaft, als ich auf Montage in Köln war. Dann kam Talithas

Mutter in eine Klinik – Depressionen. Talitha kam in ein Heim.

»Warum nicht zu Ihnen?« Maria versuchte, jeden Hauch von Vorwurf aus ihrer Stimme herauszuhalten, aber schon beim »Warum« kniff Rudolph seine Lippen zusammen.

»Ich machte gerade meine Ausbildung. Die Mutter kam raus. Zwei Monate später hat sie sich umgebracht. Talitha war drei. Also wieder ins Heim. Als sie zwölf war, ist sie das erste Mal abgehauen und danach immer wieder.«

Maria sah ihn an. Sie spürte, dass er diese Geschichte nicht oft erzählte, nicht so im Stück und schon gar keiner Fremden. Er stand unter Druck, er hielt sein Leben in seinen großen Händen und es zerbröselte ihm gerade mal wieder. Er versuchte zu retten, was ging, aber die Stücke waren scharfkantig und zerschnitten ihm die Hände und die Seele. Sie schwieg.

»Ich hab dann geheiratet, bei der Geburt des zweiten Jungen ist meine Frau gestorben. Tali hatte schon vorher Kontakt zu mir gesucht. Sie wollte unbedingt raus aus dem Heim. Der Wechsel in die Oberstufe stand an. Sie hat mich überredet, dass es gut wäre, wenn sie bei mir wohnt und sich mit um die Jungs kümmert. Ich war am Ende, wusste nicht, wie das gehen soll mit den Lütten … Da hab ich ihr das Zimmer im Souterrain ausgebaut und sie ist hierhergezogen.« Sein Blick richtete sich auf die Alpenveilchen. Vielleicht eine Erinnerung an bessere Zeiten.

Er trank einen großen Schluck Kaffee, verzog das Gesicht, er war wohl längst kalt. Maria schob ihre Tasse von sich weg. Kalter Kaffee, das fehlte jetzt noch. Dann lieber traurige Lebensgeschichten.

»Und?«, fragte sie.

»Ging ne Weile gut, aber dann fing sie an zu lügen, ich wusste oft nicht, wo sie war. Manchmal ließ sie die Kleinen allein zu Haus, manchmal kam sie nicht, obwohl sie wusste, dass ich zur Arbeit musste.« Rudolph wischte mit den Händen über den Tisch. Maria roch seinen Kaffeeatem, so zäh und traurig wie seine Schilderung. Sie sah es vor sich, wie er auf Talitha wartete, zerrissen zwischen Ärger und Sorge, Sorge um Tali, um seine Jungs und um seine Arbeit. Nicht schon wieder zu spät kommen. Einem alleinerziehenden Vater mit drei Kindern sah man einiges nach, einiges mehr als jeder Mutter mit nur einem Kind, aber wenn es dann erst ein mal hieß »Der packt das nicht«, dann gab es auch keine Kompromisse: So ein unnatürliches Arrangement konnte eben nicht klappen und man hatte es ja schon immer gesagt … »… und sie hat geklaut.« Rudolph hatte schon weitergesprochen. »Zuerst wohl nur aus der Haushaltskasse, dann bei anderen, dann in Geschäften. Ich konnte nicht mit ihr reden darüber. Sie ist sofort ausgerastet. »Schmeiß mich doch raus! Aber ich sag dir, ich geh nie wieder in so ein beschissenes Heim. Das kannst du vergessen.« Er setzte die Brille wieder ab und sah Maria an.

»Hatten Sie denn keine Hilfe?«, fragte sie.

»Wer denn? Meine alten, kranken Schwiegereltern? Jugendamt kam nicht infrage, dann wäre Talitha sicher weg gewesen. Oder meinen Sie, jemand von der Schule? Da schien es ganz gut zu laufen. Oder es hat keinen interessiert? Ich weiß es nicht. Hat es Sie interessiert?«

Hitze wallte vom Bauch her über Marias Brust und Gesicht. »Der durchschaut dich, schämen hilft jetzt auch nichts mehr, wo es vielleicht zu spät ist«, flüsterte der Kritiker. »Ich bin jetzt hier«, sagte sie, äußerlich ganz ruhig, wie sie hoffte.

»Ja, entschuldigen Sie. Ich sollte Sie nicht zutexten und Ihnen Vorwürfe machen.« Er griff nach dem Becher und hielt sich an ihm fest.

»Lassen Sie uns jetzt gucken, wie wir Talitha finden und ihr vielleicht helfen können.«

Maria berichtete Herrn Rudolph von Janas Verschwinden und ihrer Hoffnung, dass Talitha etwas weiß. Sie schönte die Rolle von Talitha sehr, schließlich war vieles nur vermutet.

»Könnte ich Talithas Zimmer mal sehen? Vielleicht gibt es einen Hinweis auf Janas Aufenthalt oder auch darauf, wo wir Talitha jetzt finden könnten?«

Rudolph war schon bei der abgemilderten Schilderung der Ereignisse in sich zusammengesunken und wirkte wieder so erschöpft wie am Anfang ihres Besuches. Er zuckte mit den Schultern, stand auf und ging in den Flur. Maria folgte ihm die Treppe zum Keller hinunter. Talithas Zimmer lag zum Garten hin. Es war erstaunlich groß, hell und kalt. Eine kleine Terrasse lag vor einem Fenster, das die ganze Südseite des Hauses einnahm. Die Tür stand offen. Im Zimmer lagen Kleidungsstücke verstreut, ein Glas war umgefallen, Wasser über den Schreibtisch auf die Auslegeware gelaufen. Der Computer blinkte im Stand-by-Modus.

»Haben Sie schon versucht, sie anzurufen?«

»Heute Morgen, natürlich, als ich den Zettel von Katrin, also von meiner Nachbarin gefunden habe, dass Tali gestern Abend wieder nicht wie verabredet gekommen ist, um die Jungs ins Bett zu bringen. Katrin hat das dann gemacht.«

»Dann waren die Kinder heute Nacht allein im Haus?«, fragte Maria. Ihre Empörung war deutlich zu hören, sie ärgerte sich darüber – und richtig: Rudolph versteifte sich, ging zur Terrassentür, schloss sie mit einem Knall und sagte: »So, das wars dann wohl. Sie ist nicht da und es steht auch nirgends, wo sie ist – oder Jana. Ich muss jetzt wirklich noch schlafen, bevor ich die Kinder abhole.«

»Herr Rudolph, Sie wissen doch selbst, dass Sie jetzt nicht schlafen werden. Hier sieht es nach einem hastigen Aufbruch aus. Sicher geht Talitha doch sonst nicht weg und lässt im Winter die Tür auf. Sie müssen doch auch wissen wollen, was …«

»Frau … wie war noch mal Ihr Name?«

»Brehm, Maria Brehm.«

»Ja, Frau Brehm, ich will wissen, wo sie ist, aber ich weiß es nicht und wir werden es auch da unten nicht erfahren. Wir können nur warten und hoffen und ich habe zwei andere Kinder, die um zwei Uhr abgeholt werden wollen und die dann mit ihrem Vater spielen und toben und lachen wollen.«

»Haben Sie denn gar keine Idee, wo sie sein könnte?«

»In der letzten Zeit war sie oft bei ihrem Freund. Der hat auch eine Weile fast hier gewohnt. Ist mir aus dem Weg gegangen, aber Katrin hat ihn oft kommen sehen, gleich, wenn ich zur Nachtschicht gefahren bin und morgens, wenn ich geschlafen habe, ist er wohl mit seinem Auto weggefahren.«

»Julian? Heißt er Julian?«

»Hat Talitha mir nicht erzählt und Katrin weiß das sowieso nicht.« Er war schon halb die Treppe wieder hinaufgegangen. Jeder Schritt schien ihm schwerzufallen, mit der rechten Hand zog er sich am Handlauf hoch. Von unten sah er aus wie ein Östlicher Gorilla, der Gorilla beringei: Groß, gebeugter Rücken und Knie, lange, muskulöse Arme, spärliche Haare auf dem Kopf, viel dunkle Behaarung auf dem Rumpf. Ein sehr naher Verwandter also von ihrem so oft kopierten Westlichen Gorilla gorilla.

»Wann genau haben Sie sie gesehen?«, fragte sie.

»Freitagmorgen. Sie wollte gerade zur Schule. Am Wochenende hatte ich frei, da war ich mit den Jungs bei den Großeltern, also den Eltern meiner Frau in Cloppenburg.«

Montagmittag hatte Katrin die Jungs aus dem Kindergarten abgeholt. Talitha sollte dann nach der Schule gleich nach Hause kommen und sie ablösen, aber es hat eine Freundin von Talitha angerufen, dass sie noch länger Schule hat und Katrin soll doch bitte mit den Jungs zum Spielplatz kommen, da könnten sie sich treffen.

Es kam aber weder Tali noch die Freundin, Katrin war sehr wütend, als ich dann von der Spätschicht kam. Deshalb ist sie auch nach Hause gegangen, als die Jungs schliefen. Sie war sicher, dass Talitha am Abend kommen würde.

33.
JANA, 13. November 2016

So kann es gehen. Ich rufe Talitha an – sie weiß sicher schon von Julian, dass ich zu Hause war, sowieso weiß sie, dass ich aus dem Keller raus bin. Vielleicht auch, dass Büsra mich rausgelassen hat, aber das ist mir egal, Büsra war immer zu feige … Fast so feige, wie ich, bevor ich mich entschieden habe.

Wie sich T. da wohl rauswinden will? Was sie mir wohl vorlügt? Aber diesmal drehe ich den Spieß um, mir macht sie nie wieder etwas vor. Diesmal ist sie es, die Angst haben wird, und das zu Recht. Angst wie nie zuvor in ihrem Leben, nie wieder wird sie jemanden so quälen. Ich habe mich heute zu Hause wieder geschnitten. Jetzt sehen meine Unterarme aus wie Kunstwerke. Und mit jedem Strich wurde ich klarer und jeder Schnitt weckte Wut in mir. Die Hitze war nicht mehr Freude, sie war Wut und sie wurde kälter und strahlend hell: Dieses Messer und die Pistole sind meine Freunde. Sie werden mich rächen, sie werden mir einen Weg zeigen. Ich werde kein Opfer mehr sein. Nie mehr Fettarsch oder Hasi, nie mehr Angst haben vor denen oder vor irgendwem.

Ich werde Talitha anrufen und dann wird sie sehen, wie das ist …

34.
Tiefe Wasser

Kurz vor eins kam Maria bei sich zu Hause an. Frau Grothus stand schon vor der alten Feuerwache und sah sich interessiert um. Darwin saß auf einem Baumstumpf und beobachtete die Besucherin. Als Maria ihr Rad abstellte, kam er zu ihr und strich um ihre Beine.

»Ich habe schon geklingelt. Ihr Hund ist nicht da?«, fragte Frau Grothus und Maria bildete sich den lauernden Unterton ganz sicher nicht ein.

»Er ist bei einer Nachbarin. Worum geht es denn überhaupt?«

»Können wir reingehen? Ich möchte Ihnen etwas zeigen«, sagte Grothus und hob eine Laptoptasche hoch. Maria schloss auf und ging in die Küche voraus.

»Tee?«, fragte sie.

»Wenn Sie sich sowieso einen kochen. Sonst gern auch ein Wasser.«

Maria stellte den Wasserkocher an und warf die Grünteeblätter in die Kanne. »Mögen Sie grünen Tee oder soll ich Schwarzen kochen?«

»Grün ist gut.« Die Kommissarin hatte inzwischen den Laptop aufgeklappt und er fuhr hoch.

Kochen, 2 Minuten abkühlen lassen … Maria tat unbeteiligt und konzentrierte sich voll auf die Teezeremonie. Becher, Kekse, Hausfrauentest bestanden …

»Sagt Ihnen der Name ›Gollum‹ etwas?«, fragte Frau Grothus. Jetzt nicht zittern, den Tee langsam aufgießen, die Blätter beim Kreiseln beobachten.

»Gollum? Ja, warten Sie … Gollum attenuatus, Schlanker Glatthai, das ist ein Tiefwasserhai.«

»Hm«, Grothus hörte sich nicht zufrieden an.

»Und dann natürlich Gollum aus dem ›Herrn der Ringe‹, dieser Hobbit, der den Ring hatte. Haben Sie das gelesen? Das ist …« Ein Blick aus eisblauen Augen ließ Maria abbrechen. »Also, falls Sie den meinen …«, schlenkerte sie doch ein Stück weiter.

»Nein, den meine ich nicht. Sehen Sie sich also an, was ›Gollum‹ bei Facebook gepostet hat, und sagen Sie mir, was Sie davon halten.«

Sie ließ den Film, den Ro und Maria gedreht hatten, ablaufen. Maria hatte ihn schon auf dem Handy eindrucksvoll gefunden, jetzt auf dem Bildschirm des Laptops kam es ihr vor, als könnte sie mit diesem fiesen Machwerk nichts zu tun haben. Sie sah stumm zu, wie Pawlow »vergiftet« wurde.

»Und?«, forderte Grothus eine Reaktion.

»Ich – ääh, ich weiß nicht. Das ist scheußlich, aber …«, begann sie und kam sich vor wie Julian Hübner, wenn er etwas Unerklärliches erklären oder, exakter, sie verschaukeln wollte. Sie schenkte den Tee ein.

»Es wäre besser, wenn Sie mich nicht verschaukeln würden«, griff Grothus wieder mal direkt ihre Gedanken auf. Unheimlich, die Frau. »Da: Die Katzenklappe, und hier die Fliesen, und an Ihren Hund erinnere ich mich noch ganz gut. Sie hoffentlich auch?«

»Erinnern? Ja, wieso? – Noch Tee?« Maria sprang auf. Natürlich waren beide Tassen noch voll.

»Sie haben also keine Ahnung, wer hier auf Ihrem Grundstück herumgeschlichen ist? Sie sehen diesen Film zum ersten Mal?«

»Ja, also nein. Ich kann mir nicht vorstellen, wer so etwas machen könnte.«

»Und Ihr Hund bellt nicht bei Fremden und frisst einfach, was man ihm gibt?«, hakte die Kommissarin nach. Endlich ein Thema, bei dem Maria wieder auf festem Grund war: »Pawlow ist ein Husky, Huskys bellen fast nie, sie sind deshalb als Wachhunde auch nicht geeignet. Sie verständigen sich untereinander und auch mit ihren Menschen durch Mimik und in seltenen Fällen durch Geheul, das manchmal auch rhythmisch …«

»Frau Brehm, ich weiß, dass Sie Biologie unterrichten. Wissen Sie zufällig noch meinen Beruf?«

»Ich, ääh, ich verstehe nicht …«

»Doch, Sie verstehen mich sehr gut. Ich bin bei der Polizei, der Kriminalpolizei, ich gehöre zu den Guten, sagt man, und ich hoffe auch nach 15 Dienstjahren noch, dass das meistens stimmt. Ich will wissen, was bei Ihnen an der Schule los ist. Helfen Sie mir!« Grothus stand auf und ging zum Fenster. »Sehen Sie, da draußen laufen Kinder umher, die drohen, andere umzubringen. Ich weiß nicht, ob sie das aus Langeweile tun oder ob sie verzweifelt sind. Vielleicht finden sie es auch lustig, aber sie verbreiten Angst und manchmal, selten zum Glück, manchmal wird aus der Langeweile, aus der Verzweiflung, aus dem Spaß oder aus der Angst bitterer Ernst. Helfen Sie mir, das zu verhindern? Ich weiß, dass Sie mehr wissen, als Sie sagen.«

»Geben Sie mir noch etwas Zeit. Ich höre mich um. Die Schüler müssen mir vertrauen können. Das geht nicht, wenn ich mich als ›Spitzel‹ fühle.« Maria stellte sich neben die Kommissarin ans Fenster. Sie standen Schulter an Schulter und sahen einem Eichhörnchen dabei zu, wie es versuchte, Eicheln in einem Blumentopf zu verstecken, während ein anderes auf der Buche hinter einem Ast saß und es dabei scharf beobachtete.

»Die Identifizierung des Facebook-Accounts anhand der Provider-Daten läuft. Wir brauchen nur noch ein paar Genehmigungen. Morgen wissen wir mehr«, sagte Grothus, und es war nicht herauszuhören, ob es sich um eine Information oder eine Drohung handelte. »Vielen Dank für den Tee.«

Maria goss die unberührten Tassen aus. Grothus hatte natürlich recht. Es kam jetzt darauf an, herauszufinden, wer diese Drohungen in Umlauf gebracht hatte und was sie bedeuteten. War wirklich jemand in Gefahr? Konnte es sein, dass Jana oder Talitha, Louis oder jemand, den sie noch gar nicht im Blick hatte, in der Schule einen Amoklauf planten? Sie musste heute noch mit Julian sprechen und mit Louis.

Aber sie musste auch an Felix und Lisa denken, die hoffentlich noch bei Monja waren. Sie traute Lisa auch zu, dass sie, wütend über den vermeintlich erneuten Verrat, nach Eversten zurückgefahren war.

Maria zog sich eine Jacke über und ging zu Monja hinüber. Falls Lisa mit Felix weg wäre, hätte sie einen Spaziergang dringend nötig.

Aber schon von draußen sah sie Felix am Fenster, er winkte und kam zur Tür geflitzt. »Meier! Endlich! Ich wollte schon längst rüber zu dir. Mama und Monja sind so langweilig! Kann ich zu den Hühnern? Keine Ahnung, warum Mama es nicht erlauben wollte.«

»Ja, klar, geh ruhig. Sie hatten noch nichts zu fressen, gibst du ihnen was?«

»Klaro, und ich guck nach den Eiern. Komm, Pablo«, rief er schon von der Straße aus. Pawlow begrüßte Maria kurz: wedeln, anstupsen, wedeln und weg war er.

35.
Earl Grey

»Hey, da bin ich«, sagte sie lahm zu den beiden Frauen in der Küche, die das Gespräch mitgehört hatten und sie nun ansahen.

»Hallo Maria. Tee?«

»Earl Grey.«

»So schlimm?«, fragte Lisa.

»Schlimmer«, antwortete Maria. Sie war erleichtert, dass Lisas Tonfall zwischen besorgt und belustigt schillerte.

»Zu früh für Wein?« Jetzt überwog die Leichtigkeit. »Erzähl.«

Und Maria berichtete von dem Dilemma, in dem sie steckte. Von ihrem Wunsch, sowohl Jana als auch Talitha zu beschützen und ihnen nicht dadurch zu schaden, dass sie der Polizei vom Mobbing erzählte. Von der Möglichkeit, dass Jana jetzt in ihrer Verzweiflung eine Gefahr für andere wurde. Und von ihrer Sorge, dass das falsch sein konnte.

Lisa sah sie konzentriert an, sie wusste besser als jeder andere, dass auch Marias altes Helfermuster eine Rolle spielte. Wenn sie schon nicht ihre Mutter retten konnte, wollte sie wenigstens anderen Menschen helfen. Manchmal über jedes vernünftige Maß hinaus.

»Wie wäre es mit Nr. 5?«, fragte sie.

»Ich kann mich nicht mehr raushalten. Dazu habe ich schon zu viel gesehen und gehört«, entgegnete Maria.

»Und 3?«

»Hä? Was ist das denn für ein Geheimcode?«, fragte Monja, die die Lebensliste zwar oft am Kühlschrank gesehen, sie aber zwischen den Zeitungsausschnitten, Fotos, Adressen und To-do-Listen nicht beachtet hatte.

»Nr. 3 ist: Tu das Unerwartete«, erklärte Lisa.

»Themawechsel: Morgen um 10:00 Uhr habe ich einen Termin mit Felix' Schulleiter. Wollen wir zusammen hin?« Maria griff nach der Tasse mit dem Earl-Grey-Tee. Er roch so intensiv nach dem Bergamottöl, dass ihr fast schlecht wurde, und er sah tiefschwarz aus. Monja war berüchtigt für ihre überdosierten Getränke. Kaffee fast dickflüssig und Tee dunkel wie starker Kaffee, die Cocktails hauten die erfahrensten Partygänger um und wenn es Waldmeister-Bowle gab, nahm sie allen Gästen gleich bei der Begrüßung die Autoschlüssel ab. Die meisten wussten Bescheid und kamen mit dem Rad oder zu Fuß.

»Natürlich will ich mit. Aber – was ist mit Felix?«, überlegte Lisa.

»Der bleibt bei mir und Ludwig«, schlug Monja vor. »Und Pawlow am besten auch – oder?«

»Das wäre super, wenn es dir nicht zu viel …«

»Kein Problem, ich brauche nächste Woche 10 Eier fürs Tiramisu. Ach, und an den Adventssonntagen haben wir Konzerte, da erwarte ich deine Anwesenheit und deinen Applaus«, konterte Monja.

»Vier Sonntage mit Renaissance-Musik? Das ist ein hoher Preis!«, lachte Maria.

»Na gut, ich mindere auf drei. Aber am 4. Advent musst du dann Ludwig nehmen, weil wir danach unser Choressen haben. Das kann spät werden.«

»Siehst du, wie ich hier über den Tisch gezogen werde, Lisa? Keine Liebe mehr unter den Menschen. Nichts gibt es umsonst«, beklagte sich Maria.

Lisa hatte zwar lächelnd zugehört, stieg aber nicht auf die Scherze ein. »Gut, dann fahren wir morgen zusammen. Vielen Dank, Monja, wir sind bestimmt mittags wieder da und erlösen dich von Felix.«

»Beeilt euch nicht. Ich werde mit den Hunden und Felix zur Moorlosen Kirche radeln. Vielleicht essen wir da sogar Mittag, dann sind wir erst am Nachmittag zurück.«

»Und? Was ist das Unerwartete?«, kam Lisa dann auf die Zweifel Marias zurück.

»Kannst du nicht über diesen Bruder von Jana etwas über Talitha erfahren?«, fragte Monja. »Obwohl er über Jana wenig weiß … Talitha schien ihm doch wichtig zu sein.«

»Und die Namen der anderen Schüler, die an dem Mobbing beteiligt waren, könntest du an die Kommissarin weitergeben, dann kann sie da mehr Druck machen und erfährt, wer bei Facebook so üble Dinge postet«, ergänzte Lisa.

Maria hatte ihre eigene Rolle und erst recht die Beteiligung von Ro nicht erwähnt. Wie hätte sie das erklären sollen, was sie selbst nicht wusste? Was wollte sie von diesem Kerl, was wollte er von ihr? Und wieso hatten sie sich gegenseitig so in diese Vergiftungsgeschichte getrieben? Sie war sicher, dass Lisa sofort all die Fragen stellen würde, die sie selbst auch hatte – und noch einige mehr. Fragen, die auch ihre Beziehung zueinander berührten. Minenfelder. Betreten verboten …

»Du hast recht. Ich rufe die Grothus an und sage ihr, dass sich hinter dem ›Sonnenkönig‹ höchstwahrscheinlich Louis verbirgt. Und wenn sie ihn ein bisschen unter Druck setzt – wer weiß, was dann alles zutage kommt.« Jedenfalls nicht, wer »Gollum« ist, ergänzte Maria im Stillen und war erstaunt, dass keiner von ihrem inneren Team etwas zu dieser Eierei sagte. Brauchte aber auch keiner, sie kam sich schon von ganz allein schäbig vor … Und der Kritiker war vermutlich vor Erschöpfung eingeschlafen …

36.
JANA, 15. November 2016

»Ich bins.«

»Jana?«

»Komm zum Schönebecker Sand.«

»Glaubste ja selbs nich«

»Spätestens in einer Stunde bist du da, sonst …«

»Sonst was? Sonst stellst du die Bilder von dir aufm Klo selbst ins Netz? Sonst jaulst du deinen Eltern vor, dass du dein Scheiß Karnickel aufgefressen hast? Das interessiert die doch nicht!«

»Können Maxi und Basti eigentlich schon schwimmen?«

»Was soll denn … – Was willst du damit sagen?«

»Sie turnen ganz schön nah am Wasser herum, finde ich.«

»Sie sind bei dir?! Aber die blöde Katrin…«

»Sie sollte sie abholen, aber ich war so nett und habe es ihr abgenommen, habe gesagt, dass wir verabredet sind und mit den beiden schwimmen gehen wollen … Stimmt ja fast … Ruf sie doch an und frag, aber beeil dich, das Wasser läuft schnell auf und die Steine sind sehr glatt.«

Das war schon mal gut. Sie hat ja versucht, cool zu tun, aber sie hat ganz klar angebissen. Jede Wette, dass sie gleich wieder anruft …

»Gib sie mir, ich will mit ihnen sprechen.«

»Was sagst du? Ich verstehe dich schlecht, der Wind weht so stark. Vielleicht sollte ich mich auf den Weg nach Hause machen. Ich sehe Maxi und Basti auch gar nicht mehr, ich glaube, sie sind auf die Spundwand geklettert, haben wir auch mal gemacht, erinnerst du dich?«

»Jana, ich sag dir, wenn den beiden etwas passiert …«

»Was? Dann bist du ganz böse mit mir? Oder mit dir vielleicht? Beeile dich einfach.«

So, Telefon aus. Sie kommt, da bin ich sicher. So lange habe ich Zeit, die Falle vorzubereiten.

Da ist sie. Talitha auf dem Rad, ein seltenes Ereignis. Ganz schön schnell, wie sie den Deich runterbrettert …

»Wo sind sie?« Noch ganz außer Atem, »die Ärmste« und dieser unruhige Blick … So ist es gut, so habe ich es mir vorgestellt. »Sind sie noch bei der Spundwand?!«

»Weißt du noch, wie wir darauf herumgerutscht sind? Wir waren beide zu feige, um darauf zu balancieren. Da sind deine beiden kleinen Süßen sicher mutiger.«

»Wir waren doch schon viel älter, die Jungs sind doch noch Babys dagegen!«

»Kannst ja mal gucken, ich habe sie eine Weile nicht mehr gesehen.« Diesen gelangweilten Ton und dieses coole Achselzucken habe ich von ihr, gefällt ihr aber trotzdem nicht.

»Maxi? – Basti!«

Schrei du nur. Hier hört dich keiner, deshalb bist du ja hier. Mal gucken, ob du dich auf die Spundwand traust, um runterzugucken. Von hier sieht man ja fast nichts bei dem Wind und dem Wellengang. Das Wasser läuft ziemlich schnell auf heute.

»Maxi! Basti!!« Sie guckt mich an – so hat sie mich noch nie angesehen. Fast bittend, gut so. »Ich kann sie nicht sehen!«

Natürlich kannst du das nicht … Verdammt, was macht sie jetzt? Sie will telefonieren. Das geht gar nicht. Ich muss aufpassen. Muss sie erst mal wieder beruhigen. Hier draußen kann ja doch mal jemand kommen. Ein Hundemensch oder so. Kürze ich das Ganze also ein bisschen ab. Schade, aber das Beste kommt ja noch.

»Ja, blöd, aber nun reg dich mal ab. Sie waren nass vom Spielen am Ufer und ich hab sie ins Vereinsheim gebracht, damit sie in dem kalten Wind nicht so auskühlen.«

Funktioniert, sie rast schon los. Hat das Rad vergessen, das ist gut, hier hinten sieht es keiner vom Weg aus. Hinterher also.

»Hier ist zu, hier ist doch immer zu! Wo bist du rein?!« Talitha ist echt in Fahrt, ich hätte gar nicht gedacht, dass ihr ihre kleinen Brüder so wichtig sind. Sie hat sie doch immer »die blöden Spasts« genannt, war genervt und hat sich ausgemalt, wie es wäre, ohne sie in dem Haus zu wohnen, am besten auch ohne ihren Vater … Und jetzt sieht es so aus, als ob sie echt Angst hat um sie … Irgendwie doch nett. Aber stopp, das ändert doch nicht an dem, was sie gemacht hat. Ich hab mir oft genug eingeredet, dass sie doch gar nicht so kalt, so böse, so brutal ist, wie sie tut, aber sie war es dann eben doch. Es geht gar nicht um die Jungs, es geht nur darum, dass ihr Vater sie garantiert wieder ins Heim schicken würde, wenn den beiden was passiert …

»Hier hinten, komm.« Sie hat die offenstehende Tür schon gesehen. Super, wie einfach es ist, ich muss sie gar nicht überreden, sie ist schon reingegangen.

»Maxi? Basti? Wo seid ihr? Los, sagt was! Das ist kein verdammtes scheiß Versteckspiel!«

Sie sieht sich um, sie lauscht – nichts – soll ich sie noch die alten vergammelten Umkleiden und die vollgekotzten kaputtgeschlagenen Klos durchsuchen lassen? Oder … Nein, jetzt ist der Moment gekommen!

»Dreh dich doch mal um.« Sie erstarrt in ihrer Bewegung auf die rechte Tür zu, sie hat feine Antennen für Untertöne und für Macht. Sie hat es gehört, dass es nicht mehr ihr Spiel ist, das hier gespielt wird. Sie dreht sich langsam um, vielleicht hofft sie doch noch, dass jetzt ihre Brüder aus einem anderen Raum aufgetaucht sind und das ganze hier nur ein Spaß ist. Eine kleinliche Rache vielleicht, eine Lehre, die ich ihr erteilen wollte und die sie jetzt abhaken kann. Umsonst gehofft.

»Jana, das ist, wie kommst du an eine Pistole? Die ist doch nicht echt? Scheiße, was soll das?«

Jetzt nichts sagen, nur mit der Waffe auf den Stuhl zeigen. Den Stuhl, den sie bisher übersehen hat, obwohl er mitten im Raum steht und wie ein Wassertier aussieht mit den vorbereiteten Stricken an den Stuhlbeinen und der Lehne. Qualle oder Krake …

»Setz dich da hin und binde deine Füße fest.«

»Nein, das glaubst du doch selbst nicht. Ich …«

BÄNG – boah, viel lauter hier drin als draußen … Gut, dass ich damit gerechnet habe, dass Talitha nicht so blöde ist wie ich.

»Da glotzt du. Mach, was ich sage, dann passiert deinen Brüdern nichts. Ich hab ja nichts mehr zu verlieren, könnte dich und sie und mich ja einfach hier erschießen.«

Sie zittert ja! Das hätte ich nicht gedacht, dass sie so schnell fertig ist.

»Richtig fest zuziehen, nicht nur so als ob … Wie bei mir … Fester!«

»Jana, lass uns reden, ich hab Scheiße gebaut, ja, aber lass Maxi und Basti da raus, die können doch gar nichts dafür. Du magst sie doch auch.«

Ich lass sie quatschen, dann kann ich in der Zeit ihre Arme an den Stuhl binden. Und die Füße noch mal fester …

»Au, Jana, das tut weh!«

»Das tut weh? Ach nein, so was, das soll es doch auch, Tali, Schätzchen.«

Talithas Handy kann ich nachher noch gut gebrauchen. Das nehme ich mir schon mal. Talitha ohne Handy – ganz was Neues.

»Okay, du hast mich da, wo du wolltest. Lässt du jetzt die Jungs gehen? Ruf meinen Vater an. Er kann sie am Deich abholen. Du musst ja nicht sagen, wo wir sind!

Da sag ich einfach nichts. Das ist genug geantwortet.

»Was hast du mit ihnen gemacht? Warum höre ich nichts von ihnen?«

»Ja, warum hörst du nichts? Vielleicht habe ich an ihnen mein Spielzeug hier ausprobiert? Vielleicht liegen sie schon tot da im Klo? Vielleicht habe ich sie in der Weser ersaufen lassen und zugesehen? Vielleicht sind sie nur schwer verletzt und warten, dass ihre große Schwester sie rettet? Vielleicht … Vielleicht sind sie auch gar nicht hier und du hast dich von mir hereinlegen lassen? Vielleicht wirst du das nie erfahren, weil ich dich hier sitzen lasse, bis du verdurstet oder erfroren bist? Soll kalt werden heute Nacht und für morgen ist eine Sturmflut angesagt, da kann es nass werden hier, wenn sie das Sperrwerk zumachen …«

37.
Theater

»Louis Quatorze, Sonnenkönig, verstehe.« Scholz war wie gewohnt skeptisch. »Ich gebe das weiter, wir prüfen das.«

Nach dem Anruf setzte Maria sich aufs Rad, rief Pawlow von Felix weg und fuhr in den Wiesenweg zu Julian Hübner. Vielleicht war Talitha sogar da? Das hätte sie heute Morgen als Erstes überprüfen sollen. Andererseits war das Gespräch mit Talithas Vater sehr wichtig gewesen. Sie konnte jetzt verstehen, was Talitha so hart, so mitleidlos gemacht hatte und wie sehr sie die »heile Familie« der Hübners und die Ablehnung der Mutter getroffen hatte. Sehnsucht, Trauer, Schmerz in Wut verkleidet konnten ein mächtiger Antrieb für Brutalität und Verachtung sein, da kannte Maria sich aus.

Julian war da.

»Oh, Frau Brehm. Ich wollte Sie auch heute noch anrufen«, begrüßte er sie. Kein Ääh, kein ööh.

»Warum denn? Weißt du, wo Talitha ist? Ist sie womöglich gerade hier? Ich muss sie dringend sprechen.« Maria ging in den Flur, als sei sie ein häufiger und gern gesehener Gast im Hause Hübner.

»Tali? Nein. Wieso?«

»Weshalb wolltest du mich denn sprechen?«, wich sie aus.

»Jana. Wegen Jana. Sie war hier, gestern. Sie wollte was holen und ich hab sie gehört. Sie wollte ganz leise wieder raus, aber ich war schneller.« Julian war sichtlich stolz auf sich und zufrieden mit der Wendung, die Janas Verschwinden genommen hatte.

»Erzähl.« Maria hatte aus dem letzten Gespräch gelernt und hielt sich mit den drängenden Fragen zurück. Sie kam sich vor wie in einem Laientheaterspiel, einem dieser Stücke, bei denen immer eine Person gerade durch eine Tür verschwand und im nächsten Moment durch eine andere jemand Neues hereinkam. Verwechslungen und Missverständnisse und Tür auf, Tür zu, mal wars der eine, dann der andere. Verwirrend und ein bisschen sinnlos. Meistens schoss dann auch noch jemand durch eine der geschlossenen Türen und es traf immer den Falschen.

»Ja, sie hatte ein paar Sachen aus ihrem Zimmer geholt, gestern ganz spät in der Nacht. Ich war noch auf und als sie die Treppe runterschlich, habe ich sie gehört. Ich dachte – äh, ach egal, ich bin also raus und sie wollte weglaufen, aber ich habe sie erwischt und festgehalten und erst war sie wütend und hat geschrien. Ich soll sie in Ruhe lassen. Ich interessiere mich ja sowieso nicht für sie. Ich wäre doch froh, dass sie weg wäre, und bald wäre ich sie für immer los. So ein Quatsch irgendwie. Ich hab sie geschüttelt. Hab ihr gesagt, dass die Polizei sie sucht, wegen der Drohungen in der Schule und so. Da ist sie ganz ruhig geworden. Sie hat mir zugehört, hat ganz viel gefragt. Sie wusste nichts davon, Frau Brehm, ganz sicher nicht, sie hat das da das erste Mal gehört mit den Morddrohungen.« Julian war erleichtert, ganz klar, er war selbst nicht sicher gewesen, ob Jana etwas damit zu tun hätte.

»Woher wusstest du von den Zetteln und den Anrufen?«, fragte sie nach.

»Da waren zwei Kriminaler bei mir. Eine Frau Grotens und ein Mann, Schulz, glaube ich. Sie haben mich gefragt, ob ich es für möglich halte, dass Jana etwas damit zu tun hat. Und sie haben nach so Leuten, so Aliasnamen aus Facebook gefragt.«

»Weißt du noch, nach welchen?«

»Warten Sie, äähm, Krümelmonster war einer, daran kann ich mich erinnern, weil ich als Kind … genau, Sesamstraße und so. Äh und Gollum, Herr der Ringe, öh, ja …« Die Zunahme von ähs und öhs war deutlicher als ein Lügendetektor. Maria wurde ungeduldig.

»Wer noch? Und wen kanntest du?«, drängte sie nun doch.

»Keinen, ääh, nee, genau, ich kenne da doch keinen …«

»Welche Namen noch? Was ist mit Alice oder Sunking?«

»Ja, beide, ääh, beide kamen vor. Das wars dann aber auch. Genau. Mehr waren da nicht. Ähm, ganz sicher.« Jetzt war er sogar rot geworden. Also verschwieg er etwas Wichtiges. Talitha, dachte Maria. Welchen Namen benutzte Talitha eigentlich? Das war ihr oder Ro entgangen oder hatte sie es in dem Gefühlschaos vergessen? Später, ermahnte sie sich. Wenn Julian erfährt, dass sie Tali suchen, ist nichts mehr von ihm zu erwarten. Also erst Jana.

»Weiter, was war mit Jana? Wo war sie? Wo ist sie jetzt?« Wieder drei Fragen auf einmal. Unprofessionell … »Die Anzahl deiner Fragen korrespondiert direkt proportional mit der Anzahl der Äähs von Julian«, lästerte der Kritiker, der heute wohl gut gelaunt war.

»Jana geht es gut, sie hatte Streit mit ihrem Typen und na ja, in der Schule, das wissen Sie ja. Da hat sie wohl überreagiert.« Achselzucken, Kratzen am Hals. Maria konnte sehen, dass Julian sich nicht wohlfühlte bei diesen abwiegelnden Worten.

»Also doch ein Freund? Kennst du ihn?«, stellte Maria immerhin nur zwei Fragen.

»Nein, Jana hat nur erzählt, dass sie sich gestritten hatten und jetzt wieder versöhnt. Sie will ein paar Tage bei ihm wohnen, damit sie zur Ruhe kommt.«

»Aber was ist mit der Schule, sie muss doch …«

»Nein, meine Eltern haben gesagt, dass sie erst mal zu Hause bleiben soll, bis sie zurück sind, und dann wollen sie in der Schule diese Sachen klären«, unterbrach Julian sie.

Jana habe den Eltern alles erklärt und dass es da einige üble Situationen gegeben habe und die Eltern waren sehr ärgerlich darüber, dass in der Schule nichts unternommen worden war, um Jana zu schützen, und sie wollen sich beim Schulleiter beschweren … Und so lange müsse Jana nicht zur Schule.

»Und deine Eltern sind damit einverstanden, dass sie so lange bei diesem Freund wohnt, den sie gar nicht kennen?«

Julian glühte wieder auf: »Äähm, ja, nee, also so genau haben wir das nicht besprochen …«

»Also eure Eltern denken, dass sie hier ist.« Das war keine Frage, sondern eine Feststellung. »Wann kommen sie denn?«

»Nächste Woche schon. Freitag oder Sonnabend, wenn alles klappt. Der Vertrag soll jetzt bald fertig sein, sagt meine Mutter. Sie war sehr zufrieden, aber noch haben die Chinesen nicht unterschrieben.«

»Hat Jana denn etwas zu den Drohungen gesagt, die in der Schule angekommen sind?«, fragte Maria.

»Sie weiß nichts davon. Ist ja auch klar, sie war ja gar nicht da.«

»Wo war sie denn eigentlich, wenn sie Streit mit dem großen Unbekannten hatte?«

»Öh, ääh, das weiß ich gar nicht. Hab sie nicht gefragt. Bei irgendeiner Freundin wohl? Ähm, sie war dann auch ganz schnell wieder weg, nachdem sie mit Ma telefoniert hatte.«

Und es hat dich auch nicht interessiert, setzte Maria in Gedanken hinzu.

»Und wann hast du Talitha zuletzt gesehen, Julian? Sie ist heute nicht in der Schule gewesen, der Vater weiß nichts, er vermutet sie hier und die Polizei sucht sie jetzt auch, wegen der Drohungen.«

Julian wusste nichts, er konnte sie nicht auf dem Handy erreichen und sie hatten sich ja auch ein bisschen gestritten wegen Jana. Julian hatte tatsächlich endlich mitbekommen, dass es Spannungen zwischen den beiden Mädchen gab (Spannungen, was für eine Untertreibung) und er hatte Talitha bedrängt, ihm davon zu erzählen. Da war sie sauer geworden, er solle sie in Ruhe lassen, es reiche schon, dass ihr Vater immer sie im Verdacht habe, wenn etwas ihm nicht passe … Dann sei sie gegangen. Julian mache sich jetzt Vorwürfe, weil Talitha es ja wirklich schwer habe zu Hause und sowieso. Und dass sie ihre Mutter nie sehen dürfe, sei ja auch so schrecklich für sie …

»Ihre Mutter? Die ist doch tot.«

»Ihre Stiefmutter ist tot, aber ihre leibliche Mutter lebt in Amerika, sie ist da eine bekannte Country- & Western-Sängerin. Und die will immer, dass Talitha sie besucht oder noch besser ganz rüberkommt. Aber der Vater erlaubt das ja nicht. Der kommt doch ohne sie mit den Jungs gar nicht klar. Arbeitet immer nachts und tagsüber macht er mit der Nachbarin rum.«

Maria schwieg dazu. Das ergab ein ganz anderes Bild als das, was Herr Rudolph erzählt hatte. Hatte Talitha sich eine Traumwelt zurechtgelegt oder log ihr Vater? Aber warum? Jetzt waren zuerst andere Dinge wichtig.

»Hat Talitha eine Freundin, bei der sie sein könnte? Oder eine Verwandte, Bekannte, irgendwen?«

Kopfschütteln, Achselzucken.

»Weißt du einen Ort, an dem sie sein könnte? Wo sie gern ist, wo sie auch übernachten könnte?«

»Im Sommer hat sie manchmal auf dem Schönebecker Sand Party gemacht. Jana hat ihr da alles gezeigt. Die kannte das doch noch vom Schwimmverein, bevor das dicht gemacht wurde. Da hat Tali auch manchmal geschlafen, hat sie erzählt. Es soll toll romantisch da sein. Und sie meinte, es wäre doch super, wenn sie in das Gebäude könnte, das wäre schon von außen so unheimlich, drin wäre es bestimmt voll die Geisterbahn. Aber die haben das ja richtig verrammelt, damit da nicht die Penner einziehen oder so. Und jetzt ist es ja sowieso zu kalt.«

»Okay, wenn du noch mal mit Jana sprichst: Sie soll sich doch bitte unbedingt bei mir melden – und bei der Polizei. Da gibt es einiges zu klären. Und dasselbe gilt für Talitha.«

Sie verabschiedete sich. Pawlow, der vor der Haustür gewartet hatte, sprang auf und schnüffelte an Julian herum, der mit an die Tür gekommen war. Julian wich einen Schritt zurück. Der mag keine Hunde, auch das noch, dachte Maria, die froh war, von diesem schluffigen Mantel im Wind wegzukommen. Kein äh Arsch in der Hose, aber äh Armani … Julian Hübner regte sie einfach auf.

38.
Zwitscherschrecke (Tettigonia cantans)

»Die Kommissarin hat angerufen, sie bittet um Rückruf.« Lisa stand in der Küche und schnippelte Bohnen, die sie in Marias Garten vor dem Tod durch Verfaulen oder Erfrieren gerettet hatte.

Vielleicht hatten sie Talitha gefunden? Oder von Louis etwas erfahren? Grothus hatte ihre Durchwahlnummer hinterlassen und war auch sofort am Apparat. Während Maria bei Julian gewesen war, hatten Grothus und Scholz schon mit Louis gesprochen: Volltreffer! Er hatte die Drohzettel vor der Schule verteilt und er hatte auch angerufen. Er wollte dem Neuen bei Facebook, Gollum, dem, der das Hundevergiftungsvideo eingestellt hat, imponieren. Als es dann aber so große Wellen geschlagen hatte, mit Polizei und so, hatte er sich doch nicht mehr getraut, etwas über die Aktion zu posten.

Er war mit seinen Eltern auf dem Kommissariat gewesen und Grothus hatte den Eindruck, dass es tatsächlich nur eine idiotische Angeberei gewesen sei. Natürlich werde es noch eine Anzeige geben, aber ansonsten sei die Sache wohl abzuschließen. Aber es blieben die Mobbing-Posts gegen Jana. Sie hatten den gesamten Verlauf durchforstet und waren nun besonders auf der Suche nach zwei Nutzern: ToTal und Gollum. ToTal sei wohl derjenige, der im Hintergrund die Fäden gezogen habe, und auch wenn nun die Amok-Bedrohung aus der Welt sei, blieb doch das Mobbing und sie wollten durchaus die angeworfenen Ermittlungen nutzen, um diese beiden zu stoppen. Leider sei es erfahrungsgemäß so, dass Mobber so lange weitermachen und immer neue Opfer suchten, bis sie erwischt werden oder bis das Leben sie anders beschäftige. Manche hören auf, wenn sie selbst Kinder haben, andere, wenn sie im Beruf erfolgreich seien, manche nutzten dann aber ihre Stellung erst recht aus.

Grothus schien entspannt zu sein und viel Zeit zu haben. Sie plauderte scheinbar einfach drauflos. Marias Gedanken rasten. Wie konnte sie ihr ausreden, nach Gollum zu suchen? Die Rolle, die sie selbst dabei gespielt hatte, war peinlich und an der Grenze zur Anstiftung zu einer Straftat … Und ToTal? Davon hatte Ro nicht gesprochen. War es jetzt nicht auch egal, wer das war?

»Diese beiden werden wir noch ermitteln, die Genehmigungen für die Nachforschung liegen vor«, hatte Grothus inzwischen weitergeredet. »Allerdings hat Scholz jetzt die Grippe erwischt. Er ist unser Spezi für so was. Na, vielleicht sind Sie ja schneller und können mir etwas darüber sagen?« Da war er, der Haken an der Plauderei. Grothus ahnte oder wusste, dass Maria irgendwie drin hing, und sie wollte sie mit der netten Plapperei ködern.

»Nein, über ToTal weiß ich nichts (stimmt ja wirklich), aber ich komme gerade von Julian Hübner. (Ablenken) Jana ist wieder aufgetaucht. Jedenfalls behauptet er das, gesehen habe ich sie nicht.«

»Hmm, die Eltern haben hier angerufen.« Plötzlich war Grothus kürzer angebunden.

»Und?«

»Alles sei Okay, sie seien auch kurz vor dem Abschluss des Vertrages – eines sehr lukrativen Geschäftes, sagte die Mutter«, konnte oder wollte Grothus sich doch nicht verkneifen, »jedenfalls würden sie gleich danach nach Hause fliegen und wir sollten alle Aktivitäten einstellen.«

Da war zu hören, was die Kommissarin davon hielt, wenn Außenstehende ihr vorschreiben wollten, wie sie zu arbeiten hätte. Kam Maria sehr bekannt vor. Wo und wie sie ihre pädagogischen Eier legte, wollte sie auch allein bestimmen.

»Aber …«, gab sie das Stichwort. »Aber jetzt zurück zu Ihnen.« Mist, das war schiefgegangen. Nun war sie bald zwölf Jahre Lehrerin, davon fünf Jahre Mediatorin, war ihr Leben lang in die härteste Manipulatorenschule gegangen, die es gab, und hätte sich jetzt gern eine Pudelmütze tief ins Gesicht gezogen oder besser noch sich wie eine Zwitscherschrecke im Junigras unsichtbar gemacht, also unhörbar natürlich.

»Ich habe Ihnen doch gesagt, dass ich noch Zeit brauche. Ich melde mich, wenn ich mehr weiß. Jetzt muss ich aber wirklich …« Maria fiel noch nicht einmal etwas ein, was sie jetzt »wirklich musste«, sie ließ die Phrase einfach so in der Luft hängen.

»Wie Sie wollen«, verabschiedete sich Grothus. Warum klang das in Marias Ohren wie eine Drohung?

»Was verheimlichst du der Polizei denn eigentlich noch?«, fragte Lisa so beiläufig, als sei Maria eine notorische Dauerlügnerin, bei der sie sich über nichts mehr wunderte.

Roter Knopf ... »Wieso verheimlichen? Und wieso ›noch‹?«, polterte sie sofort los. Lisa sah sie nur kurz an, zuckte mit den Achseln und wechselte das Thema.

»Wie stellst du dir das morgen in Felix' Schule vor?«

Maria war froh, dass Lisa nicht weiter insistierte, aber war das nicht auch ein Zeichen ihrer Distanz? Sie sah Lisa immer als Elefantenkuh. Nicht äußerlich, natürlich nicht. Lisa war zwar groß und auch stabil, aber schlank, athletisch. Sie war eine verzauberte Elefantin: Sehr achtsam, freundlich, sensibel, aber auch dickköpfig und brandgefährlich, wenn es um ihre Sippe ging. Jetzt schien es ihr aber gleichgültig zu sein, ob Maria sich mal wieder in Schwierigkeiten brachte.

Maria schluckte eine bissige Bemerkung herunter. Was erwartete sie denn? Natürlich war Felix jetzt wichtiger.

»Lass mich einfach die Situation so schildern, wie ich sie von euch gehört habe. Sag so wenig wie möglich. Das mögen sie, die Herren Schulleiter.« Sie setzte sich hin und begann, die Kartoffeln zu schälen.

39.
PTBS Typ 1

Dienstagmorgen, wieder im LK Bio. Sie brachte das übliche Anwesenheitsritual nicht über sich. Jana, Talitha und Ömer fehlten.

»Das Leben hat den Planeten nicht durch Kampf erobert, sondern durch Zusammenwirken – Lynn Margulis«, so stand es groß an der Tafel. Das Fazit aus dieser Unterrichtseinheit, ein Hohn angesichts des Zustandes der Klasse. Immerhin: Es gab wohl keinen Schüler und keine Schülerin mehr, die nicht spürte oder wusste, wie absurd das Verhältnis zwischen Unterrichtsstoff und ihrer Wirklichkeit war.

In der nächsten Woche stand noch die Klausur an. Dann konnte dieses Thema abgeschlossen werden, das zu ihren liebsten gehörte. Sie konnte es kaum fassen: Vor 150 Jahren veröffentlichte Charles Robert DARWIN sein Buch »Über die Entstehung der Arten«. Doch immer noch zweifeln viele an seiner unter Wissenschaftlern praktisch unangefochtenen Theorie der Evolution. In den USA glaubt eine Mehrheit von 54 Prozent nicht, dass der Mensch sich aus früheren Lebensformen entwickelt hat! Wie konnte das sein? Wie sieht da der Biologieunterricht aus? In Deutschland soll es seriösen Quellen zufolge auch über 30 Prozent Kreationisten geben, die glauben, dass die Arten, so wie sie sind, von einem Schöpfer erschaffen wurden.

Sie wollte erreichen, dass Schüler das Gefühl hatten, zum Thema Evolution Bescheid zu wissen, Argumente parat zu haben. Was würde ich machen, wenn Schüler aus religiösen Gründen die Vorstellung einer allgemeinen Evolution aller Lebewesen ablehnten? Das war ihr noch nicht passiert, aber jetzt dachte sie, dass es viel schlimmer war: Sie diskutierte nicht darüber, sondern sie stand Tatsachen hilflos gegenüber. Sie wusste nicht einmal, wie und was genau sie zur Sprache bringen sollte. Das Weltbild mancher Schüler, mancher Menschen war so dogmatisch, ideologisch fest gefügt, dass sie sich fühlte wie Don Quichotte zwischen den Windmühlen.

»Du bist einfach müde«, murmelte das brave Mädchen, »ruh dich aus und lass die Polizei ihre Arbeit machen. Sicher löst sich alles so auf wie die Drohungen.«

»Zur Vorbereitung der Klausur habt ihr die Arbeitsblätter. Was wir hatten, kommt dran, was nicht, nicht.«

Büsra schob ihre Mappen und Zettel hin und her. Sie wartete offensichtlich, dass die anderen aus dem Unterrichtsraum gingen. Maria wollte auch raus, sie würde die Klasse einfach offen stehen lassen und flüchten. Jetzt war Felix dran und diese verdammten verkorksten Sadisten sollten doch selber sehen. »Halt dich raus«, sagte sie zu sich selbst. Die gute alte Nummer 5.

Sie drehte sich zur Tür, hatte den Papierhaufen, der ihr ständiger Begleiter war, schon unter den Arm geklemmt. Zu spät: »Frau Brehm, kann ich, bitte, ich muss mit Ihnen reden.«

»Warst du bei der Polizei, wie ich dir gesagt habe?«

»Nein, ich …«

»Dann tu das. Ich bin raus. Ich will mit diesem ganzen Scheiß nichts mehr zu tun haben.« Fluchen war besser als weinen, fand sie.

»Aber, hier, das ist heute Morgen gekommen.« Büsra zeigte ihr eine WhatsApp-Nachricht auf dem Handy. Sie kam dabei so nah an sie heran, dass sie Angstschweiß unter dem Parfüm riechen konnte. Unten Angst, oben Poison. Von Dior. Schweineteuer. Das wusste sie, weil sie es mal von Holger bekommen hatte. Typisch. Er hatte auch nach einem Jahr Zusammenleben nicht gemerkt, dass sie nie Parfüm benutzte. Sie konnte dann nichts anderes mehr riechen und ihr wurde nach wenigen Minuten schlecht. Das teure Gift hatte sie ein einziges Mal aufgetragen, es kratzte sofort im Hals und ein Würgereiz trat auf. Unauffällig – dachte sie – war sie ins Bad gegangen, und hatte es sich abzuwaschen versucht. Holger hatte es doch bemerkt, es gab einen Riesenstreit über ihre »Hysterie«, ihre Überempfindlichkeit und Unfähigkeit, seine Großzügigkeit zu schätzen, schließlich verdiene sie ja so gut wie nichts und er … blablabla …

Es hatte sie viele Kotaus und schlechten Sex gekostet.

»Frau Brehm?«

»Zeig her.«

Da stand »Brauch mal eine Auszeit. Sucht mich nicht.«

»Na, dann ist es ja gut. Wenn das da steht, muss es ja stimmen, wie alles im Netz.« Jetzt auch noch Zynismus, den hatte sie immer für das Allerletzte gehalten.

Büsra wurde rot, ein toller Kontrast zu dem heute dunkelgrünen Kopftuch. Die Ausdünstung von Angst oder Stress wurde noch stärker. Sie wich ein Stück zurück und klappte das Handy zu. Maria atmete auf. Geschafft. »Nein.« Ein ganz leises Nein, so leise, dass Maria es überhören könnte. Sie könnte in ihr Büro gehen, ihre Sachen packen, rausgehen, abschließen und nach Hause fahren. Sie könnte mit Lisa nach Oldenburg fahren. Morgen könnte sie sich krankmelden und dann abwarten, bis Jana und Talitha wieder auftauchten. So oder so.

Aber sie machte den Fehler, Büsra anzusehen. Sie hätte gehen sollen, ohne sie anzusehen. Da stand eine ganz andere Büsra, eine entschlossene junge Frau, eine, die bereit war, Verantwortung zu übernehmen. Verzweifelt zwar, aber entschlossen. Eine, die schon einmal gehandelt hatte, als sie Jana aus dem Keller befreit hatte. Und die wollte sie im Stich lassen?

»Heute Nachmittag habe ich einen wichtigen Termin. Komm morgen noch mal in mein Büro, dann sehen wir weiter.«

In der Freistunde danach schrieb sie Aufgaben für die GTA-Klasse und gab sie der Kollegin Sager, die im Nachbarraum Unterricht hatte.

Dann stand auch schon Lisa vor der Schule und sie fuhren in Felix' Schule.

Die Fahrt nach Eversten bei Oldenburg verlief schweigsam. Maria war sicher, dass Lisa sie nicht bei ihren Strategieüberlegungen stören wollte. Sie war froh, dass Lisa dieses eine Mal nicht erspürte, dass sie mit den Gedanken ganz woanders war. Nicht bei Felix, sondern bei Jana und Talitha, und heute hatte ja auch noch Ömer gefehlt. Wenn das so weiterging, würde sie bald vor einer leeren Klasse sitzen.

Die kleine Grundschule lag idyllisch am grünen Rand von Oldenburg. Bis zu dem Resthof, auf dem Lisa mit Alex und Felix lebte, waren es weniger als zwei Kilometer und Felix konnte fast immer am Deich entlang mit dem Rad fahren.

Große Bäume umgaben den Schulhof, der dadurch zwar dunkel, aber auch geschützt wirkte.

Ein alter Teil war zweigeschossig und rechts und links schlossen sich flache Neubauten an. Turnhalle links, Klassenräume rechts.

Lisa ging voraus. Gleich gegenüber der Eingangshalle lagen das Sekretariat und das Zimmer des Schulleiters. Neben der Tür war ein Foto des Kollegiums: Acht Lehrerinnen, ein Schulleiter, ein Hausmeister, eine Sekretärin, drei Betreuerinnen für die verlässliche Halbtagsschule. Klassisch.

Lisa wollte sich bei der Sekretärin anmelden, aber Maria winkte ab. Sie hatten einen Termin, sie waren pünktlich. Sie klopfte an der Tür.

Auf dem Tisch standen Tee, Kaffee, Kekse.

Ganz offensichtlich war ein Deeskalationskurs angesagt.

»Frau Jahn, Frau Brehm, schön, dass Sie sich die Zeit nehmen, um die Situation in der Klasse von Felix zu thematisieren«, begann der Schulleiter das Gespräch.

Unterwegs hatten sie vereinbart, dass Lisa sich zunächst zurückhalten würde.

»Guten Tag, Herr von Lübke, vielen Dank für den schnellen Termin. Ja, es ist sicher gut, wenn wir gemeinsam schauen, wie wir den Konflikt konstruktiv lösen können.«

Sie setzten sich an den ovalen Tisch. Von Lübke schob ihnen Tassen zu und rückte den Keksteller näher heran.

»Darf ich Ihnen Kaffee einschenken?«

»Lieber Tee, wenn Sie haben«, antworteten Maria und Lisa unisono. Gutes Timing.

»Wie Sie ja wissen, bin ich Schulmediatorin in Bremen, Herr von Lübke«, machte Maria noch einmal die Rollen klar. »Ich kenne Frau Jahn und Felix schon sehr lange und kenne daher auch die Probleme mit der Kollegin aus dieser Sicht. Es wäre schön, wenn Sie mir Ihre Sichtweise schildern könnten.«

Sie lehnte sich zurück und sah ihn freundlich auffordernd an. Sie hatte klargestellt, wer die Vorgehensweise und das Tempo bestimmte.

Lisa saß auf der vordersten Stuhlkante. Bereit zum Kampf, wenn nötig, aber noch abwartend. Sie trank einen kleinen Schluck Tee.

Maria hatte Ihre Mappe auf den Tisch gelegt und holte jetzt einen Schreibblock und einen Kugelschreiber heraus.

Von Lübke schwieg noch. Schwer zu sagen, ob er sich sammelte, um die Gesprächsführung doch zu übernehmen, ob er über die gewünschte Zusammenfassung der Lage nachdachte oder vielleicht doch nur ein langsamer Mensch war.

»Nun«, sagte er, »es hat ja schon ein Gespräch zwischen Ihnen, Frau Jahn, und Frau Steinert gegeben. Dann wissen Sie ja«, jetzt sah er Lisa an, »dass Frau Steinert das Verhalten von Felix nicht immer einfach findet.« Lisa rückte noch ein Stück weiter auf die Kante, sie stellte die Tasse hart auf die Untertasse und wurde ein beachtliches Stück größer. Maria reagierte schnell: »Ich schlage vor, dass Sie zunächst mir Ihre Perspektive mitteilen und auch die Meinung, die Frau Steinert dazu hat. Erst im zweiten Schritt sollten wir in den Austausch mit Frau Jahn gehen.«

»Ich will ganz offen mit Ihnen sein«, wendete sich der Schulleiter tatsächlich Maria zu und Lisa konnte wieder etwas schrumpfen. »Frau Steinert hat die Probleme mit Felix zunächst so geschildert, dass wir keine Veranlassung sahen, an ihrer Aussage, Felix sei ein schwieriger und uneinsichtiger Junge, zu zweifeln. Sie ist eine erfahrene Kollegin und ich als Schulleiter halte es für wichtig, dass ich den Kolleginnen den Rücken stärke bei ihrer nicht immer leichten Arbeit. Und wenn Sie erleben würden, wie manche Eltern …« Bei den Worten »schwierig« und »uneinsichtig« war Lisa wieder größer geworden, hatte scharf eingeatmet, aber ein kurzer Seitenblick von Maria hielt sie zurück.

Maria machte sich Notizen, die für den Schulleiter unleserlich waren und auch sein sollten. Sie unterstrich eine Passage dick und blickte dann auf. Von Lübke hatte innegehalten und seinen Exkurs ins allgemein-pauschale Elternbashing im Ansatz abgebrochen.

»Offenheit ist sicher ein guter Weg. Wie stehen Sie zu der Haltung und dem Umgang der Kollegin mit Felix? Hat es ein klärendes Gespräch mit ihr gegeben, nachdem sie den Austausch mit der Mutter abgelehnt hat?«, lockte Maria ihn wieder näher an den Haken.

»Nun, wie gesagt, Offenheit … Da ist wohl ein bisschen was nicht so gut gelaufen, wie es sollte. Die Kollegin, wie gesagt, eine erfahrene …«

Maria nickte und hob leicht die Hände. Sie hatte den Fisch an der Angel und konnte abwarten.

»Die Kollegin hat im letzten Jahr einen schweren persönlichen Verlust erlitten. Sie war deswegen 6 Monate krankgeschrieben und sollte, nein, sie wollte wieder einsteigen. Vielleicht war das doch noch zu früh.«

Er hatte angebissen, versuchte aber noch, zu entwischen, wand sich und zuckte zurück. Schließlich ließ seine Kraft nach und er erzählte Maria und Lisa unter dem Gebot der Verschwiegenheit, dass Frau Steinert vor etwa einem Jahr ihren Sohn bei einem selbst verschuldeten Autounfall verloren habe. Er war in Felix' Alter und sah ihm wohl sogar ähnlich. Sie sei wegen einer Posttraumatischen Störung in Behandlung gewesen, seit Beginn des Schuljahres aber auf eigenen Wunsch wieder im Dienst. Leider hätten die Kolleginnen und der Schulleiter sie wegen dieser Situation schonen wollen und einige Anzeichen für eine psychische Überforderung und vor allem für eine pädagogisch nicht zu vertretende Behandlung einiger Kinder – Jungen, um genau zu sein – übersehen oder bagatellisiert. In der letzten Woche habe sie dann aber den Kindern und auch einer Kollegin erzählt, ihr Sohn sei nun von seiner Reise zurückgekommen und sie würde ihn bald in die Klasse mitbringen. Es sein ja nun ein Platz freigeworden, weil Felix leider so plötzlich an einer sehr schweren Krankheit gestorben sei.

Mehrere Eltern hätten bei ihm nachgefragt und auch die Kollegin habe ihn angesprochen.

»Und als Sie einen Tag später anriefen und wegen Felix den Termin …« Er schwieg. Jetzt sah er Lisa an, der Tränen über die Wangen liefen. Auch Maria war sprachlos.

Von Lübke griff in seine Hosentasche und nahm eine Packung Taschentücher heraus. Er gab Lisa eins und mit einem anderen wischte er sich seine Hände ab und tupfte sich die Stirn. Er war erschöpft und sah die Frauen traurig an.

»Es tut mir leid. Ich habe die Lage falsch eingeschätzt und Ihr Sohn hat darunter gelitten. Es tut mir wirklich sehr leid.«

Und sie glaubten es ihm beide.

Frau Steinert war in einer Klinik, in der nächsten Woche würde eine neue Klassenlehrerin übernehmen, bis dahin gebe es einen Vertretungsplan. Sie kamen überein, dass Felix erst am Montag, zeitgleich mit der neuen Lehrerin, wieder zur Schule kommen werde. Maria betonte noch sehr, dass es absolut ausgeschlossen sein müsse, dass Frau Steinert je wieder diese Klasse übernehmen würde, und der Schulleiter sagte, dass er vermute und auch im Interesse der Kollegin hoffe, dass sie an eine andere Schule kommen werde – wenn sie wieder genesen sei.

Von Lübke versprach, dass er die neue Kollegin über die Vorfälle informieren werde, und Maria bestand darauf, dass das Fops, das »Forum Prävention und Schulmediation«, eingeschaltet werde. Sie kannte mehrere der Mitarbeiter dort und nahm von Lübke das Versprechen ab, noch heute dort um Unterstützung zu bitten, damit die Klasse in ihrem Neuanfang professionell begleitet und Felix von Montag an vor weiteren Mobbingaktionen der Mitschüler geschützt werde.

Lisa war die ganze Zeit sehr schweigsam. Sie wirkte bedrückt und nachdenklich. Maria dagegen war erleichtert, sie hatte das Gefühl, nun sei ein Neustart für Felix gut möglich.

Im Auto ließ Lisa los, sie zitterte und schluchzte. Maria zog sie zu sich herüber und hielt sie fest. So saßen sie, bis Lisa nach dem Taschentuch suchte, sich aufrecht hinsetzte, schnäuzte und tief durchatmete. »So eine verdammte Geschichte! Felix tot! Der Sohn von dieser Frau … Wie können die zulassen, dass sie … Wie schrecklich, das eigene Kind tot aus eigener Schuld und dann diese vielen anderen Kinder, lebendig, fröhlich … Das kann doch keiner aushalten.« Sie wischte sich die Tränen aus dem Gesicht und versuchte Maria anzulächeln. »Danke, dass du da warst, ich weiß nicht, was ich sonst gleich am Anfang diesem Lübke an den Kopf geworfen hätte.«

»Na, eigentlich war es ja schon beschlossen, dass Frau Steinert nicht weiterarbeiten kann – vorläufig.«

»Wie hat er gesagt: ›Wenn sie genesen ist‹«, zitierte Lisa den Direktor. »Als ob ein Mensch jemals davon ›genesen‹ kann, schuldig am Tod seines Kindes zu sein.«

Unterwegs besprachen sie noch, dass Felix bis zum Ende der Woche bei Maria bleiben würde. Lisa wollte Felix die neue Schulsituation erklären und dann aber auch sofort wieder zurückfahren. Sie musste zur Arbeit und wollte auch so schnell wie möglich mit Alex sprechen. Die Tage, die sie bei Maria war, war absolute Funkstille zwischen ihnen gewesen.

Für Felix war erst einmal wichtig, dass er noch bis Freitag bei Maria – und Pawlow, Darwin, Ludwig und den Hühnern – bleiben konnte. Er hatte einen schönen Tag mit Monja verbracht und so konnte es aus seiner Sicht weitergehen. Dass Frau Steinert krank sei und nicht wieder in die Schule kommen würde, nahm er scheinbar emotionslos auf. Maria vermutete, dass er noch gar nicht bereit war, wieder an die Schule zu denken. Das würde schon noch kommen.

Lisa hielt Felix lange und sehr fest im Arm, als sie sich verabschiedete. Es fiel ihr sichtlich schwer, ihn loszulassen. Ganz anders sah der Abschied von Maria aus: »Pass gut auf Felix auf. Vielen Dank für alles. Ich komme am Freitag um eins. Tschüss.«

Ins Auto, noch einmal Felix zugewunken und weg war sie.

»Was meinst du? Machen wir noch einen Gang mit Pawlow?«

»Na klar! Auf die Hundewiese, und ich nehme meinen alten Fußball mit.«

40.
Teckel und Gespenster

Marias langer Tag. Sie hatte gestern noch mit Monja besprochen, dass Felix auch heute bei ihr sein konnte, zum Preis eines Ludwigsittings im Dezember.

Der Sport bei den Dachdeckern lief nach der Kraftprobe in der letzten Woche entspannt. Büsra tauchte nicht auf und Maria suchte sie auch nicht. In der Nawistunde der Fachoberschule lag eine Klausur an, sodass Maria noch einmal über das Gespräch mit von Lübke nachdenken konnte. Sie beschloss, in ihrer Freistunde einen befreundetet Kollegen im Fops anzurufen und zu fragen, ob von Lübcke tatsächlich die Unterstützung organisiert hat.

Dann sah sie wieder Lisa weinend im Auto neben sich und spürte ihr Zittern und ihre Wärme. Und beim Abschied vor ihrem Haus. Ihr Danke war sicher ehrlich gemeint, aber sie war distanziert und beherrscht gewesen. Hatte es eilig, nach Oldenburg zu kommen. Zur Arbeit – ja, sicher auch –, aber auch zu Alex. Alex, mit dem Lisa den Resthof gekauft hatte, renoviert mit vereinten Kräften, Tiere angeschafft, den Bioladen aufgemacht und mit Felix zusammen ein Familienleben lebte. In dem kleinen Vorort von Oldenburg waren sie bekannt und hatten gemeinsame Freunde. Sie waren in verschiedenen Initiativen engagiert und überall hieß es Lisaundalex, Alexundlisa …

Um drei kam sie bei Monja an.

»Hallo Meier, Monja ist krank, ich hab ihr eine heiße Zitrone gemacht und eine Wärmflasche und gerade wollte ich uns eine Hör-CD reinlegen.« Felix war stolz und führte Maria zu Monja, die in ihrer Wohnküche auf dem Sofa lag. Verquollene Augen, rote Nase, bis unters Kinn zugedeckt.

»Tut mir leid«, krächzte sie, »es hat mich schwer erwischt. Gestern Abend war noch nix und in der Nacht ging es los mit Halskratzen, Nicht-schlucken-Können, Schniefnase, Kopfschmerzen … Das volle Programm. Hoffentlich hat Felix sich nicht angesteckt.«

»Oh ja, und dann bleibe ich noch viel länger hier!« Felix war begeistert. »Maria, ich bin mit Palo und Ludi nur ganz kurz einmal durchs Wäldchen gegangen, damit sie machen können. Länger konnte ich Monja nicht allein lassen.«

»Ah, ja, ist klar. Dann machen wir gleich noch eine Runde mit dem Rad und Ludwig nehmen wir am besten im Korb mit«, schlug Maria vor. »Monja, brauchst du noch etwas?«

»Nein, danke, vorhin haben wir noch die restlichen Nudeln gegessen und zu trinken habe ich ja hier«, sie zeigte auf das Glas mit den Zitronenstückchen im Wasser. »Ich glaube, jetzt tut es mir gut, wenn ich ein bisschen schlafe.«

»Wir bringen Ludwig dann rein, wenn wir zurück sind«, sagte Maria.

»Alles klar. Und vielen Dank, Herr Doktor Felix, für die gute Pflege!« Monja fielen bei den letzten Worten schon die Augen zu und sie sackte tiefer ins Sofa.

»Wohin wollen wir?«, fragte sie Felix, als sie mit den Rädern und den Hunden an der Straße standen.

»Zum schönen Sand.« Felix' Kürzel für den Schönebecker Sand. »Okay, dann müssen wir uns ein bisschen beeilen. Sehr lange ist es nicht mehr hell. Und Ludwig soll ja auch noch Zeit zum Schnuffeln haben«, sagte Maria.

»Dann mal los!«, gab Felix das Startzeichen für Maria und Pawlow. Ludwig saß vorn bei Maria im Korb und schaute hinter Felix und seinem Huskyfreund her.

Es fing tatsächlich schon an zu dämmern und eine schmale Mondsichel leuchtete immer wieder zwischen den schnell vorbeiziehenden Wolken hindurch. Die Lücken wurden immer weniger und der Himmel verdunkelte sich vor der untergehenden Sonne. Maria war froh, dass Felix seine Regenhose und -jacke anhatte, sodass weder der eisige Wind noch der einsetzende Regen ihm etwas ausmachte.

»Sollen wir nicht lieber umdrehen?«, fragte sie, als sie das Sperrwerk erreichten und der Westwind nun freie Bahn hatte.

»Nee«, rief Felix ihr gegen das Brausen zu, »das ist doch toll, ein richtiger Sturm!« Er trat noch kräftiger in die Pedale und stemmte sich gegen den Wind. Pawlow sprang fröhlich voraus und auch Ludwig sah in seinem

Korb ganz unternehmungslustig aus, mit flatternden Ohren und zusammengekniffenen Augen.

»Guck mal, Meier! Die Tore vom Sperrwerk sind ja zu!«

Richtig, jetzt sah Maria es auch. Das Wasser auf der anderen, der Weser zugewandten Seite war schon fast bis an die Spundwände gestiegen.

Es war zu merken, dass Felix den ganzen Tag keine Bewegung hatte, er fuhr im Stehen und genoss den Kampf gegen die wechselhaften Böen. Ein Spiel, das Maria auch liebte, es weckte alle Lebensgeister in ihr und sie jagte juchzend hinter Felix her. Vernünftig war das nicht, aber was sollte schon passieren? Zurück war es vielleicht dunkel, aber sie kannten den Weg fast blind und dann würden sie auch Rückenwind haben. Sie hatte Lust, sich auszutoben, und ihre drei Begleiter ganz offensichtlich auch.

Als sie den Deichschart passierten und auf die Weser zufuhren, konnten sie erkennen, dass das Wasser schon über die Steinböschung schwappte. Erste Pfützen bildeten sich auf dem Weg. Zum Glück hatte der Regen nicht zugenommen, sondern es nieselte nur noch zaghaft. Das Vereinsheim tauchte als schwarzer Block gegen den grau-blau-schwefelgelben Himmel auf. Eine passende Kulisse für jeden Gruselfilm, dachte Maria. Dort angekommen, hob sie Ludwig aus dem Korb, sie wollte ihm auch ein paar Minuten Auslauf gönnen, denn auf dem Rückweg würden sie mit dem Wind im Rücken und dem Abendbrothunger sicher noch schneller sein.

Da konnte er mit seinen Wurstbeinen erst recht nicht mithalten. Wieder mal fragte sich Maria, warum Menschen noch immer solche Qualzüchtungen für »normal« hielten. Achondroplasie ist die häufigste Form des genetisch bedingten Kleinwuchses, gezüchtet für die Jagd unter der Erde, aber für eine Welt mit Treppen, harten Wegen und E-Bikes nicht geeignet.

Die Hunde wuselten um das Vereinsheim herum, sie jagten sich und verfolgten unsichtbare Spuren.

Maria und Felix ließen sie machen und verschnauften an der kabbeligen Wasserkante. Es war zu sehen, dass die Weser von Minute zu Minute höher stieg und das Wasser auch schon die Schafweiden von unten her durchdrang.

»Lass uns mal zurück.« Maria wendete sich zu den Fahrrädern. Felix setzte zum Pfiff nach den Hunden an, aber im selben Augenblick kläffte Ludwig in höchsten Tönen los. Es klang sehr gedämpft und hohl.

»Oh nein, der hat doch wohl nicht einen Kaninchenbau gefunden?«, fragte Maria und Felix lief dem Geräusch entgegen. Pawlow meldete sich ebenfalls mit fiependen Tönen, was für ihn sehr ungewöhnlich war. Ein Husky ist ein schweigsames Tier und verständigt sich nur bei der Jagd mit ebensolchen kurzen Fieptönen wie diesen.

Felix war als erster am Gebäude, wo Pablo vor einer mit Brettern vernagelten Tür stand, in der ein kopfgroßes Loch klafft. Gerade richtig für den Teckel, zu klein für einen Huskyrüden.

Felix zog Pablo vom Loch weg und rief nach Ludwig. Das Jaulen wurde lauter, aber der Hund kam nicht näher, es hörte sich so an, als ob er sich sogar entfernte. Auch Maria rief nun nach Ludwig. Felix warf sich auf den Bauch und steckte seinen Kopf in das Loch, aber er kam weder hinein, was Maria auch nicht zulassen würde, noch konnte er etwas sehen.

Es roch sehr muffig und außer Ludwigs an- und abschwellendem Kläffen war nichts zu hören.

»Also Trick 17«, sagte Felix, griff in seine Jackentasche und zog ein Stück Fleischwurst und eine Plastiktüte heraus. Maria nahm sich vor, ihm bald mal zu erklären, dass die Wurst in der Tüte besser aufgehoben war.

»Hmm, Würstchen, hmmm«, sagte Felix eher leise und knisterte dabei mit der Tüte.

»Das kann Ludwig doch gar nicht …«, begann Maria, als Ludi auch schon durchs Loch gestürmt kam und an Felix hochsprang. Der teilte das Wurststück auf, aber Pawlow stand noch immer vor der Tür und schnoberte in den dunklen Raum. Die Wurst wanderte komplett in den Dackel.

»Komm, Palo, jetzt müssen wir uns wirklich beeilen«, sagte Maria, denn das Wasser hatte schon die Stufen zum Haupteingang des Hauses erreicht und der Weg war nur noch durch den Schafsdraht an der linken Seite zu erkennen. Sie würden bis zum Deichschart durch zentimeterhohes Wasser fahren müssen.

Pawlow rührte sich noch immer nicht von der Tür weg. Jetzt versuchte er, das Loch durch Scharren und Beißen zu vergrößern. Er sah zu Maria auf, als sie ihn holen wollte, er war offensichtlich völlig außer sich. So hatte sie ihn noch nie erlebt. Er war zwar einer kleinen Jagerei nicht abgeneigt, aber er war kein Jagdjunkie wie so mancher andere Husky.

Jetzt, wo Ludwig still im Korb saß und auch Felix nicht mehr das Loch mit seinem Kopf verstopfte, kam es ihr vor, als ob sie Geräusche hörte, ein leises Scharren, ein Plätschern, Schnaufen?

»Felix, komm noch mal, hörst du das auch?«

Er kniete sich wieder vor das Loch und schob seinen Kopf vorsichtig hinein. Jetzt, so ohne Ludwigs Lärm dort drinnen, war es ihm unheimlich. Er lauschte – und zog seinen Kopf so hastig zurück, dass er sich an den scharfen Holzkanten den Hinterkopf aufkratzt. »Autsch, au, manno! Maria! Da ist was da drin! Da stöhnt einer, so wie Monja heute, als sie keine Luft gekriegt hat und auch beim Schlafen. So schnorchel-röchel-ächz …« Er ging ein Stück zurück. »Voll unheimlich.«

Ja, jetzt hörte Maria es auch. Der Wind hatte ein bisschen nachgelassen, sodass die Geräusche nicht gleich weggerissen wurden. Ihr war mulmig zumute bei dem Gedanken, nun einfach nach Hause zu fahren, obwohl es wirklich höchste Zeit war. Felix fror trotz seiner Regensachen, er hatte zum Horchen die Kapuze abgenommen und seine Haare waren feucht. Es war ein langer Tag gewesen und die freudige und abenteuerliche Stimmung war gänzlich verflogen. Er war müde – und Maria war es ebenso.

Dennoch wollte sie sehen, was da war. Mit Pawlow an ihrer Seite hatte sie keine Angst, wovor auch? Es würde vermutlich gar nichts dort drinnen sein, außer einem Riss in den Außenmauern, durch die der Wind zog und dabei diese jämmerlichen Pfeif-, Zisch- und Stöhnlaute erzeugte. Alles ganz simpel und kein bisschen unheimlich oder spooky.

Sie erklärte Felix, dass sie irgendein Werkzeug brauchten, eine Eisenstange oder zumindest einen stabilen Stock, damit sie das Holz weiter aufhebeln konnten.

Bei ihrem Suchgang um das Haus herum stießen sie auf allerlei Müll, von vollen Windeln (wer zum Teufel kommt mit seinem Baby hierher und wirft die Windel einfach weg?) über Dosen und Flaschen aller Art (auch nicht besser!) bis hin zu blauen Säcken mir unklarem, matschig-weichem Inhalt, die alles sein konnten, bei dieser Stimmung waren Tierkadaver noch eine der freundlichsten Varianten. Verdammt, meldete sich das sonst so sanfte brave Mädchen in Maria, wenn ich Königin von Deutschland wäre, würde ich diese Leute nackt und mit bloßen Händen hier durchs Gebüsch krabbeln lassen und sie müssten jeden Fitzel, jede Scherbe und – ja! – jeden Scheißhaufen, egal ob von Hund, Schaf oder Mensch, aufsammeln!

Außer einer verbogenen, zu kurzen Zaunstange und ein paar Ästen, die zu dünn, zu morsch oder zu kurz und dick waren, hatte sie noch nichts gefunden, als Pawlow an einem kleinen Anbau hinter einer Plastikplane verschwand. Ludwig, den sie wieder aus dem Fahrradkorb geholt hatten, folgte ihm und bellte, während Pawlow hinter der Plane herumsprang.

»Meier, guck, das sieht aus wie ein Monster, ein Geist, der das Haus bewacht«, sagte Felix, dem bei der Suche wieder warm geworden war und der ein großer Fan von Geister- und Gruselcomics war.

Hinter der Plane entdeckten sie eine Tür. Unter dem Türgriff klemmte ein stabiler Stock, der wohl verhindern sollte, dass das Nebengelass offensteht. Genauso einen Stock hatten sie gesucht. Maria schlug ein paarmal mit der Faust dagegen und er löste sich. Sie wollte gerade damit zu dem Fenster gehen, als die Tür sich mit einem knarzenden Ton langsam öffnete. Ihre Augen hatten sich allmählich an die Dunkelheit gewöhnt und obwohl es in dem kleinen Raum noch dunkler war, konnten sie erkennen, dass dieser nur eine Art Durchgang war, der zu einer weiteren Tür führte, die wiederum durch einen Ast blockiert war. Dieser war sogar so gewählt worden, dass eine kurze Astgabel genau unter den Griff passte, und sie konnten ihn nur durch kräftige Tritte unter dem Griff herausschlagen. Diese Metalltür war noch vollständig in Takt, es gab keinen Schlüssel, aber die Falle funktionierte einwandfrei. Hier wollte niemand den Wind aussperren, sondern etwas, jemanden?, einsperren.

Maria drehte sich zu Felix um, der die letzten Minuten wieder still geworden war.

»Du bleibst hier mit …«, begann sie, aber da hatten Pawlow und Ludwig sich schon an ihr vorbeigeschlängelt und es war klar, dass sie Felix nicht allein draußen lassen würde. Sie hatte den ersten Stock noch in der Hand, er fühlte sich gut an.

»Felix, nimm die Astgabel mit, vielleicht brauchen wir sie noch«, sagte sie absichtlich vage. Sie wollte Felix weder auf den Gedanken bringen, dass da draußen noch jemand sein könnte, der sie mithilfe dieses Stocks einsperrte, noch, dass er ihn vielleicht als Waffe gebrauchen könnte.

Gleichzeitig lauschte sie auf die Hunde, acht Pfoten plätscherten dort herum. Hinter der Tür waren zwei Stufen, die in einen tiefer liegenden Teil führten. Die Decke war niedrig, wahrscheinlich war der größte Teil des Hauses höher gelegt, damit die alljährlichen Hochwasser ihm nichts anhaben konnten, und dies war eine Art Keller, der von außen nicht zu sehen war.

»Meier! Komm schnell, hier!«, riss sie Felix aus ihren Gedanken. Verflixt, er war schon um die Ecke und sie konnte noch immer nicht gut sehen bei dem wenigen Licht. Sie tastete sich vorsichtig weiter. Es fehlte noch, dass hier irgendwo ein Loch war, in das er stürzte oder sie sich ein Bein brach.

Sie verfluchte, dass sie keine Gummistiefel anhatte und so mit ihren Boots in das 2 bis 3 Zentimeter hohe Wasser gehen musste. Wenn sie sich langsam und vorsichtig bewegte, konnte sie die Löcher und weitgehend auch komplett nasse Füße vermeiden.

Mit der rechten Hand hielt sie sich an der Wand, als diese zu Ende war, wurde es minimal heller und sie erkannte, dass Felix und die Hunde in der Mitte des Raumes um etwas Dunkles herum wuselten.

Das Bündel regte sich leicht und stöhnte. Ludwig stupste und leckte daran herum – das war eindeutig ein Mensch.

»Wir wissen doch noch gar nicht, wer weiß, was …,« dachte Maria. Felix stand auf und riss an einem Stofffetzen, er hatte das schwache Licht eines Fensters gesehen und einen alten vergammelten Vorhang abgerissen. Draußen hatte der Himmel aufgerissen und die Mondsichel gab nun genügend Licht, um die Person deutlicher zu sehen.

Es war Talitha, reglos zusammengekrümmt, an einen umgekippten Stuhl gefesselt, geknebelt, der Mund gerade eben noch über dem Wasserspiegel.

41.
Blindflug

Die folgenden zwei Stunden verschwammen in Marias Erinnerung zu einer Folge von Blitzlichtern und Filmrissen. Klar war: Sie hatten alle vier funktioniert.

Talitha aufrichten, losbinden, Knebel raus, Puls sehr schnell, aber außer dem rasselnden Ein- und stöhnenden Ausatmen zeigte sie keine Reaktion. War sie bewusstlos? Maria schüttelte sie, klatschte ihr auf die Wangen. Talitha öffnete kurz die Augen, sie fielen ihr aber sofort wieder zu.

Aus dem Vorhang und zwei langen Stöckern banden sie eine Art Indianer-Trage für Talitha, die sie am Gepäckträger von Marias Rad befestigten. Talitha lag, in Marias Jacke und mit ihrer Mütze notdürftig gewärmt darauf. Pawlow spannten sie vor das Rad. Er zog mit ganzer Kraft, so dass Maria das Rad gegen den böigen Wind in Balance halten konnte. Ludwig saß im Korb, er zitterte vor Nässe und Kälte und Aufregung. Laufen hätte ihn vielleicht wärmer gemacht, aber das Wasser auf der Halbinsel war inzwischen so hoch, dass Maria ihn im Korb sicher wissen wollte.

Felix ging neben Talitha her und achtete darauf, dass sie nicht herunterrutschte. Sie war apathisch, aber bei Erschütterungen stöhnte sie von Zeit zu Zeit auf. Das war doch ein gutes Zeichen – oder?

Das Wasser stieg weiter. Sie mussten es schaffen, Talitha bis zum Deichschart zu schleppen, dahinter gab es ein Haus, Telefon … Teile des Weges waren überschwemmt, sie hielten sich links am Schafweidezaun, die Räder sackten ein, wenn sie zu dicht waren, dann wieder weiter rechts …

Sie schafften es bis zu dem Haus, jemand war da, rief den Krankenwagen. Talitha wurde im Krankenwagen abtransportiert. Maria benachrichtigte Herrn Rudolf. Felix, Maria und die Hunde wurden von der netten Frau im Pick-up nach Hause gefahren, Felix geduscht und mit einem heißen Tee in eine Decke gewickelt vor den Ofen gesetzt, Ludwig getrocknet und zu Monja gebracht. Schließlich stand Maria selbst unter der heißen Dusche …

42.
Milchreis mit Ketchup

Mit Felix durch den stillen Park zu radeln, tat Maria nach dem Schrecken der letzten Nacht gut. Die Bäume standen schwarz vor dem heller werdenden Himmel, ein leichter Wind bewegte die übrig gebliebenen Blätter, es roch nach nasser Erde, nach zerquetschten Kastanien und stellenweise nach der nahen Lesum. Das Hochwasser war zurückgegangen und hatte Spuren hinterlassen: Schilf, Äste, Pfützen. Felix war schweigsam.

Sie hatten gestern noch lange im Wohnzimmer gesessen, hatten einige Kartenspiele probiert, aber schließlich wollte er nur vor dem Feuer sitzen, Darwin auf dem Schoß und Pawlow neben sich.

Er war dann auf dem Boden eingeschlafen und Maria hatte ihn die Treppe hinauf in ihr Bett getragen. Er wachte kurz auf. »Kommst du auch gleich?«, fragte er. Maria lag lange wach neben ihm. Immer wieder tastete er im Schlaf nach ihr. Sie legte sich Sätze zurecht, die sie morgen im BIO-LK sagen wollte. Immer neue Sätze, aber immer wieder kam sie an einen Punkt, an dem sie nicht weiterwusste. Sie verabscheute die Handlungen ebenso wie die Unterlassungen der Schüler. Sie hatte aber auch so viel über Talitha, Büsra und Jana erfahren, dass sie verstand, wie viel Verzweiflung, Überforderung, Bedürftigkeit und Einsamkeit dazu geführt hatte. Sie war voller Selbstvorwürfe, weil sie zu unachtsam gewesen war, sah aber auch, dass sie unmöglich für alle

Schüler so da sein konnte, wie sie es brauchten. Sie konnte nicht Mutter und Vater für 2000 Schüler ersetzen.

»Ausreden!«, hatte der Zensor geätzt. »Es sind ja nicht alle! Du warst wieder mal zu sehr mit dir beschäftigt!« Am liebsten hätte sie ihm laut widersprochen, aber wegen Felix hatte sie nur leise gesagt: »Halt die Schnauze, Großmaul!« Das war schon lange fällig und tat gut.

Erst weit nach Mitternacht war sie eingeschlafen. Ihr letzter Gedanke war: Ich werde es schon hinreichend gut machen.

Und diese Gewissheit hatte sie noch immer. Talitha war im Krankenhaus. Außer einer starken Unterkühlung fehlte ihr körperlich nichts. Es war buchstäblich haarscharf gewesen. Und nun suchte die Polizei mit allen Kräften nach Jana. Maria war erleichtert. Sie hätte viel früher über die Waffe sprechen sollen, aber bis gestern hatte sie noch geglaubt, sie könne »alles wieder gut machen«. Ihr alter Größenwahn und ihre größte Lebenslast. Nun war Frau Grothus dran und sie, Maria, musste nur dafür sorgen, dass Felix den gestrigen Fund gut verarbeiten konnte und dass der BIO-LK informiert würde. Der »Rest«, die Befragungen von Louis, Ömer, Büsra und vielleicht noch weiteren Mittätern und auch der feigen Mitläufer, waren Aufgaben der Polizei. Und die schulischen Konsequenzen für die Schüler würde sie dem Disziplinarausschuss überlassen.

Wie sie den Kurs weiter unterrichten sollte, war ihr noch unklar. Würde sie jemals wieder »normal« mit den Schülern umgehen können? Vielleicht müsste sie den Kurs abgeben? Oder sie würden vielleicht von einem Schulpsychologen begleitet werden? »Wird sich finden«, sagte die neue Stimme in ihr, die zuversichtliche, sie würde sie »Meier« nennen.

»Meier?«, sprach Felix sie gerade bei diesem Gedanken an, der jetzt neben ihr fuhr. »Meier, warum sind die Menschen manchmal so gemein zueinander?«

»Ach Felix, das frage ich mich auch oft und ganz viele Menschen fragen es sich.«

»Aber gemein sein ist doch viel anstrengender als nett sein – oder?«

»Ja, das glaube ich auch.«

»Vielleicht ist das wie beim Sport?«

»Was meinst du damit?« Maria fuhr langsam neben Felix auf dem schmalen Weg.

»Wenn ich ganz unangestrengt laufe, macht es mir richtig Spaß. Aber dann kommt einer, der strengt sich an, und dann finden alle, das ist besser. Und dann fühle ich mich blöd und strenge mich das nächste Mal ein bisschen mehr an und überhole wen, aber mich überholen immer noch welche. Also strenge ich mich noch mehr an und weil das so wenig Spaß macht, lache ich die langsameren aus und die schnelleren lachen mich aus und dann sind wir nachher alle schneller, aber viel gemeiner, als wenn jeder so läuft, wie es ihm gefällt.« Felix sprudelte seine Gedanken heraus.

»Und so ist es beim Sport?«, fragte Maria.

»Nicht immer vielleicht, aber in der Schule ist es meist so, auch beim Malen: Der Igel muss aber eine gaaaanz runde Nase haben, sonst ist das falsch! Erst sagt es nur Frau Steinert und dann sagen es alle. Dabei will ich, dass mein Igel eine knubbelige Nase hat. Es gibt doch Igel mit Knubbelnasen, Meier?«

»Es gibt Igel mit spitzen, runden, eckigen und knubbeligen Nasen. Und wenn es sie nicht gäbe …«, begann Maria.

»…würden wir sie erfinden!«, brachte Felix ihren gemeinsamen Zauberspruch zu Ende.

»Meier, man kann doch Milchreis mit Ketchup essen?«

»Klar kann man das und wenn es noch keiner gemacht hätte …«

»… würden wir es erfinden!«

Lisa war manchmal ziemlich genervt davon. »Du machst es dir zu leicht, Maria. Felix muss auch mal lernen, dass nicht alles geht.«

»Lisa, das weiß er doch längst, den ganzen Tag geht mal dies, mal das nicht. Aus guten Gründen meist und manchmal einfach so. Aber Milchreis mit Ketchup, das geht.«

»Also, du meinst, weil jeder immer besser sein will als der andere, sind Menschen gemein?«

»Ja, Mama mag mich auch mehr, wenn ich in der Schule gut bin. Jetzt, wo ich nicht gut bin, weint sie manchmal abends und streitet sich mit Alex, obwohl sie ihn ganz doll lieb hat.«

Abrupt blieb Maria stehen. »Warte mal, du denkst, dass deine Mama dich nicht so lieb hat, wenn du mit deiner Lehrerin oder den anderen Schülern Probleme hattest?«

Felix hielt ein paar Meter weiter an. »Ja, sie ist ganz komisch seitdem und sie hat mich jetzt ja auch hier bei dir gelassen, weil sie lieber mit Alex allein sein will. Dann streiten sie bestimmt nicht, wenn ich nicht …«, seine Stimme zitterte und er schluckte einen Kloß herunter.

»Nein, Felix, nein, das ist nicht so! Ganz bestimmt nicht! Es ist so: Wir sind gestern, als du bei Monja warst, in deiner Schule gewesen.« Felix sah sie mit vor Schreck geweiteten Augen an, er hatte die Nachricht vom Lehrerwechsel tatsächlich nicht geglaubt und für einen Trostversuch gehalten. »Wir haben mit dem Schulleiter gesprochen, mit Herrn von Lübke, kennst du den?«

Felix schüttelte nur den Kopf.

»Also, der war sehr nett. Er hat auch schon gemerkt, dass die Frau Steinert manchmal komisch ist, manchmal ungerecht gegen Kinder und er weiß jetzt, dass sie krank ist.« Maria hatte ihr Rad bis zu Felix geschoben und stellte es auf den Ständer, um sich zu ihm herunterhocken zu können. »Weißt du, sie war deswegen so, weil sie ganz traurig war, ihr Sohn ist gestorben und sie dachte, dass sie trotzdem einfach weitermachen muss, weiterlaufen eben, um die Wette mit den anderen Lehrern, aber es war zu anstrengend für sie und deshalb ist sie gemein geworden. Sie braucht jetzt eine lange Pause zum Traurigsein und Erholen.« Sie atmete tief aus, hoffentlich hatte sie den richtigen Ton gefunden für die Infos.

»Sie ist also nicht mehr in meiner Schule?«, fragte Felix.

»Nein, und Lisa, also Mama, wollte, dass du auch erst mal eine Erholpause hast, hier bei mir.« Sie konnte sehen, wie Felix ihre Worte aufsog. »Und dann guckt ihr zusammen, ob es wieder geht in der Schule ohne Frau Steinert, mit einer neuen Klassenlehrerin.« Maria richtete sich auf und zog Felix leicht an sich heran. »Und Mama war nicht traurig, weil du in der Schule geärgert und gequält wurdest, sondern weil sie dir zu spät geglaubt und geholfen hat.« Einen Moment lang lehnte Felix seinen Kopf gegen Marias Bauch, er wurde ganz schwer und weich.

»Fahren wir jetzt weiter?« Das war typisch für Felix, er brauchte seine Zeit, um Gehörtes oder Erlebtes zu verdauen. Maria wusste, er kam darauf zurück, wenn es für ihn passte.

»Ja, machen wir. Pawlow, komm.« Der Husky hatte die Pause genutzt, um im Lesumschilf zu stöbern. Es könnte ja sein, dass ein Angler etwas Leckeres hinterlassen hatte …

43.
Drohen und Beschwichtigen

Als die drei an der Schule ankamen, war die erste Stunde schon in Gang. Maria hatte für die 2. Und 3. Stunde im BIO-LK nur noch ein paar Kopien zu machen. Sie konnte Felix noch in Ruhe einen Früchtetee kochen und ihm Papier und Stifte, Kleber und alte Zeitschriften hinlegen, damit er sich in den zwei Stunden beschäftigen konnte.

»Bitte bleib mit Pablo hier im Büro. Er darf sonst gar nicht hier rein, es ist eine Ausnahme, damit ihr beide euch Gesellschaft leisten könnt. Aber der Schulleiter sieht das nicht gern.« Maria ging zum Kopierraum.

Als sie nach wenigen Minuten zurückkam, stand Jana an dem kleinen Besprechungstisch hinter Felix, der ihr in einem Magazin eine Herde Pferde zeigte. »Hier, das sind Island Ponys, so wie Bonny. Bonny ist mein Lieblingspferd zu Hause.«

»Jana!« Maria wollte gerade zu ihr gehen und sie vor Erleichterung in den Arm nehmen, aber Jana stand still und sah Maria stumm an. Einen Moment lang hielten beide die Luft an. Pawlow, der unter dem Schreibtisch gelegen hatte, spürte die Spannung, er stand auf, schüttelte sich und gähnte. Als das keine Entspannung brachte, ging er steifbeinig mit hoch aufgerichtetem Schwanz zu Maria und stellte sich neben sie. Auch sein Blick war nun unverwandt auf Jana gerichtet. Eine für Hunde unmissverständliche Drohgebärde, äußerst ungewöhnlich bei Pawlow und für Maria die Bestätigung: Hier stimmte etwas ganz und gar nicht!

»Hallo Frau Brehm.« Leise, tonlos sprach Jana sie an. Es klang, als hätte sie lange Zeit nicht gesprochen und müsste es erst wieder üben. »Sind Sie froh, mich zu sehen?«

»Ja – ja, das bin ich.«

Die Klingel zur Pause unterbrach Maria.

»Schließen Sie die Tür ab. Wir wollen jetzt nicht gestört werden«, sagte Jana.

»Was, nein. Das ist nicht nötig. Ich schicke alle …«

»Schließen Sie ab«, wiederholte Jana und legte die linke Hand auf Felix Schulter, die rechte bewegte sie hinter seinem Rücken so, dass Maria sehen konnte, was Jana in der Hand hielt: eine Waffe, eine dunkle, schwere, matt glänzende Waffe. Ein Revolver? Colt? Pistole? »Scheißfrage, als ob das jetzt wichtig wäre«, kommentierte der Zensor.

Jana machte mit einer kleinen Bewegung klar, dass Maria zur Tür gehen sollte. Maria schloss ab und ließ den Schlüssel stecken.

»Und nun?«, fragte sie so beherrscht wie möglich. Felix hatte begonnen, die abgebildeten Pferde auszuschneiden. Er war voll darauf konzentriert.

»Wir warten«, sagte Jana.

»Worauf?«

»Das sehen Sie dann schon.«

Schweigen, nur das Geräusch der Schere und dann ein sehr leises, ganz tiefes Grollen aus Pawlows Kehle. Maria hatte ihn noch nicht oft knurren gehört, er war in den meisten Situationen zu souverän, um so drohen zu müssen. Sie bekam eine Gänsehaut und gleichzeitig spürte sie, wie sich ihr Magen zusammenzog.

Die kleine Pause, 5 Minuten, sonst immer viel zu kurz, zog sich in die Länge. Maria wusste nicht, ob sie hoffen sollte, dass jemand kam und sich vielleicht wunderte, dass sie nicht da war? Aber was nützte das schon? In dieser Riesenschule konnte sie immer mal etwas am anderen Ende zu tun haben. Nicht einmal, wenn sie verspätet oder womöglich gar nicht im Unterricht erschiene, würde das eine Reaktion hervorrufen.

»Fertig!«, sagte Felix und sah zufrieden auf die ausgeschnittenen Bilder. »Die klebe ich hier auf und dann male ich unser Haus dazu und Mama und Alex.« Er sah zu Maria. Und zu Pawlow. Eine kleine Falte erschien zwischen seinen Augen. Gerade, als er sich zu Jana umdrehen wollte, klingelte es wieder. Die Pause war um. Maria fasste Pawlow am Halsband und zog ihn ein kleines Stück zu sich.

»Jana, möchtest du vielleicht einen Tee?«, versuchte Maria die Spannung zu mildern. Auf keinen Fall sollte Felix etwas mitbekommen.

»Sie haben doch jetzt Unterricht im BIO-LK. Da gehen wir gleich hin. Und du, Felix, kommst mit.«

Felix sagte nichts. Er sah Maria fragend an.

»Nein, du bleibst mit Pawlow hier und machst dein Bild fertig. Ich bin dann um kurz vor halb elf zurück wie abgemacht.«

»Ich möchte aber, dass Felix mitkommt, bestimmt interessiert es ihn auch, was da so los ist.« Jana gab Maria durch einen scharfen Blick zu verstehen, dass sie es ernst meinte. Sie sah, wie Jana die Waffe in ihre Manteltasche schob, sie dabei aber weiter in der Hand hielt. Sie konnte jederzeit durch den Stoff schießen.

Jana ging einen Schritt zur Tür, Pawlow spannte sich an, sein Fell im Nacken und entlang der Wirbelsäule richtete sich auf, sein Knurren wurde lauter.

»Pawlow, aus.« Maria ging einen Schritt von der Tür weg, sie hielt sich zwischen dem Hund und Jana und nach einem weiteren Schritt hatte sie sich vor Felix gestellt.

Jana schloss die Tür auf und nahm den Schlüsselbund an sich. »Also, gehen wir«, forderte sie Maria auf. »Der Hund bleibt hier.«

»Jana, bitte lass Felix hier im Büro. Er kann sein Bild fertig machen, er hat doch mit der ganzen Sache nichts zu tun.« Maria flehte Jana an, ihre Stimme war brüchig. Sie wollte Felix unbedingt so weit wie möglich von Jana entfernt wissen.

»Frau Brehm, lassen Sie es nicht darauf ankommen, dass ich Ihnen beweise, wie ernst es mir ist. Ich will nicht, dass er zu Schaden kommt, aber wenn Sie mich zwingen – und wer weiß, was alles passiert, wenn eine Panik ausbricht, weil ich doch schießen …«

»Stopp, nein, wir gehen.« Felix sollte nicht merken, dass sie alle in Gefahr waren, irgendwie würde sie es schon hinbekommen, dass Jana sich beruhigte. Wobei: Ruhig war sie ja, sogar viel zu ruhig.

Sie befahl Pawlow, sich unter den Schreibtisch zu legen. Es fiel ihm schwer, jeder Muskel zitterte vor Anspannung. Auch wenn Felix bisher noch nichts von der Bedrohung gemerkt hatte: Pawlow war alarmiert und auf dem Sprung. »Du bleibst hier«, befahl Maria.

44.
Sibirien/Lemminge

Jana, ließ Maria und Felix vorgehen und schloss hinter ihnen die Tür ab. Sie hatte sich ihre Kapuze aufgesetzt und tief ins Gesicht gezogen. So liefen auch viele andere Schüler in den Pausen herum, sie würde nicht auffallen.

Auf der Treppe in den Turm, wo die Naturwissenschaftsräume lagen, liefen noch einige verspätete Schüler an ihnen vorbei. Im 3. Stock wurden es weniger und nach dem 4. Waren sie allein. Sie gingen die letzten Stufen, alle drei waren sie jetzt außer Atem. Sie bogen um die letzte Ecke des Treppenhauses in den Flur. Die Schüler des BIO-Leistungskurses warteten am Ende des Flures.

Aufrichten, Arme leicht vom Körper abheben, Ellbogen nach außen, Kinn runter, Blick nach vorn. Imponiergehabe … Maria versuchte, sich mit ihrer gewohnten Vorstellung auf das vorzubereiten, was jetzt kommen würde – aber was konnte das sein?

Keiner der Schüler wusste bisher etwas davon, dass Talitha gefunden worden war, und erst recht ahnte im Augenblick niemand, dass es Jana sein könnte, die neben ihr ging. Und die Waffe in ihrer Tasche? Unvorstellbar eigentlich. Bei dem Gedanken gaben ihre Knie kurz nach, sie strauchelte. Jana griff sofort nach ihrem Arm. Um sie zu stützen? Oder um sie weiter voranzuzwingen?

Das Bild des Silberrückens verschwand und Maria hatte eine Szene zu Hause vor Augen: Sie stand vor dem Sofa, auf dem ihre Mutter lag. Eine fast leere Flasche »Springer Urvater« stand auf dem niedrigen Couchtisch, kein Glas, ein Teller mit fertigen Schnittchen, die sie, Maria, für ihre Mutter vor zwei Stunden gemacht hatte. Die Mortadellascheiben wölbten sich an den Rändern schon hoch, die sorgfältig zwischen die Brote gelegten Salatblätter und Tomatenstückchen waren in dem überheizten Raum schlapp und glasig geworden. Genauso glasig wie die Augen ihrer Mutter.

»Iss doch was«, sagte Maria.

»Mach ich doch gleich. Muss mich erst mal ein bisschen ausruhen, das darf ich doch wohl mal?« Und Maria nickte nur. Sie wusste, wenn sie in einer Stunde wiederkam, würde ihre Mutter schlafen, wären die Brote unberührt und die Flasche leer. Und sie wusste, dass sie nichts tun konnte, dass sie absolut machtlos war.

Inzwischen waren sie nah genug gekommen, dass die ersten Schüler erkannten, wer außer dem kleinen Jungen neben Maria ging. Sie sahen von ihren Handys auf, sie stießen ihre Nachbarn an, die ihre Fingernägel augenblicklich vergaßen, keiner war mehr verschlafen, alle sahen hellwach den drei Personen entgegen.

Jana blieb ein paar Meter vor der Tür stehen und sagte leise »Aufschließen.« Sie gab Maria den Schlüsselbund. Diese Geste machte überdeutlich, wer hier bestimmte. Die meisten Schüler sahen auf den Boden, einige starrten Jana an wie das neuste Schockvideo im Netz: Fasziniert und verschreckt gleichzeitig.

»Nein, Jana, es ist besser, wenn nur wir beide …«

»Nein, Frau Brehm, es ist ganz sicher besser, wenn Sie jetzt sofort aufschließen«, schnitt ihr Jana das Wort ab. »Deeskalieren« ging Maria durch den Kopf. »Ich muss deeskalieren, aber was heißt das jetzt? Ist es richtig, Jana die Möglichkeit zu geben, im Klassenraum alle Schüler des Kurses zu bedrohen? Besteht die Gefahr, dass sie wirklich schießt? Sind sie hier auf dem Flur sicherer oder unsicherer? Was ist, wenn doch jemand in den 5. Stock kommt?«

Jana wechselte ganz leicht ihren Standort, sie hielt nun die Waffe in der Tasche für Maria sichtbar auf Felix gerichtet. Es war klar, dass sie hier auf dem Flur ebenso ausgeliefert waren wie in dem Raum.

»Zeit,« dachte Maria, »ich brauche Zeit. Und ich muss verstehen, was Jana will. Sie ist doch nicht hier, um alle umzubringen, das kann doch nicht sein. Jana hat Tiere, sie versorgt sie gut, sie ist keine Killerin. Wie viele Kugeln sind eigentlich in so einer Waffe?«

Maria ging langsam zur Tür. Felix hielt sich jetzt ganz dicht bei ihr. Die Schüler beobachteten jede Bewegung genau. Sie schloss auf. Jana wies mit einer Kopfbewegung in den Klassenraum, Maria ging mit Felix hinein. Sie hätte jetzt die Tür zuschlagen können, sie wäre in Sicherheit. Sie hätte aus dem Fenster rufen, auf sich und die Lage aufmerksam machen können, sie hätte …

Sie stellte sich in die Tür. »Lass die anderen gehen. Wir …«

»Los, geht rein da, alle. Ihr wollt doch sicher wissen, was mit Talitha ist und wo ich war – na außer denjenigen, die es sowieso schon wussten … Ihr seid doch immer so neugierig, jetzt könnt ihr dabei sein.«

Und obwohl die Drohung in den Worten messerscharf zu spüren war, bewegte sich der ganze Kurs zur Tür, Maria wurde von Alexander beiseitegeschoben und die anderen folgten. »Lemminge, lemmus sibiricus«, dachte Maria. Ihr inneres Team war zu geschockt, um auf diese undifferenzierte Zuordnung zu reagieren.

Jana kam in den Klassenraum. Sie nahm Maria, die Felix fest an sich hielt, die Schlüssel aus der Hand und schloss ab.

Erst diese Geste rüttelte einige Schüler auf.

Maren, die als Letzte hereingekommen war, drehte sich zur Tür zurück und griff nach dem Schlüssel »Nein, du kannst doch nicht …«

Jana schob sie weg, zog den Schlüssel heraus und steckte ihn ein, während gleichzeitig Fabian aufstöhnte, er hatte bei Janas schneller Bewegung die Pistole gesehen.

»Die hat eine Knarre«, rief er. Schreie, zwei Schüler wichen in eine Ecke zurück, Alexander machte einen impulsiven Schritt auf Jana zu. Sie zog die Pistole aus der Tasche. Sie bewegte sich roboterhaft, wie ferngesteuert zum Pult.

»Na, wie findet ihr das jetzt? Wie fühlt sich das an, das OPFER ist wieder da. Und wo ist eure Chefin? Hm, was glaubt ihr? Lebt sie noch oder hat sie schon bezahlt für alles, was sie getan hat? Hab ich sie schon abgeknallt oder sitzt sie irgendwo in einem kalten, nassen Kellerloch und wimmert vor Angst, vor Durst und Hunger?« Mit schnellen Bewegungen, tausendfach im Tatort gesehen, scheuchte Jana die Schüler weiter nach hinten in den Raum. »Die tolle Talitha – ToTal am Ende … Könnt ihr euch das vorstellen?« Sie sah ihre Mitschüler einen nach dem anderen an.

»ToTal, das ist der Facebook-Name für Talitha! Natürlich, warum bin ich darauf nicht gekommen?«, fragte sich Maria, als ob das jetzt noch Bedeutung hätte.

»Vielleicht wäre sie längst lieber tot?« Janas Frage brachte Thorsten und Dilara zum Schluchzen.

»Jana«, sagte Maria.

»Halten Sie den Mund! Sie sind doch um nichts besser als die da!« Sie schwenkte die Waffe über die Klasse. »Sie haben nichts gesehen, Sie wollten nichts sehen!«, schrie Jana Maria an.

»Aber …«, versuchte Maria, sie brach ab, als Jana sie ansah. Ein Blick so voller Verzweiflung und Hoffnungslosigkeit.

Maria hatte vor Jahren einmal eine Lumme am Strand bei Fedderwarden gefunden mit völlig veröltem Gefieder. Sie hatte sie mit nach Hause genommen, versucht, sie zu füttern und das Öl aus dem Gefieder zu bekommen. Nach 3 Tagen war sie gestorben, mit dem gleichen Blick, sie hatte sich aufgegeben …

»Ihr setzt euch jetzt auf eure Plätze. Ach übrigens, wenn ich ein Handy sehe, ist das Spiel hier sofort aus.« Sie zielte auf Alexander, der bei einer Klassenarbeit versucht hatte, mit einem Zweithandy zu schummeln. Einen Augenblick lang hielten alle die Luft an. Dann schwenkte sie den Lauf der Waffe über die Gruppe und ging rückwärts zum Pult.

»Schaun wir doch mal, wer da ist.« Jana persiflierte die Anwesenheitskontrolle von Maria: Sie blickte jeden einzelnen Schüler an und fragte: »Ben?« Sie gab sich selbst die Antwort: »Ja.

Lara, Maren.

Büsra? Nicht da, na die hat rechtzeitig gekniffen. Und Ömer? Der hatte wohl auch Schiss? Aber Louis ist da. Das ist gut. Louis, du wirst heute bestimmt voll auf deine Kosten kommen. Du magst es doch, wenn es hart zugeht?«

»Du hast recht«, versuchte Maria es erneut, »ich habe nicht gesehen, was vorging, ich habe dich nicht geschützt.«

»Jetzt können Sie es mit zu Ende bringen«, sagte Jana und hielt die Waffe direkt an Marias Kopf. Felix sah nach oben, er zog den Kopf ein und kniff die Augen zu. Seine Hände krallten sich in Marias Jacke.

»Hört mir jetzt genau zu, ich sage alles nur einmal: Wir gehen jetzt alle raus.« Jana sah dabei Louis an. Ein Lächeln verzog ihre Lippen, das furchterregender war als die Waffe und als alles, was sie bisher gesagt hatte.

»Euch passiert nichts, ihr werdet nur zusehen können, wie das, was ihr mit angefangen habt, zu Ende geht. Es wird euch gefallen, das Ende, hoffe ich. Ihr mögt doch Gewalt und Blut und Opfer, ihr seht doch gern zu, wie andere leiden. Das ist Biologie, das ist Evolution, die Stärkeren überleben.«

Sie drehte sich zur Tür und schob Maria und Felix davor. Sie ging zu Louis und zielte auf seinen Kopf. »Geh zur Tür.« Sie warf ihm die Schlüssel zu. »Schließ auf. Zum Treppenhaus«, befahl sie.

»Jana, was hast du vor?«, fragte Maria. »Lass uns gemeinsam überlegen …«

»Gemeinsam? Das gibt es nicht mehr. Ich habe meine Lektion gelernt. Wir gehen jetzt auf das Dach des Turms – und dann genießen wir ›gemeinsam‹ die Aussicht auf die kleinen Gestalten da unten.«

Maria wurde klar, dass Jana genau vorausgeplant hatte, was sie nun tun wollte. Sie war zum Stundenbeginn gekommen, die anderen Klassen waren in ihren Räumen. Der BIO-LK war im Turm im 5. Stock und Jana dirigierte die Gruppe die Treppe hinauf in die 6., die oberste Etage. Hier waren nur Archive und Lagerräume für Medien – und die Tür zum Dach des benachbarten Verwaltungstraktes.

Jana schickte Maria zu dieser Tür, nachdem sie Louis zu sich geholt hatte. »Aufschließen. Und ganz ruhig einer nach dem anderen raus. Es will doch sicher keiner, dass dem kleinen Sonnenkönig hier etwas passiert?«

Zuerst Maria mit Felix an der Hand, dann traten die Schüler auf das Flachdach. Jana wies sie an, sich mit dem Rücken vor die Wand zu stellen und kam als Letzte mit Louis heraus. Maria schob Felix hinter Maren und Lara und stellte sich selbst vor die drei.

Jana schloss die Tür ab und steckte das Schlüsselbund in die Tasche ihres Mantels.

»Gut, dann kann es ja losgehen. Und hier habe ich auch schon den Richtigen zum Anfangen. Geh vor bis zum Rand.«

Louis sah Jana erschreckt an. Er blieb stehen. Er schüttelte kaum sichtbar den Kopf. Aber Jana hatte ihn genau beobachtet.

»Du willst nicht? Du hast Angst? Ach, bist du nicht der coole Typ, der gar keine Gefühle hat? Sag den anderen, was du gemacht hast, Louis, sag es ihnen, vielleicht ist ja sogar noch jemand dabei, der die kleinen, fiesen Details nicht kennt? Vielleicht war einiges, was ihr gemacht habt, ja sogar für euch zu schmutzig, um damit anzugeben? Geh los zum Rand und rede. Wenn du alles gesagt hast, kannst du stehen bleiben. Mal sehen, wie schnell du reden kannst.«

»Ich hab dabei mitgemacht, dich zu schikanieren«, sagte Louis. Er war stehen geblieben.

»Okay, geh einen Schritt.« Jana schob ihn mit der Pistole an seinem Kopf einen Schritt voran. »Weiter.«

»Ich hab doch nur gemacht, was Tali …«

»Was hast du gemacht? Ich helfe dir: Stichwort Kaninchen.« Der Druck auf Louis' Hinterkopf wurde stärker. Seine Beine begannen zu zittern. Er keuchte.

»Ich habe geholfen, dein Kaninchen umzubringen.«

»Lüge! Du hast es umgebracht!« Jana schubste Louis ein großes Stück auf dem Dach entlang. »Wenn du lügst, bist du gleich am Ende!«

»Talitha hat gesagt, ich soll eins von deinen Kaninchen umbringen, dann haben wir es gegrillt und wir haben Hähnchenteile gegessen und du hast dein Kaninchen …« Louis sprach schnell und schluchzte auf, als Jana ihn einen weiteren Schritt vorwärtstrieb.

»Und du hast gelächelt, als du es mir gesagt hast. Nächstes Stichwort: Keller.«

»Das war allein Talithas Idee, sie wollte nicht, dass du …« Die Stimme von Louis war hoch und quietschend geworden.

»Nein, was war, als du allein mit mir warst. Erzähle. Brüste dich damit!«, forderte Jana, während sie Louis mindestens einen weiteren Meter auf den Rand zu drängte.

»Als ich – als du …« Seine Stimme versagte. Luftholen. Dann sehr leise: »Ich habe auf dich gepinkelt.«

»Eine Heldentat! Ein gefesseltes Mädchen und der strahlende Sonnenkönig, der es anpisst!« Noch ein

Schritt … Der Rand war nur noch etwa einen Meter entfernt.

Maria war sich sicher, dass Louis schon in die Tiefe sehen konnte.

Einen Moment lang ließ Jana die Waffe sinken. Louis richtete sich ein wenig auf. Maria atmete, wie es ihr schien, seit sie das Dach betreten hatte, zum ersten Mal aus. War es das? Hatte Jana das gewollt, dass Louis seine Boshaftigkeiten zugab?

Der Gedanke war noch nicht einmal zu Ende gedacht, als Jana schon wieder den Arm hob und auf Louis zielte. »Du bleibst da stehen.«

Sie trat einen Schritt zur Seite und hatte nun selbst den Abgrund zwischen den Gebäuden dicht hinter sich. Maria überlegte, ob es richtig wäre, jetzt loszusprinten und Jana hinunterzustoßen. Vielleicht würde sie dann auf sie schießen, aber die anderen wären in Sicherheit.

Aber Jana? Nein, sie musste Jana irgendwie erreichen. Was könnte sie dazu bringen, aufzugeben und die Schüler gehen zu lassen?

»Jana, bitte, es ist genug. Wir haben verstanden und wir sehen deine Wut und deine Trauer. Lass Louis gehen und lass die anderen Schüler gehen. Wir beide können hier oben bleiben und reden.« Maria versuchte es noch einmal: »Es wird doch nicht ungeschehen durch Rache.«

»Halten. Sie. Die. Klappe!« Jana sah nicht Maria an, sondern Louis: »Spring, dann lasse ich alle anderen gehen. Ich sage sogar, wo Talitha ist, und vielleicht kann sie noch gerettet werden. Du musst einfach nur einmal etwas Richtiges tun.«

Louis wich einen halben Schritt vom Rand zurück. Er schauderte. Es wehte ein kalter Wind hier oben. Maria hatte ihn bisher nicht bemerkt, aber plötzlich wurde ihr eiskalt und sie spürte ihre Füße und Hände nicht mehr.

»Nein, Louis. Das verbiete ich dir!«, rief sie laut. »Jana, wenn einer hier schuldig ist, dann bin ich es! ICH hätte merken müssen, was passiert. ICH hätte viel eher versuchen müssen, dich zu finden. ICH hätte Talitha und die anderen stoppen müssen! Das wäre MEINE Aufgabe gewesen.« Maria schob Felix hinter sich und ging langsam auf Jana zu. Ihre Füße waren so steif, dass sie schwankte.

»Stopp, bleiben Sie stehen!«, rief Jana. Maria hob ihre Hände in die Höhe. Und ging weiter.

45.
Sprung/Substantiv, maskulin [der]
Fall/Substantiv, maskulin [der]

Jana zielte auf Maria. »Stopp«, sagte sie nochmals mit rauer Stimme. Maria machte einen weiteren langsamen Schritt auf sie zu und Jana – schoss. Sie hatte über die Köpfe der Schüler hinweg in die Wand geschossen. Der Putz flog umher und die Schüler schrien gleichzeitig auf. Schluchzen war zu hören, Weinen …

»Sie ist geladen und das nächste Mal trifft es jemanden«, sagte Jana.

Sie sah zu Louis, der während Marias Versuch schnell weiter auf die Tür zugelaufen war. Er stand jetzt zitternd zwischen Jana und den anderen Schülern. Seine Jeans war im Schritt und entlang der Innennähte der Beine dunkler: Sie war nass.

Als Jana das sah, ging eine Veränderung in ihr vor, sie schrumpfte ein Stück. Das fanatische Funkeln in ihrem Blick ließ nach, sie sah Louis an, dann die anderen, Maria und schließlich Felix.

Sie griff in ihre Tasche, zog die Schlüssel heraus und warf sie an die Tür.

»Geht«, sagte sie. »Geht alle weg. Es ist vorbei.«

Keiner rührte sich.

»Los, haut endlich ab!« Jana fuchtelte mit der Waffe und Alexander reagierte als Erster. Er stürmte zur Tür, griff nach den Schlüsseln und probierte, die Tür zu öffnen … Es war der falsche Schlüssel. Die Blicke der anderen Schüler flogen zwischen Jana und Alexander hin und her. Der dritte Versuch gelang. Alexander riss die Tür auf und verschwand im Treppenhaus.

Maria sah Maren an: »Maren, nimm Felix mit, bitte.«

Sie schob Felix zu Maren, sodass sie immer zwischen Jana und Felix stand, dann legte sie seine Hand in Marens.

»Nein, Meier, ich will mit dir …«

»Du gehst jetzt mit Maren, ich komme gleich nach.«

Julia und Tom drängten sich noch vor Maren und Felix durch die Tür, die anderen Schüler gingen langsam, wie in Trance hinter den beiden her. Sekunden später waren sie im Treppenhaus verschwunden.

»Sie auch«, sagte Jana.

»Nein, Jana, jetzt können wir …«

»Wir können nichts.«

Jana ging auf die Kante zu.

»Jana, morgen kommen deine Eltern zurück, sie werden …«

»Sie gehen jetzt durch diese Tür! Ich muss nachdenken! Lassen Sie mich allein.«

Wieder hob sie ihre Waffe und zielte auf Maria.

»Wie haben Sie gesagt? Noch kann alles wieder gut werden. Zwingen Sie mich nicht dazu, noch einmal zu schießen … Gehen Sie.«

Sie kam auf Maria zu und Maria ging rückwärts zur Tür. Sie hoffte, dass Jana nah genug kommen würde, dass sie ihr die Waffe aus der Hand schlagen könnte. Sie glaubte nicht, dass Jana auf sie schießen würde.

»Weiter.«

Jetzt? War sie jetzt nah genug? Maria konzentrierte sich auf die Waffe, die nur noch einen halben Meter vor ihr genau auf sie zielte, sie hob den Fuß, als ob sie weiter zurückgehen wollte, um dann mit einer schnellen Vorwärtsbewegung …

Im gleichen Moment warf Jana sich nach vorn und schubste Maria über die Schwelle der Tür. Maria stolperte und fiel in den Flur. Jana warf die Tür zu und schloss blitzschnell ab, noch bevor Maria wieder auf die Beine gekommen war.

Durch die Tür sahen sie sich an, dann legte Jana die Waffe auf den Boden und ging über das Dach zum Rand.

Maria konnte durch die Glastür sehen, wie Jana sich an den Rand stellte. Maria hämmerte mit aller Kraft gegen die Scheibe, sie schrie, aber Jana sah sich nicht mehr um. Sie sah die 6 Stockwerke hinunter. Lange stand sie so.

Maria fragte sich, ob sie dort unten etwas oder jemanden sah oder wirklich noch schwankte zwischen der Möglichkeit zu leben, in der Angst, wieder ein Opfer zu sein oder der Scham, Täterin zu sein, und dem scheinbar einfacheren Weg in den Tod.

Dann breitete Jana die Arme aus, der Wind blähte ihren Mantel ein wenig auf und sie warf sich ins Leere wie ein Kind, das sich vertrauensvoll in die Arme seines Vaters fallen lässt.

46.
Stille

Maria sackte an der Glastür zusammen. Ihre Beine gaben einfach nach, obwohl alles in ihr nach unten drängte, zu Felix, zu den anderen Schülern und ja, auch zu Jana, obwohl sie sicher war, dass sie einen solchen Sturz nicht überleben konnte. Sie zitterte und weder Beine noch Arme gehorchten ihr. Es war vollkommen still. Kein Ton drang zu ihr durch – oder vielleicht war es wirklich still, war die Zeit stehen geblieben? Vielleicht mitten in Janas Flug und sie war doch noch zu retten? Die Zeit zurückzudrehen und alles besser zu machen? Richtiger? Sie sehen, sie und die anderen. Talitha, Louis, Ömer, Büsra, alle, jeder gefangen in seiner Einsamkeit und Not.

Als sie schließlich aufstehen konnte, hatte sie jedes Zeitgefühl verloren. Es konnten Minuten gewesen sein oder auch Stunden. Ein Rettungswagen stand auf dem Schulhof. Die Schüler hatten sich in einigem Abstand aufgestellt. Einige weinten, einige filmten, Maria hörte Schluchzen und Lachen, leise Gespräche und sehr lautes Schweigen. Augen voller Tränen, lauernde und ausweichende Blicke.

Sie suchte nach Felix. Er war nicht da. Jemand sprach sie an. Sie hörte es wie durch eine dicke Wand aus Watte: »Der Kleine ist beim Direktor.«

Mechanisch ging sie wieder in das Schulgebäude, zwei Treppen hinauf, den Flur mit den hässlichen Bildern, die ein Kollege gegen die spannenden und aussagestarken, aber wie er sagte »zu unprofessionellen« Schülerarbeiten ausgewechselt hatte. Wie hatte sie sich über solche Nebensächlichkeiten aufregen können? Oder waren es keine Nebensächlichkeiten? War gerade das das Problem, waren gerade diese kleinen Gesten, dieses Nicht-Wertschätzen der jungen Menschen das ganz große, das zentrale Problem? Sie ging, ohne anzuklopfen, in das Büro. Dort saß Felix auf dem Boden, Pawlow lag dicht neben ihm und sie stolperte auf beide zu, fiel auf die Knie, verbarg ihr Gesicht zwischen Felix' Schulter und Pawlows Fell und weinte lautlos.

Schon wenige Minuten nach Janas Sprung waren die Bilder in den a-sozialen Netzwerken zu sehen. Maria erfuhr erst viel später davon und hörte auch, dass die Eltern von Jana ebenso wie Julian davon verschont worden waren, diese Bilder zu sehen, bevor sie von Janas Tod wussten.

Sie bedankte sich noch bei Maren, dass sie Felix zum Schulleiter gebracht hatte, und bei Mehrbold, dass er auf Felix' Drängen hin Pawlow zu ihm gelassen hatte. Sie wusste, dass es ihm schwergefallen sein musste, sich über die Vorschriften hinwegzusetzen. Bei der Gelegenheit sagte er ihr, dass er zwei Disziplinarverfahren gegen sie eingeleitet habe: Wegen des nicht verhinderten Selbstmordes und der Gefährdung der Schülerinnen und Schüler des Leistungskurses und zum Zweiten, weil Hunde in der Schule verboten seien.

Maria rief Lisa an. Nach wenigen Worten sagte Lisa tonlos, sie fahre sofort los. Sie holte Felix eine Stunde später ab und war vollkommen außer sich, als sie von den Ereignissen hörte. Es waren nur Bruchstücke, die Felix und Maria herausbrachten. Sie reichten aber, um nach einer Flut von Vorwürfen sehr beherrscht und mit eisigem Blick klarzustellen, dass sie bis auf Weiteres den Kontakt mit Maria abbrechen wolle, auch wollte sie nicht, dass sie mit Felix telefonierte. Er sollte jetzt zur Ruhe kommen und diese Ruhe werde er zu Hause finden, weil Alex und sie beschlossen hatten zu heiraten. Maria nickte nur dazu. Ja, dachte sie, das wird für alle das Beste sein.

Weil das Zittern in den Beinen und die Starre immer wieder auftraten und sie Nacht für Nacht wach lag, allein, das innere Team blieb weiter stumm, wurde sie krankgeschrieben.

Greta besuchte sie oft und erzählte davon, dass die Eltern von Jana die Schule verklagt hatten, weil sie Jana nicht ausreichend vor dem Mobbing geschützt hätten.

Dann kam sie mit einem riesigen Strauß hellrosa Rosen. Der Vater von Talitha sei dagewesen, er wollte sich bei Maria bedanken. Nein, ein Brief oder ein Zettel sei nicht dabei, er habe Greta aber das Versprechen abgenommen, dass sie ihr die Blumen bringe, sie grüße, seinen Dank sage und er wolle sich auch bei Maria entschuldigen.

»Wieso denn entschuldigen?«, fragte Greta, aber Maria zuckte nur mit den Schultern und schloss die Augen.

47.
Silberrücken-reloaded?

Aufrichten, Arme leicht vom Körper abheben, Ellbogen nach außen, Kinn runter, Blick nach vorn …

Maria ging den wartenden Schülern ihres Bio-Leistungskurses entgegen. Nach acht Wochen, in denen sie sich mühsam aus dem Dunkel herausgetastet hatte, war dies die erste Stunde wieder in der Schule.

Sie streckte den Rücken noch einen weiteren Zentimeter und sie atmete tief ein. Sie war nicht wie eine Reiterin, die vom Pferd gefallen war, aufgestanden und wieder in den Sattel gestiegen. Sie hatte Zeit gebraucht. Die Zweifel, ob sie eine gute Lehrerin war, waren nicht weg, aber sie wusste jetzt, dass es nicht darauf ankam, »gut« zu sein, weil das für jeden etwas anderes hieß und Menschen nur immer wieder ihr Bestes geben konnten. Nicht mehr und nicht weniger. Und oft scheiterten sie dabei. »Lerne, dir selbst zu vergeben. Und wieder und wieder …«

Frau Grothus hatte sie auch besucht. Jana hatte die Tage nach dem Schwesternheim-Keller wie es schien auf dem Schönebecker Sand verbracht. Sie hatten den Schlafsack und einige Lebensmittel gefunden. Auch Katzenfutter, aber die Katze blieb verschwunden. Grothus vermutete, dass Jana sie vor ihrem Auftauchen in der Schule getötet hatte. Eine Art erweiterter Selbstmord.

Die Kursteilnehmer standen vor dem Bioraum. 18 Augenpaare sahen ihr entgegen. Talitha und Louis hatten die Schule gewechselt. Je näher sie kam, desto ruhiger wurde es auf dem Flur und in ihrem Inneren. Die Schüler schwiegen.

»Guten Morgen«, sagte Maria und sie schloss den Raum auf. Obwohl die Gruppe in der Zwischenzeit mit einer Vertretung in diesem Raum Unterricht gehabt hatte, wusste Maria, dass jetzt alle die letzte Stunde vor Janas Tod vor Augen hatten, auch diejenigen, die nicht dabei waren.

Maria stellte sich vor das Pult.

Danksagung

Mein Dank geht an meine drei liebsten Meiers und meine Freund*innen, die mich in vielfältiger Weise bei der langen Achterbahnfahrt des Schreibprozesses unterstützt haben, und an meinen Verleger, der sofort an dieses Romanprojekt geglaubt hat.

Ich grüße all die Kolleg*innen, die Gelassenheit nicht mit Zynismus verwechseln und Humor nicht mit Ironie, sondern sich wohlwollend und vertrauensvoll den Schüler*innen zuwenden. Immer und immer wieder …

Ganz besonders bedanke ich mich bei allen Schüler*innen, die mir in meiner langen Schulzeit begegnet sind und die mir die Möglichkeit gegeben haben, von ihnen zu lernen und mit ihnen zu wachsen.

Bremen, Mai 2019